翠湖

那些事

李永顺 编著

云南美术出版社

图书在版编目（CIP）数据

翠湖那些事：一泓翠湖水　半部昆明史 / 李永顺编著 . —— 昆明：云南美术出版社，2023.11

ISBN 978-7-5489-5508-5

Ⅰ . ①翠… Ⅱ . ①李… Ⅲ . ①散文集 – 中国 – 当代 Ⅳ . ① I267

中国国家版本馆 CIP 数据核字 (2023) 第 217884 号

责任编辑：李　林
责任校对：李江文
装帧设计：李　丹

翠湖那些事

李永顺　编著

出版发行：云南美术出版社（昆明市环城西路 609 号）
印　　装：昆明瑆煋印务有限公司
开　　本：787mm×1092mm　1/16
印　　张：16.5
字　　数：268 千
版　　次：2023 年 11 月第 1 版
印　　次：2023 年 11 月第 1 次印刷
书　　号：ISBN 978-7-5489-5508-5
定　　价：50.00 元

作者简介

李永顺

云南马关人，祖籍江西吉安。生于 20 世纪 30 年代中期。云南师大附中特级教师，全国优秀教师。

1960 年，昆明师院（今云南师大）毕业后，在其附属中学任教至退休。期间，还在云南师大等高校兼课，受聘为省、市教科院顾问、专家组成员，并曾参加过国家考试中心的高考命题工作。

退休后创办云南西点文化学校，任校长、董事长。从"西点"再次退休后，从事自己喜爱的写作活动。先后出版了《秋获集》《中国年节》《昆明的前世今生》《云游天涯》等著作。今又有此书《翠湖那些事》问世。

选自翠湖公园导游牌

美丽的翠湖

昆明"绿宝石"

翠湖东

翠湖西

翠湖东西南北大门

翠湖西门

翠湖南门

翠湖北门

翠湖东门

翠湖的堤和桥

阮堤

唐堤

阮堤、唐堤交会处的湖心岛

西南岛九曲桥

阮堤"燕子桥"

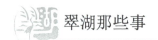

翠湖的历史文化遗存

莲华禅院

碧漪亭

海心亭

湖心亭

九龙池"自来水博物馆"

翠湖雕塑

人民音乐家聂耳塑像

雕塑《"翔"——海鸥·女人》

雕塑《老人与海鸥》

雕塑《友谊·和平·发展》

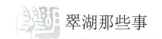
翠湖风景拾零

幽静的竹林

荷花盛开的时候

美丽、宽敞的湖堤

环湖慢跑道

翠湖之夜

观鱼楼走廊外景

观鱼楼走廊内景

西南岛的棕榈林

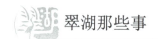

翠湖匾联选

莲华禅院

碧漪亭

是观堂

十

本城杨柳佛楼台

十饮荷花鱼世界

有

何时间了与明月对饮而三

有亭翼然占绿水十分之一

春浪秋歌

春醉蓬莱

目录

Content

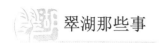

翠湖是昆明的"绿宝石""眼睛"……

众人说：翠湖是昆明的"绿宝石"。

著名作家汪曾祺说：翠湖是昆明的"眼睛"。

汪曾祺在其著名散文《翠湖心影》中说了这么一段话：

"昆明和翠湖分不开。很多城市都有湖，杭州西湖、济南大明湖、扬州瘦西湖。然而这些湖和城市的关系都还不是那么密切。似乎把这些湖挪开，城市也还是城市。翠湖就不能挪开，没有翠湖昆明就不成其为昆明了。翠湖在城里，而且几乎就挨着市中心。城中有湖，这在中国，在世界上，都是不多的。说到某某湖是某某城的眼睛，这是一个俗得不能再俗的比喻了。然而说到翠湖，这个比喻还是躲不开。只能说：翠湖是昆明的眼睛。有什么办法呢，因为它非常贴切。"

汪曾祺的"翠湖是昆明的眼睛"说，已成大家的共识。那么通过这"眼睛"，我们看到了昆明的什么呢？人们常说"眼睛是心灵的窗口"，也有人说"眼睛是灵魂的镜子"，这话应该说大体上是准确的。因为一个人的真善美，或假恶丑，这些既反映外表，又反映内心世界灵魂深处的东西，大多数是可以从他的眼神中读得出来的。凭笔者对昆明近70年的观察和感悟，觉得通过翠湖这"眼睛"，所反映出来的昆明的"心灵""灵魂"，可以概括为美丽、谦和、阳光、包容。

人称翠湖是昆明的"绿宝石"，说的就是它的美丽。翠湖美，昆明美。昆明之美，首推气候得天独厚。托改革开放的福，生活好起来后，听说外面的世界很精彩，退休后有时间了，笔者国内、国外都去走走。每次旅游归来，一进入昆明，便深感这里是个"天然大空调"。外面大冷大热，这里真是"四季如春"。昆明不冷不热，全年温暖爽人！偶尔也有大冷大热

1

的时候，但也就是那么三五天，就过去了。在四季如春中，昆明气候也有一个特点：逢雨必冷。因而有人说昆明的气候说得准确点应该是"四季无寒暑，遇雨便成冬"。那也是不错的气候。雨过天晴后，又是晴空万里，春暖花开。这么美的气候，在全国、全世界，哪里能找到？没有，仅此一城。所以，杨慎有诗云"天气常如二三月，花枝不断四时春"。在另一首诗《春望三绝》中，他又写下了"春城风物近元宵，柳亚帘拢花覆桥"。杨慎成为把昆明誉为"春城"的第一人。从此，"春城"正式成为昆明的代称。

翠湖、昆明之美，美在它的环境优美，"春城无处不飞花"。好气候为好环境提供了好条件，加之这些年来强调"绿水青山就是金山银山"，昆明的每条街巷、每个小区都在设法绿化美化，使得昆明的环境越来越美。一年四季，此树落叶那树翠，此花开罢那花放，翠湖和昆明总是终年绿树成荫，鲜花盛开，都快要成为森林城市、世界花都了。据媒体报道，昆明目前已有一百多条鲜花街道。

这样的气候，这样的环境，造就了昆明人性格上的谦和，坊间称"不温不火"、"温吞水"。其实昆明人的性格，除了客观环境造就外，还有优秀传统文化的熏陶。这在街道的取名和人的德性上，都会找到烙印。翠湖及其周边，有中和巷、文化巷、文林街、文明街、书林街等，这些古街、古巷的名字正是"礼仪之邦""致中和""和为贵"传统文化观念的体现。据笔者近70年的观察，一些性情火爆的外地人，年轻时一碰就跳。但在昆明住久了，到年迈时，却没脾气了。至于其子孙后代，更是变得温柔多了。这应是被昆明人同化了，谦和起来的缘故吧。偶尔也曾听人说：不喜欢昆明人这种"温吞水"的性格。那你钟情争强好斗，无理也不饶人的蛮汉泼妇吗？为人，还是谦和一点，与人为善好。

话又说回来，昆明人的谦和，并不是"窝囊废"的代名词。昆明人的谦和，是柔中有刚的。到了该刚强的时候，他们一定会雄起。你看，在民族有难，国家危急的时候，不正是昆明人聂耳率先"发出最后的吼声"吗！不正是唐继尧、蔡锷、李烈钧等在昆明打响"护国首义"第一枪吗！当日本侵略者不断切断中国的对外交通线，不是昆明人民和云南全省人民一道顽强地修筑滇缅公路和重修巫家坝机场，保住中国这唯一的国际通道的吗！当蒋介石撕毁国共两党共同签订的"双十协定"，阴谋发动内战时，不是昆明首先举起"反内战、争民主"大旗，发起"一二·一"运动的吗！

对国家大事，昆明人可一点也不"温吞"，该出手时就出手，敢为天下先。

这些既是昆明柔中有刚之处，也是昆明的阳光之处。昆明的阳光之处，还反映在它抚育了一位举世无双的伟大航海家郑和，誉满天下；一位伟大的"国之歌者"聂耳，他的《义勇军进行曲》，成了中华人民共和国的国歌。从翠湖边的云南陆军讲武堂走出了两位中华人民共和国元帅、党和国家领导人朱德和叶剑英，还有一些其他国家的领导人。从翠湖边还走出了众多的爱国民主人士，张冲和缪云台是他们的代表。

昆明的阳光，还在于修建了中国第一个水电站——昆明石龙坝水电站。昆明的阳光，还在于它是2021年举办"COP15"（第十五届世界生物多样性大会）的城市。昆明的阳光，还在于它作为面向南亚、东南亚辐射中心的战略地位……

昆明的阳光之处，还在于它的包容。从古至今，昆明都是个开放之地。早在战国时期，当楚国将军庄蹻的部队归路被秦军所断时，是古滇人接纳了这群有家不能归的人，成为古滇国的成员。从此以后的历朝历代，都或多或少，有外地人、外省人、外国人，因种种原因涌入昆明，而当地的居民，都以包容的态度，接纳他们，欢迎他们的到来，大家一起共建和谐的昆明，繁花似锦的昆明，繁荣昌盛的昆明。明初，昆明乃至云南全省接纳了南京"柳树湾"几十万移民。抗日战争时期，昆明与云南吸收了数以百万计的同胞。改革开放之际，昆明更是张开双臂，拥抱来自天涯海角的人们。这种包容精神，使如今的昆明，成了一个来自五湖四海，民族众多的大都会。其实，"会泽百家，至公天下"的包容性，不仅是云大精神，放宽了也可作为昆明精神。海纳百川，有容乃大。

凡此种种，使我这个"外来人"、非土生土长的"老昆明人"，喜欢

3

翠湖，热爱昆明，从而也想为这座自己喜爱的、曾经哺育我成长的历史文化名城做点事。于是，我于2015年出版了《昆明的前世今生》一书；2023年，又出版了这本拙作。这本拙作，在一定程度上也可称为"一泓翠湖水，半部昆明史"。通过翠湖这只"眼睛"，可看到昆明方方面面的诸多情况。

在写本书的过程中，曾得到有关领导、专家、学者、同事、同行和朋友的指点、帮助。他们是：中共云南省委党史研究室的领导、以及专家李继红，原云南省教育厅厅长杨崇龙，云南师大教授吴宝璋，昆明市志办副主任字应军，昆明知名史学工作者雷强，原云南师大附中党委书记罗光荣，还有特级教师孙浪涛，高级教师谭崇凯，云南师大附中校友会会长王世滇、秘书长马佳，以及许敏华等。在线上、线下，讨论翠湖周边街道的变迁和其他问题时，许多云南师大附中的老校友积极提供线索，帮助修订。他们是：杨本亮、丁祖汤、胡鹤麟、张迅、张兵、丁梅林、丁燕清、丁而洁、袁嘉莉、林佩琴、普乐、合伟华、宋晓明、周坚、冯萍、张继毅、刘军等。云南大学的杨成高、张蔚玲老师，对笔者写此书，也给予了很大的支持和帮助。笔者在翠湖公园就有关问题走访、请教时，一些不知姓名的老者，也纷纷给予笔者无私的帮助。

在写此书时，翠湖公园管理处的领导和朋友们，给予了我大力支持，还送给了我刚出版的《昆明翠湖》一书和其他的很多资料，又指点我认识了观鱼楼的那些亭子的名称和位置。云南师大教授吴宝璋，为本书提供了"西南联大昆明校舍分布示意图"。师大附中谭崇凯老师，提供了他珍藏的《昆明绿宝石》、《昆明之夜》、《友谊·和平·发展》等照片。师大附中校友合伟华在繁忙的工作中，利用晚上休息时间，为本书绘制了《翠湖周边街道变迁示意图》、《翠湖观鱼楼示意图》。挚友谢鸿年，在本书的策划和研读翠湖楹联中，提出了许多宝贵的建议。

在本书正式出版之际，对上述领导、朋友、同事和校友，致以衷心的感谢。同时，对长期合作的云南美术出版社的领导、编辑们，以及昆明理煌印务有限公司的领导、职工们，也致以诚挚的谢意。

再者，拙作谬误难免，恳请专家、读者斧正。

翠湖的前世今生

远古时代，并没有翠湖。它只是茫茫滇池中的一个"小不点"。

有文献记载，滇池形成于震旦纪至侏罗纪时期，是一个错断陷落的构造湖。滇池水系原与玉溪盆地相通，湖水是从晋宁县西南的宝丰乡，经玉溪市刺桐关西南的海口流入红河或南盘江而归入南海的。后来，由于地壳上升或第四纪冰期的来临，改变了滇池的流向，使滇池水从海口经螳螂川、普渡河向北倒流，接通了金沙江而归入长江水系，最终流入东海。

这样一来，滇池水的流向完全颠倒了，由南转西向北再向东；由流入南海变成了流向东海。难怪人们叫它"滇（颠）池"。《后汉书》在《南蛮西南夷列传第七十六》称：益州郡"有池，周回二百余里，水源深广，而末更浅狭，有似倒流，故谓之滇池。"《史记》的注释者在卷一百一十六《西南夷列传第五十六》的注释中引用了这一说法，并说"滇音颠"。关于滇池的由来，还有其他一些说法。

随着时间的推移，滇池水不但流向改变，而且由于地壳急剧变化和人类不断扩大滇池出水口，围湖造田，致水面不断缩小。近千年来，滇池进入了晚年期，其水位在不断下降。

据史料推算，在距今270万—90万年时，滇池最大湖面面积约700平方公里；唐宋时，水面约510平方公里；元朝时，约410平方公里；明朝时，约350平方公里；清朝时，320平方公里；到了近现代，则约300平方公里（昆明市地方志编纂委员会编：《昆明市志》第一分册，第135页。人民出版社2003年3月第一版）。

翠湖就是在滇池的这一演变中逐渐形成的。

古时候的翠湖

今天的昆明坝子，在远古时代，从西面的碧鸡山（西山）至东面的金马山，以及北面的蛇山之间，都是烟波浩渺的滇池，被称为是昆明的"大三山一水"。也就是说，滇池水一直淹到今西山、蛇山、金马山（今东骧神骏小区一带）脚下。五华山、圆通山（螺峰山）、祖遍山、商山、虹山、磨盘山（今人民中路西段，原武成路）等等，都是滇池中的一些岛屿。这可从两件事中得到佐证。一是昆明古景中，有"陡（蛇）山倒影"的存在。二是 20 世纪六七十年代，昆明市为了备战，响应毛主席"深挖洞"的号召，大搞人防工程时，在五华山下的正义路，挖出大量深藏于地下的螺蛳壳。

翠湖在远古时代，只不过是当今圆通山、五华山、磨盘山之间的滇池水域中的一个湖湾罢了，被称为昆明的"小三山一水"。滇池水从无山阻拦的西面（今潘家湾）一带漫进来，在三山之间形成了一个良好避风港。东南风骤起时，任你滇池波浪滔天，这里却风平浪静，最多有点涟漪在温柔地拍打着岸边。

到了唐、宋时代，水位不断下降到 510 平方公里的滇池，在其北岸形成了水云乡，有了些蟹屿螺洲，出现了一些陆地。这才有了拓东城、鄯阐城的故事。这时是翠湖的孕育时期。这一带是拓东、鄯阐城远郊的一个个村落，一片片森林、一块块稻田，农夫们在这里种稻种菜，捕鱼捞虾，砍柴卖薪。当然，也是当时的达官贵人们游玩的一个景点。其东、南、北三面群山环抱，山上林木郁郁葱葱，潺潺溪水、瀑布从山上倾泻而下，飞禽走兽出没其间。西面则是一片浅滩沼泽，涓涓溪流。群山之间的这个湖湾，波光粼粼，青山绿水，美不胜收，引得南诏、大理贵族和文人墨客来此泛舟。

公元 1276 年，元朝中央政府在云南设省治滇，派赛典赤·赡思丁来主政，担任云南行中书省平章政事（省长）。赛氏大刀阔斧治滇，在其诸多良政中，有治理滇池，使昆明农业生产水平赶上内地一条。由于疏通海口，滇池水位继续下降到 410 平方公里时，才产生了"翠湖"这个离开了滇池"妈妈"，独立生存的"孩子"。

这也就是说，"翠湖"在元朝正式诞生了。但当时并不叫"翠湖"，而是叫"九龙池"。因为它的水源，不再由滇池补进，而是完全靠自我供给，地下水从众多的泉眼中冒出，源源不断地给湖供水。在众多的泉眼中，湖中央（后来的莲华禅院旁）有九个泉眼最大最突出，人们便给它取名"九龙池"，意为这些泉水是地下的九条龙喷出来的。这时，九龙池周边的山坡下，露出片片沃土。有人迁到这里来居住，在这里种菜、种水稻，还在湖边种上柳树和荷花。于是，坊间把"九龙池"亦叫作"菜海"、"莲湖"或"菜海子"。

有元一代，赛典赤及其后继者和诸多的"梁王"们，在中庆城（今昆明）中及其周边，修建了很多标志性的建筑物，诸如忠爱坊、得胜桥、悯忠寺（五华寺）、大德寺（祖遍寺或双塔寺）、万庆寺塔（白塔）、穿心鼓楼、圆通寺（重修）、真庆观、铁峰庵，以及西山太华寺、三清阁和晋宁盘龙寺等。而对九龙池，似乎没有什么开发。它依然是个湖中有些小岛，岛上古木苍翠，四周良田环绕，人们在这里种地打鱼，偶尔也有人乘舟游玩的"菜海子"。

到了明代，这个地方的情况如何呢？

有史记载："府城内曰九龙池，清迥秀澈，菜圃居其半，故又曰菜海。其半者为稻田，下者为莲池，又半之。沿五华之右，贯城西南陬，入顺城桥，汇盘龙江，达滇池。世镇有别业在其上，曰柳营。"（明·刘文征撰《滇志》第 73 页。云南教育出版社 1991 年第一版）

刘文征是在明末天启年间（1621—1627）写下这段话的。这段史料告诉人们：九龙池到了明代有着以下变化：第一，它已在"府城内"，不再是城郊了。那是明初筑砖城时，将北边的城墙筑到螺峰山（圆通山）北麓，把螺峰山、九龙池都纳入城内了。第二，九龙池周边虽然还是稻田、菜地、莲池，但出现了"世镇有别业在其上，曰柳营"——那就是沐英仿西汉周亚夫"柳营屯兵"的故事，在九龙池的西岸建"别业"（别墅）、造马场，养马千匹。沐英修"柳营"一事，可以说是九龙池及其周边有史以来的第一项大工程。于是，九龙池之滨，开始有了人文景观——别墅、马场、洗马河……但九龙池本身仍依旧故我，没有什么变化，仍只有自然景观。

九龙池是如何华丽转身，成为"翠湖"的呢？

这与明代开办贡院，举行科举考试有关。明朝以前及明初，云南秀才参加乡试，要到当时的首都，即唐都长安（今西安）、北宋东京（今开封）、南宋临安（今杭州）、元大都（今北京）、明初应天府（今南京）后北京去应试。路途遥远，劳民伤财，十分不便。经不断努力，明朝廷终于批准从永乐九年（1411）起，在昆明设贡院，让云南、贵州两省的秀才就近乡试。于是，明弘治十二年（1499），在螺峰山（圆通山）余脉之坡地（今云大）建贡院，作为科举考试的考场和阅卷处。

那时，九龙池的水淹到今天的云南大学大门口。参加科举考试的秀才们，来往其间，都要划船而来。秀才们深感这个九龙池（菜海子）太美了。水翠、柳翠、竹翠……好一个"翠"字了得。于是有人破题：我们不如叫它"翠湖"或"翠海"、"碧湖"吧。很快，"翠湖"这个名字被人们传开，被认可。从此，"九龙池"（菜海子）的旧名淡出，"翠湖"雅名一直被呼至今。但是，谁取的名字，从何时起被称为"翠湖"，都无从可考。只是到了清末，昆明名士陈荣昌才成为将"翠湖"写入文献的第一人。

清光绪九年（1883），陈荣昌在《九龙池八景》组诗中，有一首《翠荷听雨》，留下了"怠风吹骤雨，直过翠湖西"的诗句。

"翠湖"一名，就这样经明、清两代，才慢慢形成的。

清代始修翠湖

从清代开始，大兴土木，开发翠湖，修建亭台楼阁和庙宇，翠湖开始有了人文景观。

清康熙元年（1662）十一月，吴三桂晋封亲王，兼管云贵。他先以五华山原南明永历帝的"皇宫"为王府。因嫌其破旧，便填菜海子之半营造别苑。后来，他起兵叛清，死于湖南衡阳。其孙吴世璠继其叛业，镇守昆明，并将翠湖西边的别苑改名为"洪化府"。清军猛攻昆明，平定"三藩"之乱。昆明城经历战乱，破坏亦很大。

清康熙三十一年（1692），云贵总督范承勋、云南巡抚王继文，有感于平定吴三桂叛乱后，战火使昆明城损坏较大，在恢复城建中，决定在翠湖湖心岛上建"碧漪亭"，在湖西北边的岛上建"来爽楼"，供游客欣赏。

雍正六年（1728），在翠湖北岸建龙神祠。

嘉庆年间，工部右侍郎蒋予浦、迤南道刘钰及昆明名士倪士元、倪琇，以湖心岛上的碧漪亭为基础，在其旁建规模更大的建筑群，开始叫"莲华寺"，后更名为"莲华禅院"。据传，当时的莲华禅院与圆通寺，一家临水，一家枕山，同时都是香火旺盛的佛寺。这种情况一直延续到1932年前，长达140余年之久。

道光十五年（1835），云贵总督阮元倡捐修葺观鱼楼。这是一组集楼、榭、亭、廊和曲桥为一体的古典建筑群，具有浓郁的江南建筑风格。观鱼楼紧靠莲华禅院西墙，楼前由长廊连接的亭、榭之间的水域，为莲华禅院的放生池。

阮元在发起捐资修观鱼楼建筑群的同时，还倡捐修筑了"阮堤"。他模仿杭州西湖的"苏堤"、"白堤"，在九龙池由南往北的小堤（当时叫"中路"）上，修筑了较为宽大的"阮堤"。阮堤贯通九龙池南北，中穿湖心岛（又称"阮岛"）。堤南有"燕子桥"，堤中有"采莲桥"，堤北有"听莺桥"。

有人撰文介绍说：莲华禅院是那个时代翠湖中唯一的名胜。它位于湖中央，寺门前横匾书"莲华禅院"四字，门额后有"海心亭"三个大字。寺院为南北向，坐北朝南，大门开在南方。寺内有殿宇四层。第一层是五龙祠，供奉青、蓝、白、黑、赤五尊神龙。第二层为吕祖殿，供奉吕洞宾等道教诸神。第三层是观音殿，供奉观音菩萨。"观音殿"即旧日之"海心亭"也，是一亭阁而不是坛殿。第四层是仓圣殿，供奉仓圣、文昌、关帝等道、儒神仙。此外，寺中还有东西配殿。东廊配殿之左手边连接着五间楼房，此是僧居禅室……临于中路（阮堤）。西廊配殿之右手边连接着三间亭台式之大屋，是"碧漪亭"。碧漪亭南头连接着"喜雨楼"，楼为云南巡抚谭钧培在光绪年间所建。碧漪亭与喜雨楼前之放生池，池面甚宽，约在十有余亩……西南方有柳环堤，树密而阴（荫）茂，春夏间垂缕牵丝。自鱼楼上望去，风景佳极。池之北头则无堤岸，在夏秋间望去是一片绿水红莲也。（罗养儒撰：《纪我所知集·云南掌故全本》第 188-189 页。云南人民出版社 2015 年 3 月第一版）

清光绪年间有个姓关的昆明人，将湖心岛旁长约五六丈，宽七八尺的断堤买下，在断堤四周大肆填土，拓展成一片陆地。之后在陆地上种树建屋，开辟了一个茶馆，取名"翠海楼"。

光绪三十一年（1905），云南曲溪（今建水曲江）人蒋楩将"翠海楼"先租后买下来，在其上种植海棠，垒筑假山，建屋铺路，开设了昆明第一家照相馆，取名"水月轩"。后来又在水月轩开办了云南（一说中国）第一家购票入场的室内电影院。

至此，今天所见的翠湖主要建筑格局，便已具雏形了。

民国时期的翠湖

接下来，略述一下民国时期翠湖的修建、变化情况。

中国的第一座水电站——昆明石龙坝水电站，于 1910 年开工，1912 年竣工。1912 年 5 月 28 日晚 8 点，在翠湖水月轩举行通电仪式。

当晚，昆明的达官贵人、平民百姓都纷纷前来观赏，看稀奇，争看电灯是如何点亮的。这时的翠湖水月轩、湖心岛和阮堤上，人满为患，拥挤不堪。次日的《滇声报》报道："昨晚翠湖中路（阮堤），为了观灯，几乎踩死了人，遍路丢了许多鞋子。第二天早上，不少人还去中路上寻找自己的鞋子呢。"由此可见，当时的情况有多"惨烈"。

这是发生在民国刚建立时的翠湖第一件大事。

1917年，民间资本创办的昆明最早自来水厂成立，自来水厂的泵房建在翠湖九龙池旁。以翠湖为水源，泵房抽九龙池的水，送至五华山的滤水池，经过滤后供应城市居民用水。泵房占地面积约31.5平方米，装置有从德国买来的44匹马力电机一台，每小时抽水量为150立方米。1918年5月2日，水厂正式开始售水，月供水量为1034立方米。如今，这个水泵房已成博物馆，供来翠湖观光的游客欣赏。

1917年5月，为培植翠湖风景，省财政厅拨款修九龙池至青莲街口轩辕宫（今翠湖宾馆）的东西湖堤。

1918年筹建公园时，正式取名"翠湖"。（《五华区志》第141页。四川辞书出版社1995年5月第一版）。

1919年省政府将省会昆明定为特别市，定名"云南市"，在翠湖湖心岛设置云南市政公所机关。

1919年12月，云南都督（省长）唐继尧出资重修东西长堤。在长堤的东、西两端，建有唐氏宗族的"双节坊"；在堤东建有铸铁板镂空图案的铁桥一座，上铺青石板，称"卫东桥"；在堤西筑青石单孔拱桥一座，称"定西桥"。从此，东西长堤称为"唐堤"。

1920年（一说1924年），风景绝佳的翠湖，正式建为公园。

1922年，云南市改名为"昆明市"，办公地点仍在翠湖湖心岛。

1922年8月，昆明市政公所成立，令督办张维翰（1885—1980）主持昆明园林建设。次年8月，市政公所聘请书画园艺大师赵鹤清负责翠湖的整治工程。新建了公园南门、水流云在轩、伞亭、锁翠亭。

1924年1月，任命赵鹤清为翠湖公园经理。市政公所拨付第一期工程费用，翠湖开始大兴土木，疏挖湖底淤泥，开辟金鱼岛、垒筑万花州（今竹林岛），修葺碧漪亭，兴建会中亭，重建南门茶楼。

这一时期，为了行人安全，还在翠湖四周的湖边修了护栏（土墙）。

百度"探路者频道"在2021年4月24日所发表的老梁《云南昆明翠湖公园的历史故事》一文中说："1913—1927年，唐继尧执政时，翠湖才被改造成今天的样子。"万揆一在《昆明古城拾遗》一书中也称:1924年,在修复加固唐堤的同时,始建会中亭。此亭是由当时的园林大师赵鹤清先生主持设计和建筑的。这时,翠湖大兴土木,开始了20世纪20年代比较扎实、规模较大的一次建设。此次修整了环湖长堤、湖中一字堤、新建大门、水流云在轩、会中亭、伞亭、锁翠亭,重修碧漪亭,在南门右侧建东陆图书馆……

1932年11月7日深夜,昆明一支"拉偶队"(即破除迷信偶像,拉倒菩萨、神像的队伍)秘密行动。一夜之间,将翠湖莲华禅院以及城隍庙、东岳庙等三大寺庙里的神佛塑像全部毁掉。这一行动,被叫作"破除迷信"。

20世纪30年代,云南省主席龙云对昆明进行大规模改造扩建,在修筑南屏街之际,也对翠湖进行了改建、扩建。除了在"万花洲"(今竹林岛)建"木本花坛"、"草本花坛"以及礼堂之外,还对莲华禅院进行了改建。将没有了神像的莲华禅院大门,由南边改开在东边,原先南北向的莲华禅院变成今日所见的东西向建筑。把没有了神像的四进深庙宇,改造成了实体建筑物。在寺院的东南端和东北端,各修建了一座三层楼的重檐琉璃八角亭。

"拉偶"既然是"破除迷信",代表"迷信"的"莲华禅院"一名自然不能再用。于是,这建筑群的主体名称也得改。改名为"湖心亭"。据《昆明园林志》载:龙云任云南省主席期间,拆莲华禅院,建湖心亭建筑群。湖心亭建成后,曾租给法国驻昆明领事馆办公,后又开设旅社。抗日战争时期,国民党第五军司令部驻此,后改为防城司令部。两个新建的八角亭,则呼之为"湖心亭"。龙云独爱滇剧,并由官方成立了"滇剧改进社",扶持和推动滇剧发展。为此,龙云指令将原"莲华禅院"中间的下殿改成戏台,供演滇剧用(摘自今莲华禅院内的展板《龙云戏台》说明)。这个戏台至今还保留着。据《五华区志》载:龙云任云南省主席时曾竭力对翠湖整修增建。但临近解放,园内依然不过4条道路、6种树木,四周湖堤全是土筑而成,因年久失修,湖面杂草丛生。

国民党统治后期,翠湖被其机关、部队占有。除了湖心岛是市政府外,水月轩成了国民党昆明市党部，今海心亭成了城防司令部。

由此可知，这时的翠湖名为公园，实际上它的大部分建筑物在相当长的时间里，成了国民党昆明地区的党政军首脑机关和为其服务的机构所在地。这时的翠湖，"卫兵们荷枪实弹，戒备森严，闲人被迫止步，畏而远之。"国民党统治后期，"翠湖一度年久失修，杂草丛生，失去了她的妩媚秀丽。"（林泉编著《重返老昆明》下，第201页。云南美术出版社2002年10月第一版）

政治环境"糟耐"（昆明方言，糟糕、不堪入目之意），自然风光仍在。此时的昆明人过翠湖，为了不见那些让人恶心的丘八，便绕道翠湖东、西路而行；实在要走捷径的，便从阮堤、唐堤怒目而行。外地人就不一样了，翠湖虽然荒凉了许多，但美景仍在，他们才不管你军警不军警，你挺你的尸，我走我的路，不断来翠湖溜达；特别是西南联大和中法大学的师生们，更是经常来领略翠湖美景。老舍应邀赴昆到联大讲学，住在青云街靛花巷，离翠湖更是"近水楼台"，常来这里散步，留下了对翠湖的赞美。他在《滇行短记》一文中说：翠湖"湖中有荷蒲，岸上有竹树"，"美丽"、"宁静"得让人"仿佛都不愿出声"。西南联大学生汪曾祺离昆30多年后，在1984年写的散文《翠湖心影》中，都还在点赞"翠湖是昆明的眼睛"，"没有翠湖，昆明就不成其为昆明了"。"翠湖每天每日，给了昆明人多少浮世的安慰和精神的疗养啊"。"湖水、柳树、粉红色的水浮莲、红鱼，共同组成一个印象：翠"。

今朝翠湖最美好

1949年10月1日，中华人民共和国成立。1950年2月，云南解放。翠湖回到了人民的怀抱，成了昆明人最喜欢而常常举家游玩的佳园美景，更是外地人、外省人，甚至外国人向往的美好的风景区。从1950年至2022年，经70多年不断改造完善，翠湖发生了翻天覆地的变化，并正在日新月异地发展着。

据《昆明园林志》载：1950 年 3 月，解放军接管翠湖，此后翠湖先后划属市文教局、建设局、文化局管辖。今为五华区管理。

1950 年 3 月 28 日，昆明市人民政府成立，原滇军 60 军 184 师师长，1946 年东北海城起义后的中国民主同盟军第一军军长、人民解放军第 4 野 12 兵团副参谋长潘朔端出任市长。此后的 22 年间，他连任七届昆明市长。他任市长伊始，面对国民党留下的烂摊子，百废待兴。这一时期，潘朔端在镇压残敌势力、严打毒品娼妓、整肃社会风气、恢复生产、重振经济的同时，也十分重视昆明城市规划和园林建设。为了迎接国庆十周年，昆明兴建拓东体育馆、昆明饭店、邮电大楼、昆明百货大楼、省博物馆（今云南画院）、云南饭店（已拆除）、艺术剧院、东风商店（已拆除）、翠湖宾馆和省农展馆（今科技馆）等十大建筑，并在主要街道种银桦、法国梧桐，还对各大公园也进行了改造和拓建。正是在这一背景下，市政府对翠湖周边进行了治理，将四周的污水河改为暗河下水道，铺筑了环湖柏油马路；年久失修的围栏得到了新建，筑成了石堤和栏杆；翠湖四周有了高高的银桦树，翠湖内的景点得到了重新修葺。翠湖又成了昆明人十分喜爱的公园。

20 世纪 50 年代初，党和人民政府花大力气修复、改造、重建翠湖，使它从破败不堪的状态中走出，生机勃勃，花繁叶茂，美景重现。其中一项大活动是清除翠湖长期沉淀的淤泥。1957 年青年节前夕，团省委和有关单位发动全市大、中学校师生，分片全方位清除淤泥，深挖翠湖，用淤泥将阮堤、唐堤及湖中各个岛面积扩大加宽，为后来翠湖景观的提升打下基础。1957 年 5 月 6 日的《云南日报》第一版，以《昆明市纪念"五四"青年节的有意义的活动，近三万青年开展疏挖翠湖义务劳动》为题，报道了这件事。当时正在昆明师院读大一的笔者，参加了这次活动。此外，市政府还曾在 1952 年、1962 年，动员全市群众义务疏挖过翠湖淤泥。

古老而美丽的翠湖，到了 20 世纪 70 年代发生了危机，其生存危在旦夕！"1976 年 5 月 22 日，翠湖地下水的露头泉眼九龙池已滴水不出，使翠

湖趋于干涸，还出现地面下陷，路面开裂等现象。"（《昆明市志·大事记》，第一分册第24页。人民出版社2003年第一版）

消息传开，昆明人为之心痛，人们需要拯救翠湖！昆明不能失去这颗"绿宝石"，昆明人不能没有翠湖！

人们期待着雨季的到来，希望雨水能给翠湖带来九龙池泉眼重新冒水的机会。雨季来了，雨水也不比往年少，然而无济于事，补进的水又全渗漏了，九龙池更是无水可冒。希望破灭了，昆明人心中在怒吼："这是为什么？"有关专家回答：这是过度开采地下水的恶果。1997年版的《昆明市水利志》称：1970年以来，开用地下水的单位增多，沿长虫山、莲花池一带地下水水源减少。翠湖周围水源面积6平方公里内，有采排地下水工程33处，采水量每日33600立方米。翠湖干涸，第一自来水厂被迫关闭。

面对危机，昆明市人民政府立马开展挽救翠湖的工程。先是安装抽水设备，将盘龙江水抽入翠湖救急。后又铺设从水厂至翠湖的数十公里长的钢管，从水厂给翠湖补水。但翠湖已失去了昔日的清澈。

1998年，由昆明市人民政府牵头，与北京清华同衡规划设计研究院签约，制定了《翠湖再生水补水水质改善示范工程》。在翠湖里安装10座泵站、50台推流复氧机，让湖水净化。从三方给翠湖补水，从两处将旧水排出，使水体得到置换，成为活动水，最终流往老运粮河七亩沟，从而还给了翠湖一池清水。（资料来源：翠湖九龙池《再生水补水水质改善》展板）2001年5月26日，《春城晚报》报道："翠湖变清水！"那是昆明第4污水处理厂努力的结果。这家水厂每天向翠湖输入1.5万立方米水。经多方努力，翠湖供水和水质有了保障，翠湖终于死而复生，又是一泓碧波荡漾。此时，昆明人笑了，心花怒放。

解决翠湖水源补给问题期间，正值中国改革开放之际，昆明市人民政府也一直在加强翠湖的基础建设。"1978年后，翠湖公园新建和改建了水月轩、金鱼岛、盆景园、九龙池、竹林岛、桂花园、观鱼楼、溜冰场、海心亭、花园、九曲桥、西南岛、聂耳像、莲华禅院、儿童乐园等活动场地。"（《五

华区志》第 141 页。四川辞书出版社 1995 年 5 月第一版）

其中，较大的工程是大修观鱼楼建筑群。

据《昆明园林志》载：1980 年，大修观鱼楼建筑群，将木结构两层建筑改建为砖混结构，两边的厢房由二层改为一层，其他格局照原样重建，形成廊、榭、亭、曲桥组合的园林建筑群。耗资 60 万元。1981 年 5 月 1 日建成开放。之后，公园对观鱼楼建筑群又多次进行油漆彩画。园内种草坪，常年种植应时鲜花。鱼池内新装彩灯喷泉一组，池中放养观赏红鱼、锦鲤，重现昔日"濠上观鱼"历史景观，形成了今日观鱼楼及其周边的亭、榭、曲桥、花园和放生池（观鱼池）的整体布局。

1980年代，在大修观鱼楼建筑群之际，还在原"来爽亭"旧址即民国时期的"小螺峰"旧址（见本书86页地图箭头所指处），建起了溜冰场和服务中心。后来，又修建了精品茶花园，修缮了"海心亭"。据悉，现在的海心亭是2014年围栏精心施工，2018年竣工并对外开放的。

从 1985 年起，每年 11 月至次年 3 月，大量西伯利亚红嘴鸥，不远万里光临昆明。这些小精灵，每天清晨至下午，都会大批涌进翠湖嬉戏、觅食、游水、翱翔，成了翠湖一道新的风景线，给翠湖带来祥和与欢乐。其时，昆明人会前往翠湖观鸥、喂鸥……人鸥同乐，和谐共处，其乐融融。从 2007 年起，昆明将每年的 1 月 1 日至 2 月 9 日，定为"海鸥文化节"，举办诸多文化活动。

为了迎接在昆明举办的"99 世界园艺博览会"，1998 年市政相关部门对翠湖的整治、改造与提升，采用了前所未有的大手笔。

首先，是投入重金整治公园迎世博。省、市政府对昆明十大公园投入重金进行整修，翠湖是重中之重。这次整修，重点放在基础设施建设方向。建设完整的道路、供电、供排水和照明系统，改造厕所，规范标志牌和导游牌，改善公共设施，提高绿化水平，扩大绿化面积，发掘公园的历史文化内涵，维修建筑，清除乱设摊摆点，营造公园和谐氛围。同时，投资600万元，完成翠湖水体置换工程，打通翠湖西路、东路，修设全长1800

米的外围栏杆，改造九龙池，拆除由职工承包的生意十分红火的烧烤店，发展茶文化……经过整修，翠湖旧貌换新颜，焕然一新，漂亮极了！

其次，翠湖举办了"99世博"彩灯会。这是世博会的重要组成部分，以"美丽的山川，富饶的资源""神秘的民族，多彩的风情""悠久的历史，古老的文化"为主题，用彩灯艺术手法，展现云南美丽的自然风光，红土高原厚重的历史、民族文化积淀，奇特的人文景观和多姿多彩的民族风情，展示云南改革开放迈向21世纪的良好形象。

翠湖"彩灯会"从1999年的5月1日至10月31日举办。这一大型彩灯会，据说是国内历届灯会中时间最长，规模最大，规格最高的国际大型综合灯会；深受中外游客欢迎，为提高昆明在国际上的知名度作出了贡献。

1998年9月，翠湖公园还重建了北大门。翠湖北大门毁于1976年，经省政府批准重建。昆明市体委让出原翠湖公园的土地，拆除游泳池，建设成绿色的春晓广场，有音乐喷泉，还修建了一幢名为"寒舍"的娱乐场馆和餐馆。同时，还修建了一个门球场。落成后的北大门高约7米，双层重檐。1999年，在北大门内还建成了一座约30米的石桥，跨湖与公园相接。桥名为"文津桥"。

1999年11月，为了美化春城，再现佳景，翠湖公园还启动了环湖改造工程。工程包括东、西、南、北路的改造，约468米；人行道石板铺设2.2万平方米，广场实施改造9000平方米；沿街绿化改造1600平方米，以及上述的北大门和春晓游园两个城市公共绿化公园15400平方米的绿化等等。环翠工程总投资2500万元，绿化总面积为43175平方米。（《五华年鉴·1999年》第126页。德宏民族出版社，1999年12月第一版）经大力改造后，翠湖四周一圈，不仅成了宽敞优美的景观大道或广场，而且还成了市民休闲、健身、娱乐的场所，使翠湖这颗"绿宝石"更加明亮。

进入21世纪后，为了实现中共中央、国务院进一步深化改革开放，把昆明建成面向东南亚、南亚的国际大都会的战略目标，在打造"翠湖文化圈"新理念的推动下，翠湖的改造、提升工作，更是马不停蹄地进行着，一直在路上。

2002年9月27日，根据昆明市人民政府的决定，翠湖公园正式免费开放，让市民自由出入欣赏其美丽风光。

原来游翠湖公园是要收费的，而且门票一直在不断上涨。最早是每人一票2分人民币，后来涨到5分人民币，再后来涨到1角人民币。到1997年，涨到2元人民币。现在让市民免费玩翠湖，深得市民拥护和欢迎。公园免费开放后，翠湖每年接待游客上千万次。免费开放8年（2003—2011年），不仅经济上年年亏损，而且翠湖也伤痕累累，公园品质在下降。恢复收费之声渐起，但经听证，市政府坚持继续免费开放，同时强调加强教育和管理，下决心建设好翠湖，并将之定位为"历史文化名园"加以改造。（《昆明日报》2011年12月2日）

2014年，翠湖公园创新管理体制，实行每天16小时营业；举办各种主题活动，加强文化品牌培育，在保护现存文化遗址的同时，不断挖掘公园文化内涵；在保持建筑原貌的基础上，逐步对园内古建筑进行翻新，对卫东桥、莲华禅院、海心亭等建筑进行文物保护申报，并恢复"云南龙云戏台"。（《五华年鉴·2014年》第215页。云南大学出版社，2014年12月第一版）

2016年12月30日，云南省规划委员会审议通过了五华区人民政府的《翠湖周边历史文化片区整治提升规划》。《人民网》2017年12月28日撰文称：昆明大"三山一水"（碧鸡山、蛇山、金马山、滇池）是昆明山水城市、历史文化的基底，翠湖小"三山一水"〔螺峰山、五华山、祖遍山（应为磨盘山更准确——笔者）、翠湖〕，则是其灵魂。该规划提出八大工程总目标，实现后让翠湖"亮"起来，"美"起来，"灵动"起来。

至2020年6月，翠湖环路电力及移动通信设施设备迁入云南大学校园；据"柳营洗马"典故，恢复洗马河水系及带状公园；"两坡一街"（先生坡、沈官坡、景虹街）的提升改造；拆除省文联办公大楼及职工宿舍以及周边建筑（保留王九龄、袁嘉谷旧居）；拆除"寒舍"和垃圾转运站等工程，均已完成。

然而，八大工程中的主体工程，即在翠湖北大门外，建筑"翠云里"、北门广场、地上地下三层停车场；构建集休闲游憩、文化体验为一体的当代昆明建筑街区，营造富有文化和活力的景观公园的任务，却因2020年年初全球"新冠肺炎"疫情的暴发等原因而停工。不知何故，至笔者为此书校对初稿的2022年3月，也未复工。

2019年，翠湖、讲武堂二者连为一个共同景区，称之为"翠湖·讲武堂景区"，被评为国家AAA级景区。

2020年4月8日《春城晚报》报道：经评定，云南省16家景区达到国家4A级旅游景区标准，经过公示，认定为国家4A级旅游景区。其中，就有翠湖·讲武堂景区。

2020年10月20日，昆明市自然资源和规划局，发布《昆明市北京路沿线集中商务区城市设计原则》一文中称：要"修复完善七亩沟水系格局，连接翠湖——大观楼水系，强化道路两侧的景观生态地，构筑海绵生态涵养区。"看来，打造"翠湖文化圈"的又一大工程，又将展开。（《春城晚报》2020年10月21日）

翠湖环湖路，长期以来都是市民传统的跑步健身之路，特别是清晨和傍晚慢跑的人更多。但因人车混行，十分不安全。为了改善这一环境，使市民安心跑步，有关单位决定修建"翠湖慢跑道"。2021年4月底建成，5月1日正式启用。慢跑道呈橙黄色，用木质隔离箱将跑道和机动车道分隔开。木箱里种植紫色的矮脚牵牛花，木箱上有着各色宣传画，十分美观。慢跑道绕湖一圈，全

洗马河

长1950米。

2021年6月1日。五华区区长李亮一行做客《春城热线》节目时披露，作为翠湖水质净化与治理工程中的一个项目，五华区于2018年3月启动了翠湖盘龙江补水工程建设。历时3年多，从油管桥跨越圆通山再正式进入翠湖的补水通道快要建成。不久，盘龙江水就将流入翠湖，为翠湖补水。

2021年11月，昆明相关单位相继提出提升翠湖品质的信息。翠湖公园管理处负责人称：要还原水月轩"第一座电影院"及"第一所照相馆"的历史风貌；还要在翠湖公园里用绘画、图片、碑刻等形式，逐步对清朝著名学者陈荣昌诗词中的"酒楼灯影""秋窗夜月""精舍书声""春树晓莺""绿杨息阴""莲寺观鱼""翠荷听雨""柳营洗马"八景进行重现（《春城晚报》2021年11月18日）。五华区城市管理局在新闻发布会上称，工程总投资3100万元，将教场中路蓝花楹街区的蓝花楹树，延伸至翠湖周边。届时，翠湖又要大变样！（《春城晚报》2021年11月24日）

是的，翠湖一定会大变样。今日的翠湖周边，圆通街已成樱花大道，文林街已是银杏大道。如果将来由教场中路经过莲花池正街、北门街、丁字坡至翠湖北路云大大门口的蓝花楹大道建成，三条红、黄、蓝色的彩色大道，在不同季节开放、展现，由翠湖伸向远方，该多美呀！

2022年4月28日，"掌上春城"发布文章《重磅！翠湖将要大变样》称：4月25日，昆明市资源和规划局发布《翠湖4A级景区基础配套设施建设项目（一期）翠湖北门项目批前公示》，这块占地面积27047.16平方米的用地，其地上部分将"以晚清时期昆明著名书院经正书院的历史风貌再现和文化展示利用为核心，结合规划绿地要求，在书院两侧打造有品位的滇式传统园林景观，用地东侧打通与云南大学的空间轴线，完善周边文化配套设施，构建完整的历史文化传承，展示载体。"地下部分"以商业便民附属设施和地下停车场为主，提供环翠湖片区紧缺的文化展示、驻车停留、运动休憩、公共卫生间等重要公共功能空间，满足市民及游客们的日常使用需求。"

这样一来，原来设计的"翠云里"方案，将变成恢复"经正书院"方案了。

2022 年 4 月，中共五华区委和区政府决定：从 4 月中旬开始，至 6 月底，对翠湖开展湖塘清淤工程。这是为了提升翠湖公园水环境质量，使翠湖水更清、景更美、岸更绿。这一工程只是对翠湖 7.1 万平方米湖面中的约 5.3 万平方米进行清淤，种植莲花的湖东片未动。清淤的方式不再是以往的"人海战术"，而是采用人工与机械挖泥结合绞吸的方式进行。

这使曾参加过挖翠湖的笔者感慨万千：二十世纪 50 年代，我们挖翠湖是凭人工干活，今日却一切都机械化了。中国真的进入现代化了！

2022 年 5 月，翠湖公园正在清理淤泥

大老远来，到翠湖看什么？

出于对昆明翠湖的向往，人们大老远地从昆明各个角落，从云南各地州市，从全国各地，甚至海外一些国家和地区赶来，到了心仪已久的翠湖，看什么？玩什么呢？

为了大家不虚此行，玩得有收获，就让这篇拙文充当"导游"，带着大家去翠湖潇洒走一回吧。

先了解一下翠湖的外围。

外围情况

环湖一圈，翠湖有东、西、南、北四条路。由于历史的原因，翠湖南、北两路较窄，紧靠民居；东、西两路较宽，湖与路之间，有小广场，有休闲花园。但是，在不久的将来，待翠湖北岸改造工程完工后，翠湖北路将成为其四周最宽敞的地方。

对游客来说，翠湖的吃喝、住宿、购物地，主要集中在翠湖南路和北路。在翠湖南路五星级的豪华酒店有翠湖宾馆、君乐酒店等；经济型的宾馆在翠湖南路有海鸥宾馆，在翠湖北路云南大学内有云大宾馆。在经济型宾馆中，云大宾馆环境优美，清洁卫生。住在这里，还可以领略昆明高校的风貌，参观云大、西南联大旧址、昆明理工大学等，都很方便。去云大宾馆的最佳捷径是：从翠湖北路的先生坡穿文林街，进天君殿巷，走完该巷道，就到了。这里是背包客，特别是大学生背包客最理想的落脚地。当然，亦可从翠湖北路的云大大门进校后，直奔宾馆。住翠湖宾馆、君乐酒店和海鸥宾馆，则可将翠湖美景一网打尽，尽收眼底。翠湖南路景虹街、翠湖北路仓园巷的云南特色小吃，如过桥米线、豆花米线、汽锅鸡、摩登粑粑等美食，生意也十分红火。翠湖北路和从先生坡上去的文林街、文化巷，酒吧一家接一家，可以说是昆明酒吧最集中之地，是酒吧泡徒最理想的"窝子"。

如果游客想要采购云南土特产，那你就到翠湖南路去。游客要逛昆明的小资街，就到云南陆军讲武堂后面的钱局街去溜达。此街从讲武堂北走完仓园巷就是。从钱局街由南向北爬坡，走到坡顶，穿文林街，又可以领略昆明的"洋人街"——文化巷。

冬天来游昆明翠湖，翠湖西路宽敞的湖堤花园，是观鸥、喂鸥、嬉鸥的最好去处。这里的人气很旺，热闹非凡，这里也是拍摄翠湖外景的重要打卡地。如果你换个方向，到翠湖东路的东北去拍翠湖外景，又将是另一番景象，在幽静的翠湖画面中，昆明的两座标志性建筑物——云南省图书馆和五华区人民政府大楼，将会作为远景呈现在照片中，既美观，又有意义。

翠湖周边名胜古迹、名人旧居、各种纪念馆甚多，很值得去参观。翠湖西路有著名的"云南陆军讲武堂"，那是一座"百年军校，将帅摇篮"。翠湖南路上有卢汉公馆（今为云南起义纪念馆）[①]、云南解放纪念馆。稍远一点东南方的水晶宫，有朱德元帅的旧居；节孝巷有中共云南地下党建党旧址。正南方有抗战胜利纪念堂和聂耳故居。翠湖东面的青云街与圆通街（原大兴坡）交会口，有李公朴先生殉难处纪念碑。翠湖北路上，有王九龄旧居、袁嘉谷旧居、周钟岳旧居、周善甫旧居；云南大学内还有熊庆来和李广田旧居。翠湖北边稍远一点的一二一大街上，有著名的"西南联大"旧址（今云南师大）。翠湖北路西边的西仓坡顶，有闻一多先生殉难处。从云大大门左侧的丁字坡上去，北门街还有李公朴开办的"北门书屋"旧址。

这些名胜古迹是构成昆明历史文化名城的重要组成部分。看了翠湖周边的这些景点，等于读了半部昆明史。

粗略介绍了翠湖四周情况后，接下来聊聊在翠湖风景区内看什么？

---

①学暑认为"云南起义"应为"卢汉起义"或"昆明起义"。"云南起义"这一提法不准确，从全国看，只有讲长春起义、长沙起义等的，没有讲"吉林起义"或"湖南起义"的；从党史角度，应称为"昆明起义"或"卢汉起义"。目前，该展馆尚未作出改动，故本书暂治用原称呼。

翠湖景点

　　翠湖有东、南、西、北四道大门。老昆明人在传统习惯上，把南门当作正大门，因为它在老昆明城的北方，是古时候昆明人进翠湖的主要大门。如今，地铁5号线开通了，它在翠湖的站叫"华山西路站"，出地铁站后，可从南门和东门进翠湖，但相比之下，从南门进翠湖要近一点。

　　无论从东西南北的任何大门进翠湖，在入口处人们都会看到一块装饰讲究、图文并茂的导游牌《翠湖·讲武堂景区简介》：

　　"翠湖公园位于昆明城五华山西麓，占地22.1公顷，其中水体面积约15公顷，被誉为镶嵌在昆明城中的'绿宝石'。公园由水月轩、海心亭、九龙池、观鱼楼、莲华禅院、西南岛、竹林岛等景点组成。园内水光潋滟，杨柳青青，错落有致，景色宜人。游客在这里怀古赏月，观花戏鸥，是一个集百年历史文化和园林艺术为一体的游览胜地。毗邻翠湖公园的云南陆军讲武堂旧址，中国近代史上著名的军校——云南陆军讲武堂（1909—1935）的遗存，占地约30000平方米，现存有主体建筑、内操场、附属建筑等，是国内唯一原址、原状、较完整保存下来的中国近代军事院校遗址。现已开辟为云南陆军讲武堂博物馆，免费向公众开放。

　　翠湖·讲武堂景区，一文一武，百年积淀，成就革命熔炉，一泓碧水，延续昆明历史文脉。"

　　我们就依照这个简介，走进翠

孤岛

湖，去了解、认识它今日的风采吧。

其实，仔细说来，今日翠湖的总体结构，概括起来，是由两堤（阮堤、唐堤），四片水域（西南片水域、西北片水域、东北片水域、东南片水域），十一桥（燕子桥、听莺桥、文津桥、采莲桥、卫东桥、定西桥、九曲桥外加四座小桥），八个岛（水月轩、金鱼岛、竹林岛、九龙池、湖心岛、海心亭、西南岛和孤岛）组成的。

先看两堤。

阮堤，昔日坊间叫"中路"。因由清朝道光年间云贵总督阮元扩建，故名。这是翠湖一条南北向的通道，由南门通往北门。据罗养儒在他所撰的《纪我所知集·云南掌故全本》中说，此条路径原不甚直，亦不甚宽，虽是一条石路，却高低不平，不十分利于人行。路之两畔为水沟，沟外是柳堤，堤上全为杨柳树。虽有石桥三座，都是平桥，桥亦不甚长大。路宽就是一公尺左右吧。

唐堤，系民国初年，云南军政府都督（省长）唐继尧所建，故名。这是翠湖一条东西向的长堤。罗养儒老先生亲见此堤的建筑，他说："唯在民国十年前，唐继尧建双节坊于翠湖之东、西两面，因而修一条新路，由湖东达到湖西，与原有之一条中路（阮堤）架成十字形，斯而翠湖面貌便渐次的改去旧观。"也就使翠湖由两片水域，变成了四片水域。

唐堤属后修，比阮堤宽一些。但也宽不到哪里去。

新中国成立后，阮堤、唐堤已多次改造、提升，到如今已成两条宽敞、漂亮的人行大道。两堤既宽且直，十分气派。堤边，粗壮高大的三叶枫、法国梧桐、香樟、柳树，枝繁叶茂，浓荫遮天。两堤，特别是唐堤的绿化带，路边花坛，一年四季鲜花盛开，姹紫嫣红，分外艳丽。它们成了两条亮丽的迎宾大道。两堤靠湖水处，石凳、铁椅遍布其间，供游人小憩赏景，很是宜人惬意。

在唐堤进入竹林岛的花丛中，屹立着一尊"友谊·和平·发展"的雕塑。这是昆明与澳大利亚瓦加瓦加市结为友好城市的纪念碑。

接下来聊聊四片水域。

阮、唐两堤在湖心岛相交,把翠湖一分为四,即西南、西北、东北、东南四片。其中,西南和东北两片的水域较宽,其余两片则要狭小一些。

翠湖的这四片水域,可分为游玩和种植两块。其西南、西北和东北片大部,是划船戏水娱乐休闲处,这里是情人泛舟,孩子们玩耍的天堂。而东南和东北片的部分水域,则是种植荷花和睡莲的区域。当夏天到来,那些出于污泥而不染、挺拔秀气的荷花及浮在水面上睡态喜人的莲花争相开放时,这一片湖面美极了,美得让人陶醉。数不尽的游鱼,在花丛中欢窜。真是一派"十亩荷花鱼世界!"

再说十一桥。

阮堤上的三桥,原为燕子桥(南)、采莲桥(中)、听莺桥(北)。后来有所变化,中间的采莲桥被拆除,建成阮堤与唐堤交会处的小广场,使水月轩与湖心岛连成一片。后来,采莲桥被移至阮堤北部与九龙池连接处重建,成为阮堤北边通往九龙池、竹林岛的桥梁。在靠近北门的阮堤上,也就是听莺桥的北边,于1999年新建了座"文津桥"。桥上有注释称:"翠湖北岗原为贡院,现为高校区,与云南文化关系甚密。今翠湖北建桥与之相通,故桥名'文津',坊额曰'北涌文风'。"因而,现在的阮堤上仍有三桥,由南至北,变成了燕子桥、听莺桥、文津桥。原中间的采莲桥,则旁落于堤北之东,离开了阮堤。

唐堤上有两桥,东为"卫东桥",西为"定西桥"。

上述六桥,是当今翠湖上的主要桥梁。这六座桥梁,除了唐堤上的"卫东桥"是平桥外,其他的五座均为高大秀美的石拱桥,与两堤大道十分匹配。这六座桥是通往翠湖各个景点的"关津"。

此外,翠湖还有桥梁五座。一是由西南岛通往湖外云南陆军讲武堂和省科技馆的"九曲桥"。二是连接水月轩和金鱼岛、会中亭的四座小桥。

这十一座大大小小的桥梁,将翠湖各景点连成一个整体,让游人在翠湖观光时畅通无阻。那些优美的石拱桥及其在水中的倒影,也成为翠湖美景中的景中景。

最后，观赏八岛。

八岛，是翠湖景点所在，是游客游览观光中的必看之地。

为了便于游览，笔者沿着这样的路线图加以介绍：由南门上阮堤至水月轩、金鱼岛；上唐堤先右后左拐，进竹林岛、九龙池；过采莲桥，上阮堤左转，再右拐上唐堤至海心亭；从唐堤折回至湖心岛（观鱼楼、莲华禅院）；最后，去西南岛、讲武堂。

水月轩

昔日蒋楦以"水月轩"冠名的照相馆和电影院，在沧海桑田中，早已荡然无存。当今的"水月轩"名虽依旧，但变成了广场、花园、休闲地。

广场上，每天清晨都有不少昆明大妈在跳广场舞，以此强身健体。音乐声中，大妈们翩翩起舞，一个个"舞功"了得，场面十分壮观。花园里，种满了垂丝海棠。每到春天，这里海棠花盛开，如霞似火，怒放喜人，满园春色关不住，迎来观赏者万万千。到了夏天，这里杨柳依依，在春城特有的凉风中，人们或成双成对，或三五成群，或与恋人，或与朋友，或与家人坐在湖边椅子上，欢天喜地地欣赏着湖中满池争奇斗艳的荷花，很是

水月轩

惬意。冬天来了，这里又是观鸥最佳地点。红嘴白身的西伯利亚海鸥成群结队，一大片一大片，或在天空翱翔，或在水面上嬉戏，或向游客索食而与人亲近……构成一幅人鸥和谐共乐的画面。

从 1985 年起，每年 11 月至次年 3 月这段时间，海鸥都会如约至昆，给昆明人带来无限欢乐。为表纪念，人们在水月轩里建了两座雕塑。一座是以"翔"为主题的"海鸥·女人"雕塑；一座是"老人与海鸥"雕塑。这两座雕塑，表达和讲述了很多昆明人与红嘴鸥的动人故事。为了突出水月轩的观鸥区位优势，人们还在广场北侧，立有"翠湖戏鸥"的巨型石碑一块。

雕塑"翔——海鸥·女人"，分上、下两部分。上部以银灰色为基调，雕有一位英姿美女与十只海鸥的故事。亭亭妙女和十只海鸥共同组成一个环，海鸥在美女身边自由飞翔，美女飘发昂首，注目星空；两者构成一个有机的整体，共同欢乐，充分体现了人与自然和谐相处的主题。雕塑的下部是赭红色的基座。基座正面刻了草体的"翔"，"翔"字下方有"为海鸥莅昆而作"字样。基座的侧面，刻有以"翠湖公园"的名义而写的《雕塑〈翔〉题记》，落款是 1998 年 12 月。

《老人与海鸥》讲述的是一个真实的故事，即一位退休老人吴庆恒与昆明翠湖海鸥之间的动人故事。吴庆恒是昆明西郊某工厂的一位退休老人，据说他还是西南联大的学生。为了喂食海鸥，他每天徒步 20 余里到翠湖，给他心爱的海鸥送吃的。他的退休工资很低，但他却节衣缩食买来鸡蛋和面粉做成"海鸥饼干"，用塑料袋带来喂海鸥。十几年如一日，老人与海鸥建立了深厚的感情。后来，老人去世了，有人把老人的照片放在翠湖边，有灵性的海鸥们成群结队地飞来与老人告别。

根据这一故事，雕塑家用青铜塑造了一组雕像。吴老倾身与一只扇着翅膀在栏杆上的海鸥正在相互对话，老人脚下放着装有"海鸥饼干"的塑料袋，一群海鸥在老人身边或觅食，或飞翔，或散步。特别值得一提的是，根据这一故事，邓启耀创作了《寂寞鸥灵》一文，以其文为基础编写的《老人与海鸥》，被当作范文选入教科书，分别编入鲁教版、S版（语文出版社与

12省联合编写的教科书）五年级语文教材。

2021年翠湖公园作出计划，打算在水月轩重建电影院和照相馆。

关于水月轩在历史上曾建过电影院的事，王继锋《我家昆明》一书的113页，有过这样一番议论：

"1904年翠湖水月轩相馆的老板，曲靖（应为建水曲江）人蒋楦到上海进货，买了个放映机和几卷影片回来，本来是用来自己欣赏的，但禁不住朋友怂恿便开始收费放映，时间是晚上，没得场次，只有几部风景、车船的无声片。尝过新鲜的人不久就烦了。但蒋楦干脆在水月轩（相馆）对面盖了个电影院，到省外买了拷贝来放。这是1906年2月的事，到1907年，上海才有虹口大戏院（放电影）。这回昆明人抢了个彩头，昆明的电影院是全国第一家，有了这个电影院，图新鲜赶时髦的昆明人一到天黑就呼朋引伴地看电影，每人收3角钱。昆明人第一次在这里瞧着《日俄战争》的纪录片。

蒋楦后来去开戏园子，水月轩的电影史也就暂告一段落。"

金鱼岛

玩罢水月轩，从两座小铁桥进入东边的金鱼岛。这里古木参天，环境优美。美景中突闻童声不断。循声探去，原来是这里有几个儿童乐园。儿童们在这里玩着各种自己喜欢的玩具和活动，十分开心。如果游客中有人带着孩子来，一定要让他们与昆明儿童一起去共享欢乐，给他们留下一个难忘的"昆明印象"。

在金鱼岛的密林中，有两个亭子——涌翠亭和会中亭。登上涌翠亭，举目四顾，会感到翠湖近处、远处的"翠"，都向你涌来；"翠"得你满心欢喜。会中亭，亭子虽小，故事还不少。一如前面所述，此亭为当时的园林大师赵鹤清所设计。二是在建筑此亭挖地基时，发生过"用锅罩涌泉"的故事。说的是唐继尧时代，在此建会中亭，工人们在挖淤泥打桩下石建基础时，"突有一大股泉水冲泥而出，其粗处犹强于人臂。少选（许）即盈科而四溢，监工人急报于唐，唐命设法阻之。后则就出水处筑一小围，

竹林岛

竹林岛清风亭

用水车五六架不断地抽水，于是水势衰，乃用一大口锅鼍（读掩）其出水处，周围实以泥沙岩石，水始不出，会中亭之基地方得告成。"（罗养儒：《纪我所知集·云南掌故全本》第190页）三是越南领导人胡志明，以"阮爱国"之名，于20世纪30年代旅居昆明时，曾在亭中与越南革命党人开过秘密会议。由此可知，当年翠湖的金鱼岛一带是林深树茂，十分隐蔽之处。那时的会中亭还未与唐堤连在一起。

竹林岛

位于翠湖东北面，过去叫"万花洲"。这里是全翠湖最幽静的地方，从喧嚣闹市中出来的人，很喜欢到这里来清静一下，放松放松。解放后，在很长一段时间里，这里不对外开放，它是公园的苗圃、职工宿舍和办公区。今仍有翠湖公园管理机关在内。

竹林岛的主体是个竹类植物观赏园。好大一片"竹世界"，修竹繁茂，青翠欲滴。竹园内曲径通幽，临水观花，西有荷花，东存睡莲。2011年，民间爱心企业捐资重新修建后，竹林岛对外开放，成了竹类观赏园。展示有众多的特色竹类植物，如龙竹、方竹、算盘竹、笔杆竹、人面竹等稀有品种约20余种，令人十分惊奇、稀罕。这么多稀奇古怪的竹子，是在其他地方见不到的。

竹林深处，有家名为"素景"的高雅茶室，在这里品茗休闲、颇为静逸。

九龙池

与竹林岛毗邻，公园管理处的西侧便是九龙池。池旁有指示牌介绍："元代，湖东北有九眼涌泉，水量充沛，池水深达数米，称九龙池。"

如今，这里有一泓池水，水上曲桥蜿蜒，长廊凉亭，供人憩息。周边绿地，芳草茵茵，百花争艳。池边还有漏窗隔墙，更显别致。

近年，在这些漏窗隔墙上，增添了两大人文景观。一是"人文盛景"。图文并茂，用文字和照片介绍了翠湖周边的名胜古迹，有云南陆军讲武堂，昆明自来水历史博物馆，云大会泽院，北门书屋旧址，抗战胜利纪念堂，西南联大旧址，昆明朱德旧居，熊庆来、李广田旧居等。二是"廉润春城"。文像结合，简介了一些与昆明有关的古今名人事迹。这些名人有赛典赤·赡思丁、杨一清、孙髯、钱沣、林则徐、王炽、蔡锷、朱德、熊庆来、闻一多、聂耳等。

这些展出与介绍，让游客粗略领会了昆明作为历史文化名城的一些内涵。

九龙池

　　九龙池内有两项重要历史文物,也是必须参观的。一是"自来水博物馆"。1917 年,在这里建成了昆明第一家自来水厂,取翠湖水供市民用。当年设置于九龙池旁的抽水泵房及设备,原模原样地保留了下来,供后人参观。二是"翠湖再生水补水工程"的设备,让人们了解当今的翠湖水是怎样"再生"的,水从哪里来,又流到哪里去。

　　九龙池内还有一家翠湖历史展览馆,叫作"翠湖周边的历史文化片区整治提升展示厅"。用照片、图片、影视等多种形式,展示了翠湖的过去和将来。着重讲述了翠湖文化圈,特别是周边红色景点的发展规划。

　　海心亭

　　位于翠湖的西北边,这里又名"滇春苑"或"西北岛"。

　　"海心亭"是一座占地面积为 100 余平方米的亭子,平面为方形,重檐歇山顶,两层木结构,面阔进深皆为 3 间,上下层皆设回廊,红柱、红琉璃瓦,四边翘角。它造型优雅,工艺精美。亭前有广场,十分恢宏大气,是翠湖最佳打卡地之一,单人照、集体照,都很好选景。

　　据史书记载,当年云贵总督范承勋、云南巡抚王继文在翠湖建碧漪亭的同时,还在北建有"来爽楼"。后来,"来爽楼"塌毁。今天的"海心亭"应是在原来"来爽楼"旧址上重建的。这个地方,根据民国年间修的《昆

精品茶花园

明市志》，叫作"小螺峰"。

2012年，在今海心亭西侧的原溜冰场上建成了"精品茶花园"。

此园面积约900平方米，种有云南本土精品山茶花；同时展出各类精品盆景。园内植物、花卉相映成趣，仿古建筑、回廊相得益彰。这里是继观鱼楼之外的又一特色鲜明的园中园，是翠湖冬春之际品花、赏花的好去处。

观鱼楼

位于翠湖中心的湖心岛内。

游罢海心亭后，从唐堤原路折回，在游船售票处不远的右边，有道门额上书有"荷静风恬"匾的小门（观鱼楼北门，也称"金马碧鸡亭"）。由此进去，便是翠湖著名的观鱼楼。

这是一个大庭院，有花园，有水池，有曲桥，有回廊沟通众多的楼、亭、榭。有南北两门相通。

庭院内水池边有一座规模巨大，恢宏大气、红柱绿琉璃瓦的两层高大建筑物，它就是观鱼楼。观鱼楼坐东朝西，背靠莲华禅院。楼前有平台和石栏杆，供游人凭栏观鱼。

楼前一池湖水，古时是莲华禅院的放生池，今为游人喂鱼、观鱼的

观鱼楼

取乐地。水池边，也就是观鱼楼的对面，一系列亭、榭并列，它们分别是碧漪亭（濠上观鱼亭）、金马碧鸡亭、四方亭、重檐六角亭、扇亭、四角亭、六角亭等。这些亭、榭有长廊将其连接贯通。水池上，有一曲桥将观鱼楼与诸亭连接。长廊呈"人"字形，长廊两侧有由鲜花、草地、树木构成的花园。花园西边则是宽阔的翠湖。

人们来这里看什么？

首先，当然是赏景。这里是整个翠湖的核心风景区，是翠湖的精华所在，具有浓郁的江南建筑风格特色，但又比苏州的亭园大气。它是一组集楼、亭、榭、桥、廊为一体的古典园林建筑群，古色古香，雕梁画栋，琉璃碧瓦，十分美观。点缀其间的参天古树，芳草鲜花，更使人心旷神怡。

在赏景的同时，是"读联"。从人文景观的角度来看，这里是翠湖人文景观最集中的地方。这里的人文景观，除了楼、亭、榭、桥、廊外，就是那些悬挂在它们之中的楹联。对于这里的楹联，本书将有专题讲述，现只点若干精华，供游客参考。一是观鱼楼下，黄奎（奎）光题的那副对联："有亭翼然占绿水十分之一，何时闲了与明月对饮而三"。此联在全国楹联评比中，多次被评为佳联。二是"春浪秋歌"这一横匾的字体，是云南特有的"爨"体，全国仅此一块。三是当今在观鱼楼诸亭中展出的楹联，大多数都是"题海心亭"的，但在"观鱼楼"庭院北门（金马碧鸡亭）内，展出的横匾"是观堂"，据说是石屏人涂晫为"来爽楼"题的。"来爽楼"早毁，但其题匾仍在，十分珍贵。

观鱼楼庭院北门（金马碧鸡亭）西侧的翠湖历史文献碑廊，是珍贵的史料，它记载了清朝、民国年间的翠湖修建史和文人墨客吟诵翠湖美景的诗文。碑文是翠湖公园于1999年3月，请云南师大教授余嘉华先生精选文献诗词，由云南大学教授赵浩如先生组织有关书法家书写，勒石而成的。对要深入了解翠湖文化的游客，值得一读。

观鱼楼庭院，不仅风景优美，文化内涵丰富，而且人气也十分兴旺。是昆明人最爱去的好地方，老年人在亭子里谈天说地，青年人在这里相约聚会，孩儿们在这里喂鱼取乐。当锦鲤争食，相互追逐，一跃而起时，逗得孩子们一片欢呼，众人惊喜。整个庭院一派欢声笑语。

中国文化喜欢"温故而知新"。观鱼楼庭院的这番景象，是2011年新修葺的。"知新"后，理应"温故"一下吧。"故"时的观鱼楼，又是一种什么情况呢？

一位老人回忆说：往昔，这里是莲花（华）禅院的放生池。"池面甚宽，约在十有余亩。""一泓清水甚深，可能及七八（市）尺，远处则浅，大致二三（市）尺。西南两方有柳堤环绕，树密而阴（荫）茂，春夏间垂柳牵绿，自鱼楼上望去，风景佳极。池之北头则无岸畔，在夏秋间望去是一遍（片）绿水红莲也。"（罗养儒撰《纪我所知集·云南掌故全书》第189页。云南人民出版社2015年版）

游罢观鱼楼，该去看负有盛名的莲华禅院了。

莲华禅院

从观鱼楼庭院碧漪亭旁的南门出来，是一大片湖心岛上的桂花林。每年八月桂花飘香时，这里香气袭人，令人如痴如醉；平时这里则是一片绿荫，终年长青，既凉爽又美丽。沿桂花林和琉璃瓦八角亭左拐，不远处便是莲华禅院。

古时候的莲华禅院，如前所述是个非常热闹的地方。因为这里集中了佛、道、儒三家诸路神仙，来敬神的信徒很多，香火十分兴旺。据说，当时的莲华禅院与圆通寺齐名，都是昆明最热闹的禅院。那时的莲华禅院因有放生池和海心亭，除了信教的善男信女来拜佛求仙和放生外，还引得无数文人墨客来这里观景赏花，留下了众多题海心亭的诗文、楹联和匾额。因而，这里也是文化底蕴深藏的文脉之地。只是在20世纪30年代，龙云治滇期间，经过"拉偶"活动，菩萨、神仙塑像被清除之后，这里变成了政府机关、招待所、兵营。当年因"神"而热闹的景象不再。

如今的莲华禅院是个什么情况呢？

莲华禅院大门的古建筑，雕梁画栋古色古香。琉璃瓦屋檐下的匾额，"莲华禅院"四个大金字，为林则林所题。前端门柱上的对联"十亩荷花鱼世界，半城杨柳佛楼台"，是翠湖众多楹联中的一副名联，它高度概括了古代翠湖

莲华禅院龙云戏台

田园风光的景况。后排木柱上高悬的是翠湖长联，系当代楹联名家赵海若先生所作。他仿大观楼长联，以楹联的形式，书写了翠湖古往今来的美景和历史。

这三处文墨，是很值得游客品味的。读罢它们，回头再看看门外的翠湖美景，由此而引起的联想，别有一番滋味。

进门后，展现在游客眼前的是一个长方形的大院，大院的四周均为古色古香的平房。平房的东西两边是云南特产茶叶、玉石、咖啡、民族饰品等专卖店。北端的平房是相当考究的"大益茶"茶庄，屋内和房外院子的大伞下，人们在悠闲地品茗。大院南端是一大戏台，旁边的展板上书有"龙云戏台"字样，并介绍这是过去的云南省主席云龙大力倡导滇剧的遗存，这里就是当时实践滇剧再繁荣演出的大戏台。不知在当今昆明的"创文"活动中，这个戏台是否能有所作为。

莲华禅院是翠湖阮、唐两堤的交会处，是湖中心所在。因而院内外都布满商店，人流量也很大。但是，院内院外两相比较，院外比院内要热闹得多。院内的功能似乎还有待于进一步挖掘，莫闲了这块黄金宝地。

西南岛

从莲华禅院出来，右拐折回"水月轩"对面的桂花林，沿游船售票处旁的绿藤长廊前行，不远处便是西南岛。

西南岛又叫"葫芦岛"，因其地形酷似葫芦得名。西南岛上的树木与翠湖诸多岛上都不同，很另类。几乎都是清一色挺拔入云的棕榈树。棕榈树下，绿草如茵，鲜花似锦。看着这些高高的棕榈，使人错觉到了西双版纳或是海南三亚，因为展现在眼前的全是一派亚热带风光！

还在疑惑之际，忽闻一阵童声传来："爷爷，我要看聂耳！"循声望去，只见一老一少正向岛中央奔去。

广场北端，台阶上、国旗下、花丛中，以一棵高大的常绿树为背景，立有一尊聂耳塑像。他端坐着，右手置于膝上，左手拉着右肩上被狂风吹得飘舞的风衣；他头略低，很聚神，似乎在吟思着华章，是《翠湖春晓》？还是《义勇军进行曲》？塑像基座上，刻着由原中共中央总书记胡耀邦题写的"人民音乐家聂耳"几个金光闪闪的大字。塑像左侧的红墙上，刻有"国之歌者"四个金色大字。塑像下广场的两侧，以艺术展板的形式，图文并茂地对"国之歌者"聂耳的生平、作品以及中华人民共和国国歌《义勇军进行曲》等内容作了介绍。

据说，这尊聂耳雕像，是共青团昆明市委为纪念聂耳而立的。

面对伟大的"国之歌者"，崇敬之心油然而生。同时，心中也泛起"昆明真阳光"的念头。是昆明这座当时边远的小城抚育了这么一位伟大的人民音乐家。

是的，昆明很阳光！昆明不仅是聂耳的诞生地，从与翠湖西南岛隔水相望的云南陆军讲武堂内，还走出了两位中华人民共和国的元帅，他们就是朱德和叶剑英。这里还培育了众多的抗日将领，被誉为"百年军校，将帅摇篮"。

西南岛的东南端，九曲桥旁，有座六角重檐亭，两翼还有复廊。这座掩映在烟雨绿荫中的楼台，配上湖光倒影，增添了西南岛的旖旎。

告别西南岛，过九曲桥，便可去参观云南陆军讲武堂。离湖后，因眷恋翠湖，想再看她一眼。当蓦然回首一瞥时，只见那水、那树、那景，翠绿得美极了！翠湖真似一颗"绿宝石"，很美，很美，很美！

全国罕见的"楹联文化"园

楹联，是博大精深的中华文化的一个重要组成部分。在中国所有的名山大川、风景名胜、古刹寺观、城市乡村，或多或少、或密或稀，都有着楹联的存在。这些楹联，或以对联、或以匾额，或以碑刻的形式，展现人间。人们用楹联来歌颂祖国大好河山，点赞良辰美景，写景抒怀，寄托思念，展望未来。

特别是新春佳节到来时，春联更是贴得全国城乡一片红。

昆明翠湖楹联正是中华楹联的一个缩影，有人甚至说翠湖公园是"全国罕见的'楹联文化'园"。（昆明翠湖公园 都市时报编《昆明翠湖》第121页。云南人民出版社，2021年第一版）

此话当真？让我们走进翠湖，一起去欣赏品味一下它的楹联文化吧！

翠湖东西南北四门楹联

北门

翠湖北门有一匾一联。

匾额：

北涌文风

——李群杰 书

李群杰（1912—2008），云南丽江人，纳西族，字杰夫，笔名怒涛、揭腐等。中共党员，政治活动家，著名书法家。1912年10月，出生于云南丽江县（今丽江市）大研镇忠义村的一个纳西族书香人家。曾就读于云南东陆大学，北平平民国学院和广州中山大学。

他 1937 年加入中国共产党，先后在香港、云南从事党的地下工作，曾任中共云南省特委书记、中共云南省工委书记。期间，利用在国民党省府担任党、政、军联席汇报会秘书，昆阳、邓川县县长的身份，做了许多于民于党有效的工作，为党提供了许多重大情报；为转移暴露的党员，挫败国民党反动派破坏地下党的阴谋，保护党的组织起了重要作用。

解放后，任第一届云南省人民政府委员、省文教厅副厅长、省民委副主任，省政协秘书长等职。1958 年被错处，1982 年平反后，任省政协专职常委兼文史资料委员会办公室主任。1986 年离休后，又相继担任省文史馆名誉馆长，中国书法家协会理事，省书法家协会主席，云南中共党史学会会长，中国云南国际文化交流中心理事等职。

他自幼酷爱书法，不论顺境逆境都在苦练书法，终成大器。人称其书法开展峭拔、雄健古朴，通篇气韵生动，神融笔畅，如端正士。其书法作品，被毛主席纪念堂、国家文物局、炎黄陵文史馆、中央民族文化宫等单位收藏。全国各地碑林均有其作品。他的书法作品，还远传日本、美国、瑞士、德国、新加坡和我国香港、台湾地区。

2008 年病故，享年 96 岁。

其匾额置于翠湖北门背面额头。

对联：

鹤窥竹阁能衔字，

鱼上莲洲欲听琴。

——钱沣

此联置于北门正面柱上，为钱沣撰并书。

钱沣（1740—1795），云南昆明人。号南园，字东注，又字约甫。著名政治家、书法家。

清乾隆五年（1740）四月一日，出生于昆明县大东门外太和街（今北京路中段、东风广场东侧）的一个小手工业银匠家庭。就读于五华山南麓的五华书院。32 岁时（清乾隆三十六年）考中进士。后进入翰林词馆，度过 10 年的翰苑生涯。再后，任督察院江南道、湖广道监察御史，湖南学政

等职。

他为官清廉，刚强正直，嫉恶如仇，不避权贵，不怕失宠于帝，更不怕革职贬官。先后参劾陕甘总督毕沅、山东巡抚国泰、军机大臣和坤等，政声卓著，誉满全国。

他不仅人品高尚，才学亦佳，其书画之名，更是享誉天下。其书法以颜体为基，兼收诸家，独成一格，形成了正直坦荡，沉着刚毅的"钱体"。

钱沣于清乾隆六十年（1795）病逝于北京，享年56岁。归葬于昆明北郊龙泉镇羊场村清水河之滨的北山上。其墓列为昆明市重点文物保护单位。

为纪念钱沣，昆明市旧时曾在太和街立有"大清御史钱南园先生故里"石碑一块。又曾在翠湖之滨的青莲街（今卢汉宾馆新馆）设"钱公祠"（俗称"草公馆"），并将祠前的小巷取名"学士巷"。1995年3月，钱沣逝世200周年之际，又在昙华寺公园建"钱南园纪念碑廊"。

西门

翠湖西门有一匾一联。

匾额：

　　湖漾秋华

　　　　——尚文

尚文（1916—），河北定县（今河北省定州市）人。原昆明军区政治部研究员，云南省书法家协会第一届副主席、第二届名誉主席，中国老年书画研究会会员，云南省老干部书画协会顾问。人称其书法清新脱俗，意趣蕴藉，耐人寻味。他德艺高尚，凡有求其字者，他均应诺，并无偿赠送。其作品大多收入《尚文书法选》。

此匾置于翠湖西门后部额头。

对联：

　　十里春风青豆角，

　　一湾秋水白荸牙。

　　　　——困叟　陈荣昌

此联置于西门正面柱上，系陈荣昌撰并书。

陈荣昌（1860—1935），云南昆明人，号虚斋，又号铁人，晚年更号困叟，别号逊农，字筱圃，又字桐村。云南近代著名学者、教育家，诗人和书法家。

他出身于书香人家，其父陈惟恺系清道光丁酉年举人。曾担任过江川、镇沅县训导，东川府（会泽）教授。清咸丰十年（1860），陈荣昌出生于会泽。8岁时，父病故于会泽任上。幸得会泽人孟光铎招收荣昌兄弟3人，免费授业于门下就读。14岁时，他一家返昆。清光绪八年（1882），他考中乡试第一名解元。次年，会试考中二甲第27名进士，授翰林编修。后任贵州督学，山东提学使（正三品），云南学务所议长等职。辛亥革命后，曾一度任福建宣慰使。他为官清廉，乐于公益。

清光绪十七年（1891）三月五日，经正书院在昆明城内报恩寺（今翠湖北门外）成立，他从山东回昆，接许印芳之职，任该书院山长（院长）。此外，还曾任云南高等学堂总教习，国学专修馆馆长等职。曾赴日考察教育。他毕生致力于教育，门生多有俊才豪杰，如状元袁嘉谷，以及李坤、唐继尧、李根源、赵复详、张学智、陈古逸等均为其弟子。他实为云南教育界一代宗师。

他学识渊博，擅写书文，一生著作颇丰，著有《虚斋诗文集》等数十种。他国学功底深厚，是著名的文献方志学家。清末，曾任国史馆协修，参与《清史稿》编纂。唐继尧时代，曾任《云南丛书》名誉总纂，《续修昆明县志》总纂。他还精于书法，被美誉为"滇南第一大手笔"。其书法以颜真卿、钱南园为宗，正楷端庄遒劲。留下会泽县"护国首义"匾额、昆明圆通山"会泽唐公蒉墓"，以及墓联"功业须当垂永久，风云常为护储胥"和云南大学《会泽唐公创办东陆大学记》等墨迹。

1921年，61岁的陈荣昌皈依佛门，自称"痴和尚"。1935年，贫困而卒，享年75岁。

东门

翠湖东门有一联。

看过繁华味禅悦，

坐听流莺数落花。

——赵藩

此联为赵藩撰并书。

赵藩（1851—1927），云南剑川人，白族。号石禅老人，字界庵。中国近代著名政治家，学者。

他于清咸丰元年（1851）二月七日，出生于云南剑川县向湖村。自幼聪明，有"神童"之称。15岁从军，在维西将领张润戎幕下当幕司。清光绪元年（1875）乡试中云南省第4名举人。先后任过易门县学官、云贵总督岑毓英幕僚、四川桌台、四川酉阳县直隶州知州、川南道按察使等职。后因对四川总督赵尔丰大肆捕杀革命党人不满，辞官返乡。1911年，云南"重九"起义后，受蔡锷、李根源等电请，至迤西自治机关部任职，被公推为该部总理。后参加护国、护法运动。曾被护法军政府任命为交通部总长。南北议和被皖系军阀段祺瑞破坏后，1920年他辞职回滇，任云南省图书馆馆长。从此，他不再过问政治，不再出任公职，致力于艺术，著书立说，著作颇丰。晚年，总纂《云南丛书》，用4年时间，编辑成205种1402卷的《云南丛书》，该书集云南文献之大成，是部颇有价值的文化遗产。

他在书法上造诣很深，师从颜真卿、钱南园，又自成风格，是清代滇中四大书法名家之一。著名墨迹有四川成都武侯祠的"攻心联"和昆明大观楼的由孙髯翁所撰的"古今第一"长联。他书写大观楼长联时，年仅38岁。

1927年9月26日，赵藩病故于昆明寓所，享年76岁。

南门

翠湖南门有一联。

湖势欲浮双塔去，

山形如拥五华来。

——袁嘉谷

此联系袁嘉谷所书，但非袁氏所撰。原句出自郭文《登太华兰若》七律诗。

袁嘉谷（1872—1937），云南石屏人，号澍园，字树五。云南唯一的科举状元，著名教育家，大学教授。

他于清同治十一年（1872），出生于云南石屏县异龙镇南正街22号。22岁时，入昆明经正书院研习。清光绪二十九年（1903）6月，应经济特科考试，先列二等七名，复试时列一等一名，成为云南历史上唯一状元，亦是中国科举时代最后一名状元。后授编修，赴日考察。回国后，任国史馆协修，并在编译图书局专管教科书事。1909年，升任浙江提学使。1911年辛亥革命后，回滇。应蔡锷之聘，任省参议员。后又应唐继尧之聘为顾问，并修《云南丛书》。1921年，任云南省图书馆馆长。1923年应聘为东陆大学（云南大学前身）国文教授。

他是中国教育史上负责编写中小学教科书第一人。至今全国通用的"星期"、"乐歌"等名词，都是当时由他新订的。他又是在中国历史上，从封建王朝状元，做到近代高校教授的唯一一人。

1937年12月23日，袁嘉谷在昆明与世长辞。享年66岁。

为纪念这位文化名人，昆明人在他荣获状元之时，将拓东路上的"聚魁楼"改名为"状元楼"。时任滇督的魏午庄曾书"大魁天下"致贺。1993年，云南省人民政府将其在石屏县城和昆明翠湖北路5号（原50-51号）的故（旧）居，公布为"云南省文物保护单位"。

郭文，生卒不详，字艒。明代昆明布衣诗人。其《登太华兰若》诗之一诗曰："仙人掌上梵王台，雨霁秋清望眼开；湖势欲浮双塔去，山形如拥五华来。"此诗大受杨慎赞赏。

湖心岛上的楹联

湖心岛是翠湖楹联最多、最集中的地方。这里的楹联，可分为两大部分来欣赏，一是莲华禅院，二是观鱼楼及其周边的廊、亭、榭所悬挂的楹联。

莲华禅院

莲华禅院的楹联，共有匾额 2 块，对联 4 幅。其中，大门匾额 1 块，对联 2 幅；龙云戏台匾额 1 块，对联 2 幅。

大门匾额：

莲花禅院

——林则徐 书

林则徐（1785—1850），福建侯官人。号俟村老人、俟村退叟、七十二峰退叟、瓶泉居士、栎社散人等，字元抚、少穆、石麟。清代后期著名政治家、文学家、思想家。

清嘉庆十六年（1811）进士，任翰林编修。后为封疆大吏，先后出任江苏按察使、江苏巡抚、湖广总督、陕甘总督、云贵总督、钦差大臣等职。

在他的政治生涯中，最光辉的是"虎门销烟"。道光十九年（1839），林则徐被任命为钦差大臣，前往广东禁烟。他顶住压力，强迫外商交出走私鸦片，虎门销烟。当英国以此为借口，发动侵略中国的鸦片战争后，软弱、腐败、无能的清政府将林则徐革职，发配新疆伊犁戍边。

清道光二十五年（1845），重获起用，在陕、甘、滇任职。道光三十年（1850）奉命前往广东镇压洪秀全领导的"拜上帝会"，路上病逝于广东普宁，享年65岁。此匾当是道光二十七年（1847）至道光三十年（1850），他任云贵总督期间所书。

林则徐对西方文化持开放态度，主张择优而用之。他主持编撰的《四洲志》，对中国的洋务运动和日本的明治维新，都曾具有启发作用。

大门对联一：

光绪乙未春三月　游云南海心亭得句

十亩荷花鱼世界，

半城杨柳佛楼台。

——粤人凌士逸介风书刻于楪榆

凌士逸，生平不详。一说他是清朝人，一说他是民国年间人。抑或是清末民初人。

说明：

①粤人，应是广东人。

②清光绪乙未年，是光绪二十一年，公元 1895 年。

③书刻于楪榆中的"楪榆"系旧地名，位于今大理西北。西汉时置叶榆县，属益州郡；东汉时，改名为"楪榆县"，属永昌郡。

此联系昆明翠湖古往今来题海心亭众多楹联中的佳联。它高度概括了翠湖的景观特色：荷花、杨柳、鱼世界、佛楼台，将古代翠湖美景一网打尽。

大门对联二：翠湖长联：

菜海子原为菱藕境。昔大将军安营，日照河滨，秋高洗马，腾骧天宇，怎试长鞭。余万缕丝绦，烟扉半掩。兰舟桂棹，荡漾游移，穿燕子桥，出采莲桥，泊听莺桥。说甚如鹰阁阙，凌空壮矣！笑黜祖痴孙，一场帝梦沉沦，都还这冬堤碧草。却追思：南园祠巷，永历碑坡，禅院钟声，武堂号角。那堪浩劫，龟裂池东，令父老情伤，眸中盼见萍涟鲤浪。霜晴后，翔来鸥侣，拨浮光，绕山茶，衔我指间食。频回首，绝代清姿，默语佳人，恰与西泠成姊妹；

湖心亭妙在水云乡。今九龙戏浦，蝶飞剑袖，晨爽行歌，颤坠荷珠，欲惊曲岸。逗两只鹦鹉，猜调闲聆。白叟黄童，牵携嬉弄，寻金鱼岛，憩竹林岛，临棕榈岛。羡它摆尾鲫鲢，得所优哉！询红蜓素鹭，几许诗才徜徉，点染其玉瓣馨梅。曾忘返：图府篁荫，学园叶径，五华翠嶂，螺脊樱潮。更喜元宵，兔升槛外，望楼台灯转，波面漂摇幻幕银花。暑恼时，卷起飓风，嘘茶雾，入笛孔，拂君颜上尘。且放怀，前身明月，无忧静者，方能慧眼览乾坤。

（己卯岁撰题于春晓广场，癸巳冬书刻于莲华禅院）

——赵海若

说明：

①己卯岁，系 1999 年，癸巳，系 2013 年。

②笔者所用长联稿，系翠湖管理处提供，与现悬挂于莲华禅院大门两侧的木刻长联，特别是上联，有许多不同之处。这里所记录的长联，应是作者的修订稿。

③莲华禅院大门所挂长联落款，上联为"翠湖长联会 己卯岁撰题。"下联为"癸巳复书昆明赵海若。"

赵海若，云南昆明人，1968 年生。云南当代诗人、书法家、教授。别号"亦如斋主人"。云南艺术学院美术学院教授，昆明书画院副院长，中华诗词学会会员。著有《若隐若现》、《赵海若诗集》等。云南风景名胜区、寺庙、公共场馆多有其题字和自作诗联。其书法代表有昆明南屏街楷书《春城赋》（周善甫撰）、行书《翠湖长联》（赵撰并书）等。他还是昆明南屏街步行街、东西寺塔步行街、通海秀山文庙修复工程、曲靖中央商务区历史文化街区、文山民族体育馆浮雕墙《铜鼓王》等的创意人。

龙云戏台

匾额

风雨云龙

作者，情况不清。

对联一：

楼阁复旧观又喜见花鸟娱人湖山恋我，

婥嬛真福地好共读神州古籍海国新书。

——呈贡秦光玉

秦光玉（1869—1948），云南呈贡县（今呈贡区）人，号瑞堂，别号罗藏人，字璞安。晚清、民国时期的云南著名教育家、学者。

他从清末就在云南教育行政机关工作，初为普通职员，后历任科长、博物馆馆长等职。1921年，被任命为云南省教育厅厅长。当官后，自觉"居官有碍治学"，"行政不如著书。"一年后，辞官办学教书，"乐育英才"。历任云南高等学堂、优级师范、政法专门学校、国学专修馆教员，以及两级师范学堂监督（校长），省立第一师范校长等职。还参与创办成德中学、求实中学、五华中学、五华文理学院。桃李满天下，被称为"天南师表"。李根源、李曰垓、方树梅、谢显琳、杨春洲、罗佩金、徐嘉瑞、陈一得等云南知名人士，均为其早年弟子。

他还热心地方文献的编纂。在担任云南图书博物馆馆长、昆华图书馆（省图书馆前身）馆长期间、曾参与编纂《云南丛书》、《新纂云南通志》等文献。

1948年12月19日，秦光玉在昆明逝世，享年79岁。被当时新闻媒体称之为"一代师表"、"一代宿儒"、"本省教育界先辈"。

对联二：

　　　明月笙歌红烛花，

　　　青山书画绿杨船。

　　　　　　——芷汀钱允潮

钱允潮（1754—1814），又名钱允济，昆明人，艺术家。

观鱼楼

此地是翠湖的核心景区，也是翠湖楼、亭、榭、桥最集中，以及楹联最多的地方。粗略统计，此地共有匾额18块，对联16副。

其楹联的分布情况大致如下：

南门

有一匾一联。

观鱼楼南门

匾额：

　　人间幽境

　　　　——杨慎

　　杨慎（1488—1559），四川新都人，号升庵，字用修，明代文学家。明代三才子之首、内阁大学士杨廷和之子。

　　明武宗正德六年（1511）状元及第，授翰林院修撰。嘉靖三年（1524），因卷入"大礼议"事件，触怒世宗，被杖责罢官，谪戍云南永昌（今保山）卫。期间，曾率家丁助平寻甸安铨、武定凤朝文叛乱。被贬流放后，他或停留于永昌，或暂回四川，但长居昆明。

　　明嘉靖三十八年（1559），终老于昆明，享年72岁。

　　明穆宗时，追赠光禄寺少卿。

　　他在滇30年，博览群书，著书立说，造诣深厚，独立于当时风气之外。他著作颇丰，多达400余种，均编入《升庵集》。在流放云南期间，他对云南的文化教育事业作出了重要贡献。为此，昆明人在西山脚下建升庵祠和升庵小学来纪念他。

　　对联：

　　　　茶烟满室写墨竹，

花雨一帘观白鸥。

——退菴 赵光

来到翠湖观鱼楼南门，这副对联迎面而来，读后顿感此联写得太好了，充满诗情画意。

你看，一群文人墨客把茶室挤得满满的，他们在那里边品茗抽烟，边吟诗作画，兴高采烈，欢天喜地。这是上联的写照。下联呢？作者把目光一转，投向窗帘外，只见翠湖里：阳春三月，百花盛开，落英缤纷；水面上一群群鸥鸟在嬉戏，飞翔，自由自在。

赵光先生的对联写得太好了！他是何方神仙，应了解一下。不查不知道，一查吓一跳！他并不是当代诗人，而是清代嘉庆年间的老前辈，距今150多年前的人士。他写的"鸥"，也并非今日翠湖的红嘴鸥。

赵光（1797—1865），云南昆明人，号退菴，字蓉舫，清代官员，书法家，《清史稿》卷421有传。

清嘉庆二十五年（1820）进士，是嘉庆、道光、咸丰、同治四朝元老，位列三公，官居正一品。曾迁御史、给事中、光禄寺少卿、内阁学士；历兼工部、兵部、吏部尚书。他善诗文，其书法秀雅飘逸，潇洒典雅，凝练圆润，海内知名。

碧漪亭（濠上观鱼）

有二匾三联。其中，正面一匾二联，背面（靠放生池一面）有一匾一联。

正面匾额：

一九八一年春

碧漪亭

——赵鹤年 补书

赵鹤年：生平不详。

正面对联一：

子产舍鱼溯放生之始，

庄周知乐开转偈之机。

——阮元

碧漪亭（濠上观鱼）

阮元（1764—1849），江苏仪征人，号芸台，字伯元。出身于官宦之家，官员、学者。清乾隆五十四年（1789）进士。后授职翰林院编修，升少詹事、詹事，山东学政，浙江学政；先后担任江西、河南巡抚，漕运总督、湖广总督、两广总督、云贵总督等职。身历乾隆、嘉庆、道光三朝，晚年拜体仁阁大学士，后加官至太子太傅、太子太保。

道光二十九年（1849）逝世于扬州康山私宅，享年86岁。《清史稿》卷364对他的评价是：主持风会数十年，海内学者奉为泰山北斗。

此联，应是阮元任云贵总督时所书。此外，阮元还在河南开封大相国寺放生池，也曾题过此联。

正面对联二：

风雨动鱼龙，池影碎翻红菡苕；

丹青映楼阁，天先倒浸碧琉璃。

——李增蔚

李增蔚（1866—不详），云南巍山人。

原名李增芳，字襄国。清同治五年（1866）生，卒年不详。清末云南著名书法家，官员。

清光绪二十一年（1895）进士，后曾任福建泉州福宁知府。其书法书学赵孟頫，有创新而自成一家。

背面（靠放生池的一面）匾额：

濱上观鱼

——佚名

据说"濱上观鱼"句，取自《庄子·秋水》濱梁观鱼的典故。

背面对联：

光绪庚寅孟秋

观其鱼水相投，洋洋得所；

悟到濱梁之乐，栩栩忘机。

——梅题 并书

"梅"系陈之梅，生卒不详。广东怀集县人。清同治元年（1862）举人。刑部郎中，授云南大理知府。

光绪庚寅系光绪十六年（1890）。

四方亭（与银河通）

此亭正面有匾一块，无联。背面（靠放生池的一面）有一匾一联。

正面匾额：

清啸

——李因培

李因培（1717—1767），云南晋宁锦川里（今上蒜乡下石美村）人，号鹤峰，字其才。清代著名诗人、官员。出身书香人家，祖孙四代名噪文坛。

9岁时，随母迁居昆明。11岁参加童试，补博士弟子员。乾隆三年（1738）参加乡试，中举人。但因家境贫困，当年无力上京城应试。7年后，在友人资助下，入京会试中进士，授翰林学士，3年后被提任侍讲学士。其后，先后出任山东、江苏学政，湖北、湖南、福建巡抚。

　　他才高受宠，加之性刚气盛，被政敌诬陷，朝廷以"属员亏空不实"之罪，降为四川按察使，后改为赐死。死时，年仅51岁。著有《鹤峰诗文集》。

　　因李因培一家四代进士、名噪当时，被誉为"云南第一世家"。

四方亭（与银河通）

背面（靠放生池）匾额：

　　与银河通

　　　　——周于礼

　　周于礼（1720—1779），云南峨山县双江镇人。号立崖，又号亦园，字绥远。清代官员，著名书法家。

　　清乾隆十二年（1747）举人，十六年（1751）进士。后选为庶吉士，授翰林院编修，转任江南道御史。再后，又升迁为鸿胪寺少卿、通政司参议、太常寺少卿、大理寺少卿。三主四川乡试，三充京同考官。

　　他是当时全国著名的书法家之一，手迹广为流传，为国家博物馆、图书馆珍藏。云南通海秀山，昆明圆通寺、华亭寺、翠湖等，均有他的对联、匾额、字帖。他还善于诗文，主要著作有《敦彝堂集》、《听雨楼诗草》等。

重檐六角亭

此亭远离放生池，位于观鱼楼走廊之起点。亭内有一匾二联。

匾额：

　　闲趣

作者情况不清。

对联一：

　　窥百家藩圃，

　　探万化玄幽。

　　　　——杨一清

杨一清（1454—1530），云南安宁人，明景泰五年（1454）生于广东化州。号邃庵，别号石淙，字应宁。晚年自号"三南居士"（祖籍云南安宁；长于湖南巴陵，今岳阳；老于江南丹徒，今江苏镇江）。他虽未在云南出生，但一生情系云南，取别号"石淙"；将他在丹阳所居的别墅，取名"石淙精舍"；将他的诗集称《石淙诗钞》等，都是怀念家乡安宁螳螂州石淙渡之意。每填籍贯，他皆写云南安宁州。《明史》也称"其先云南安宁人"。

他11岁时，随父迁居湖南巴陵，14岁中解元，18岁中进士。一生历经明代成化、弘治、正德、嘉靖四朝，官至兵部、户部、吏部尚书，武英殿、谨身殿、华盖殿大学士，左柱国，太子太傅、太子太师，两次入阁预机务，后为首辅。他曾三次总制军务，主管三边防务，安定边境。真可谓四朝元老，出将入相，三边总成，文德武功，显赫一生。

重檐六角亭

相府山庄杨一清博物馆

金殿麦冲村相府山庄

晚年，他遭政敌陷害，被削职落难。明嘉靖九年（1530），病故于丹徒（今江苏镇江），葬于镇江大观山庐湾岗。享年77岁。嘉靖二十年（1541），明世宗追赠太子太保，谥文襄公。

他在文、诗、书、棋等诸方面，均成就斐然。可谓既是政坛高官，又是文坛领袖。

他在31岁时，曾奉母命返乡祭祖扫墓，同时省亲访友。在家乡安宁住了9个月。62岁时，经朝廷批准，又由养子代他回到安宁祭扫祖茔。此联当是他返乡祭祖时所撰并书。

为了纪念杨一清，1926年在袁嘉谷等人的建议下，曾在武成路洪化桥口修建杨一清祠，称"杨文襄公祠"（一说在先生坡附近）。1996年，武成路及其周边大改造时，要拆除祠堂，企业家王保平买下祠堂古建筑材料，一一编号后，在昆明金殿后山建相府山庄，并将这些古建筑材料在山庄内按原式建筑了"杨一清博物馆"，供后人瞻仰。

对联二：

绕栏绿水秋初净，

一亭白云人对闲。

——杞湖 许秋山题书

许秋山（1914—1992），云南通海人，名廷桂，号秋山，又号耐霜老人。通海文坛名宿，收藏大家。

　　1914年，许秋山生于通海一商人之家，经营有方，家境殷实。他一生研习、收藏字画及古物鉴赏，促进了通海民间收藏之风。

　　他对通海历史沿革和秀山匾联掌故极熟悉，人称"秀山活字典"。"文革"期间，为保护秀山文物匾联作出过突出贡献。1992年病故，享年78岁。

扇亭

扇亭

　　此亭位于湖边靠孤岛处，很小。无匾联。

锁翠亭

　　此亭位于长廊与放生池之间的花园中，故可称为"园中亭"。有一匾一联。

匾额：

　　　　锁翠

　　　　——范子明

　　范子明（1903—不详），山西平陆人。《陈荣昌楷书孙髯翁大观楼长联、范子明草书大观楼孙髯翁大观楼长联》中称其书法"以其崇高的仁道志向，铿锵的黄埔军魂，朴实的草根情怀，曲折的学书历程，奇遇的红绸姻缘，

锁翠亭

多舛的坎坷命运，复杂的人生道路有着千丝万缕的联系"。其书法是"铁线书法"与"红绸舞韵"完美的结晶。

范子明是黄埔军校第三期步兵科学员。时任该校政治部主任的周恩来曾称他是"黄埔"第一笔。

对联：

水流花放鱼游鸟，

云在霞飞鹜浩还。

——王白纯

王白纯（1909—1991），云南通海人，字嘏逸，别署泊尊，晚号梅翁。中国书法家协会会员，云南第一届书法家协会常务理事，云南省文史馆馆员。著作有《王白纯书法篆刻选集》。

四角亭（春浪秋歌）

此亭前后各有一匾一联，共二匾二联。

正面匾额：

优游

——尹壮图

尹壮图（1738—1808），云南蒙自人（《清史稿》曰昆明人，有误），字楚珍。清代官员、学者、教育家、书法家。

清乾隆三十一年（1766）进士，官至内阁学士兼礼部侍郎，是参与监修《四库全书》的唯一滇籍官员。后因上疏请废"议罪银"制度而被罢官回乡。嘉庆四年（1799），被重新起用。但他仍以"母老乞归"，"上赐其母大缎两端，加壮图给事中衔"。此后，他主要从事地方教育事业。

嘉庆十三年（1808）病故，享年71岁，他工于诗和书法，著有《楚珍自记年谱》、《楚珍诗稿》、《楚珍文稿》等。

正面对联：

此即濠涧，非我非鱼皆乐境；

偶来亭畔，在山在水有遗音。

此联未落款，有关作者也说法不一。翠湖公园和都市时报编的《昆明翠湖》称其作者是陶澍。昆明市园林绿化局、翠湖公园、"翠湖春晓"诗

四角亭（春浪秋歌）

刊合编的《翠湖鸥翔》则称：其作者是段金锷。

昆明金殿《专建三丰殿》碑文上，有"大理董万川澄农氏谨志，昆明段金锷剑秋书丹，民国三十二年（1943）岁次癸未秋八月上浣之吉"的记载。据说他的书法师从钱南园，由此可推知段金锷当是民国时期的昆明书法家。陶澍情况不明。

背面（靠放生池）匾额：

春浪秋歌

——集爨字碑

爨字碑即《爨宝子碑》，全称《晋故振威将军建宁太守爨府君墓碑》。刻于东晋义熙元年（一说大亨四年）（405），清乾隆四十三年（1778）出土于云南曲靖南70里的扬旗田，现保存于曲靖一中内。碑文记录了墓主人爨宝子的生平和功绩，共400余字。其字体属于隶书向楷书过度的书体。此匾额就是从这种书体中剪辑而成。

背面对联：

问阿谁隐士自居，能学太公一钓去？

思今世古人若在，当邀子产几回来。

——戴锡周

戴锡周，生平不详。

水榭（海天看鹤）

据翠湖管理处的工作人员介绍说：这是翠湖观鱼楼中唯一的水榭。它虽与诸多亭楼同置于水边，但却有一些特殊。

此水榭靠放生池一面有一匾二联。

匾额：

海天看鹤

——阚祯兆

阚祯兆（1641—1709），云南通海人，号东白，字诚斋，别号大渔。

水榭(海天看鹤)

清初藏书家、书法家。

他出身于书香人家。清康熙十一年（1672）赴京会试未中。返乡途中逢吴三桂叛乱，受阻于湖南3年。后隐居，以读书写字自娱。刻苦专攻书法，终成一家。原昆明南城楼楼上的"近日楼"、北城楼楼上的"望京楼"匾额，皆为其所书。

除写字外，他还热心藏书。据传，"吴三桂富藏书，及败、半归祯兆。"其著作也不少，有《大渔集》、《北游草》、《通海志》等。

对联一：

秋水清无底，

奇石浪纹斜。

——于右任

于右任（1879—1964），陕西三原人。原名伯循，字诱人，后以其谐音"右任"为名。晚年自号"太平老人"。中国近现代政治家、教育家、书法家。

他早年加入同盟会，后成为国民党元老。辛亥革命后，曾任陕西靖国军总司令、国民曾联军驻陕总司令，陕西省政府委员、南京临时政府交通部部长、国民党中央执行委员会常委、中央政治会议委员、军事委员会常委、国民党政府委员兼审计院院长和检察院长等职。1949年，随国民政府迁往台湾。

他一生重视教育、先后创办了复旦大学、上海大学、国立西北农林专科学校（今西北农林科技大学）等。他还是上海大学校长和复旦大学、私立南通大学的校董。他是中国近代高等教育重要奠基人之一。

于右任先生不仅是真诚的爱国者，还是中国近现代著名诗人和书法家，他是"南社"早期的诗人，一生写下诗词近900首，著有《右任文存》、《右任诗书》等。他创立了"于体"书法艺术。

对联二：

园多松菊开三径，

家近湖山拥百城。

——坚石 书

坚石，生平不详。

六角亭（晚香·一湖明月）

此亭位于放生池曲桥之上。六角亭的西边和北边，各有一匾一联，共计二匾二联。

西边匾额：

晚香

——楚图南

楚图南（1899—1994），云南文山人，原名楚方鹏，笔名介青、高寒。老一辈中国共产党人，革命家、文学家、学者、社会活动家。副国级国家领导人。

清光绪二十五年（1899），出生于云南文山县城上条街。14岁离开文山，先后就读于昆明私立联合中学、北京高等师范学校（北师大前身）。期间，认识李大钊，在其影响下学习马克思主义，进行革命宣传活动。1920年加入社会主义青年团，1926年加入中国共产党。曾任暨南大学、云南大学、上海法学院、北京师范大学等高校教授。1943年春，以中共党员身份加入中国民主同盟，并当选为云南民盟省支部主委。他长期以教授身份作掩护，从事革命活动，团结西南联大、云大的进步教师，在文化界和青年学生中开展抗日、反蒋活动。

中华人民共和国成立后，历任北师大教授，全国政协常委，西南文教委员会主任，中国对外文化协会会长，民盟中央主席，全国人大常委会副委员长等职。

六角亭（晚香·一湖明月）

他自1942年开始从事文学创作和翻译工作，先后出版小说、散文多部。翻译了美国惠特曼诗选《草叶集选》、俄国诗人涅克拉索夫的《在俄罗斯谁能快乐而自由》等著作。

他的书法自成一体，被称为"楚体"。人称其书法："俱有庙堂气象，写正书，取势中正，体格近颜而直逼汉人。"挚友谢鸿年说：楚老的字，始于汉碑，出于颜体，受益爨碑。其字体浑然天成，遒劲有力，质感骨力，稳健严谨，是世间少见如此艺术风格的书法。

西边对联：

民国壬申孟春月

赤鲤跃碧波，吞却三分明月；

红莲开翠海，托来一瓣馨香。

——李霆锐 题书

李霆锐，生平不详。只知他字铁经，清代曾任云南华坪县知事。此联作于民国二十一年（1932）。

北边匾额：

一湖明月

——马汝为

马汝为，云南元江人，回族，号悔斋，字宴丞。清康熙三十年（1691）进士，官至贵州铜仁知府。云南知名书法家。

北边对联：

萝月挂朝镜，

荷花发古池。

——佚名

观鱼楼

作为放生池周围建筑群主建筑的观鱼楼，共有二匾二联。其中，"观鱼楼"匾额，高挂在二楼门头上；其他的匾、联，均挂于一楼的柱子和门头上。

二楼匾额：

一九九六年夏

观鱼楼

——解德厚书

解德厚（1921—），云南澄江人，中国书法家协会会员，云南文史馆馆员，云南省老干部书画协会理事。云南著名书法家，著有《书法十四讲》。澄江凤山公园志舟楼还有他撰写的两副对联："爱听乳燕歌盛世，喜看新莺舞朝阳。""夕阳不怜黄花瘦，晚节犹爱绿竹肥。"

一楼匾额：

春醉莲莱

——署云南大理城守营司弟子　赵德昌　书

赵德昌（1831—1899），号望云，字达庵，贵州郎岱（今六枝特区）人，出身军门。清咸丰初年，以行伍随云南提督恒春在黔作战。同治年间，擢升为贵州提督，成为黔军名将。他虽出身行伍，但对书法、绘画、音律特别爱好，是一位能诗善书的儒将。

清同治六年（1867），因受排挤，卸职归乡，结束了"半盏清茶即战饭，一杯冷酒为戎衣"的军人生活。过着以诗养性，以书为乐的生活，直至终身。

一楼对联一：

翠竹不沾花外雨，

红鱼划破水中天。

——梦楼 王文治

王文治（1730—1802），江苏丹徒（今镇江）人，号梦楼，字禹卿。清代官员，书法名家，诗人。

清乾隆二十五年（1760），他进京殿试，得中一甲第三（探花），中进士，授编修，擢侍读。在翰林院混了几年后，放外为官。乾隆二十九年（1764），出任云南临安（今建水）知府。后因故罢归。自此,他无意仕途,在家筑"梦楼"，潜心专攻诗书画。不到50岁，便究心佛学。清嘉庆七年（1802）逝世，享年72岁。

王文治一生，以书法称名于世。他采诸家之长，为我所有，自成一家，形成其飘逸婉柔，妩媚匀净，线条扁薄，喜用淡墨，潇疏秀气的独特风格。人称"淡墨探花"、"淡墨翰林"。早在他26岁时，其书作就远传海外，流芳日朝。在云南任职期间，他在建水、通海、昆明留下了很多碑刻和对联。著有《梦楼诗集》、《论书绝句十三首》等。

观鱼楼·放生池

此联既是写翠湖的情景，也是他自己的人生总结。

一楼对联二：

嘉庆辛巳三月

有亭翼然，占绿水十分之一；

何时闲了，与明月对饮成三。

——猛摩痴令 黄奆光题

说明："奆"字可能是作者的自造字。因查遍《新华字典》、《辞海》、《说文解字》、《康熙字典》均无此字。但是从对联的印章中，得知"奆"即"奎"。

黄奆（奎）**光**，生卒年月不详，福建连江青塘人，号星岩，字怀意。曾出任过云南镇沅县县令。镇沅古称"猛摩"，故他又自称"猛摩痴令"。为清代乾隆、嘉庆时期的文人、官员、教育家。

他于清乾隆五十三年（1788）中举人。嘉庆十二年（1807），出任云南恩乐县（今镇沅县）县令，任职5年。人称此时的恩乐县"政简刑清，四民乐业。"由此可知，他应是个好官。后以父母年老多病为由，辞官归故里。此后，应聘为韩山书院山长，主韩山讲席。此后的13年间，他都在帮扶后进，使他们多有成就。后病故于故乡青塘村，享年67岁。

他擅长诗词，还喜欢撰联。此联是他在云南任职期间所作。原题为《题海心亭》，其上联取材于欧阳修《醉翁亭记》中的"峰回路转，有亭翼然"句；下联出自李白《月下独酌》中的"举杯邀明月，对影成三人"句。据说，此联是全国风景名联中的翘楚，曾多次入选"全国风景名联"。

笔者按：其题联时间"嘉庆辛巳"，可能有误。清嘉庆年间（1796—1820），只有辛酉年（1801）、辛未年（1811），没有辛巳年。

北门（金马碧鸡亭）

这里有三匾一联。它们分别是：大门有"荷静风恬"匾和"城市别开仙佛界，楼台妙在水云乡"联；进门后，正对小亭的墙壁上有"是观堂"匾；西边的门头上有"月华"匾。

北门大门头上的匾额：

荷静风恬

——周钟岳 书

周钟岳（1876—1955），云南剑川人，白族，号惺甫，又号惺庵，字生甫。近现代著名政治家、教育家、思想家、书法家、护国元老。

他出生于书香门第，幼年师从赵藩，颖悟异常，落笔惊人。1903年秋，赴昆明参加癸卯科乡试，中试为第一名举人"解元"。

1904年，赴日留学，就读于东京弘文学院和早稻田大学。1907年回国，任云南省学务所普通课课长兼省城两级师范教务长。后走上政坛，先后担任过云南军都督府秘书长、教育司长、滇中观察使、全国经界局秘书长兼局评议委员会主任、四川督军秘书长、靖国军总司令部秘书长，云南代理省长、省长等职。抗日战争期间，任国民政府内政部长兼行政院所属县政计划委员会主任委员、国民政府委员兼考试院副院长等职。1947年，任总统府资政。新中国成立后，任全国政协委员，云南省文史馆馆员。

他虽长期位跻显要，但却以教育、诗、文、书法闻名于世，亦是著名学者。1930年至1947年，他历时17年，主持纂修了《新纂云南通志》266卷和《续

观鱼楼北门侧面

观鱼楼北门正面（金马碧鸡亭）

云南通志长编》，为云南留下了丰厚的文化遗产，对云南文化发展作出巨大贡献。

周钟岳先生还是一位著名的书法家。他著名的墨宝真迹有南京"总统府"、云南"石林"和长沙《题刘公崐焘墓》碑文等。

周钟岳病逝于 1955 年 5 月 19 日。享年 79 岁。临终前，嘱家人将所藏图书数万卷，分别赠送给云南大学及省图书馆。

北门的对联：

一九八一年初夏

城市别开仙佛界，

楼台妙在水云乡。

——芷湖 马子华祥吉旧联

此联为黄奎光撰，马子华书，故称"祥吉旧联"。

马子华（1912—1996），云南洱源人，白族。1937 年毕业于上海光华大学中文系。1931 年，加入左联。历任《文学丛报》、《文学》主编，复兴晚报社副社长。还曾任过五华文理学院、云南大学中文系教授，北京政法学院讲师，国务院机关事务管理局秘书，云南省文史研究馆馆员。1956 年，加入中国作家协会。代表作有《卢汉后半生》、《一个幕僚眼中的云南王》、《滇南散记》、《骊山之夜》、《读古指南》等。

亭内墙头匾额：

是观堂

——石屏 凃晫 书

凃晫，生平不详。据传，此匾额是为"来爽楼"所书。

亭西匾额

月华

——沈从文

沈从文（1902—1988），湖南凤凰人，原名沈岳焕，字崇文，笔名休芸芸、

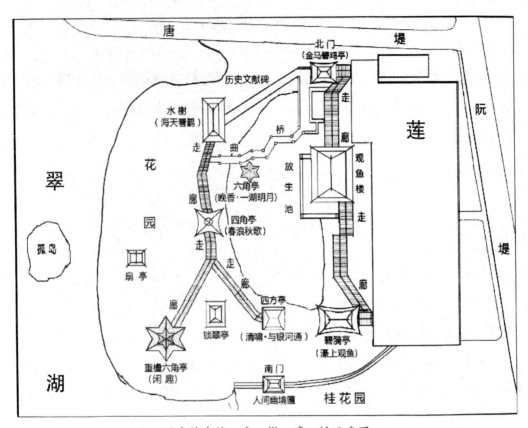

观鱼楼内楼、亭、榭、廊、桥示意图

甲辰、上官碧、璇若等。中国著名作家、历史文物研究家。

他小学毕业后投身行伍，随湘西靖国联军浪迹湘、川、黔交界地区。1922年脱下军装，赴京报考大学却名落孙山，只好在北大旁听。1924年起开始文学创作。《长河》、《边城》等小说的出版，使他名扬华夏。

没有大学文凭，但有真才实学的他，经郁达夫、徐志摩等大家的推荐，到胡适任校长的中国公学任教。从此，他成为大学教授，先后任教于青岛大学、西南联合大学和北京大学。新中国成立后，在中国社会科学院历史研究所工作。主要从事中国古代史与文物研究。著有《中国古代服饰研究》、《中国丝绸图案》、《龙凤艺术》等。

1988年病逝于北京，享年86岁。

西北岛上的楹联

这里的楹联共有三处，一是海心亭，二是精品茶花园，三是露天茶室旁边的小亭。其中，海心亭有一匾二联；精品茶花园有三匾三联；茶室小亭有一匾。

海心亭的楹联

匾额：

海心亭

此匾额高悬于海心亭二楼门额上，没有落款，不知为何人所书。

正门对联：

题翠湖海心亭

百亩碧漪经雨洗，

四堤绿柳任风梳。

岁次辛巳之夏

——赵翼荣 撰书

注：辛巳年为 2001 年。

赵翼荣，祖籍浙江东阳，1946 年生于广西桂林。著名书法家，昆明学院教授，享受国务院政府特殊津贴的专家。

曾任昆明学院艺术系、中文系书记、主任。现为昆明书法家协会主席，云南省诗词协会学术委员，昆明文史馆馆员。其书法以行书见长，兼融魏碑笔意，有自家面孔，形成新的"赵体"。若说"春城无处不飞花"，那么其所书则"昆明无处不赵体"。其匾联石刻散见于昆明各风景名胜区、政府机关、城市地标建筑。著有《溯古及今——诗论书法自释》、《师范书法讲稿》等。

西侧对联：

赵佳聪撰联

泰斗书香濡染清波翠，

群星辞彩流连慧鸟鸣。

——癸巳中秋　李波　书

注：癸巳年为 2013 年。

赵佳聪，女，云南昆明人，云南师范大学副教授。先后担任过中国李清照、辛弃疾学会理事，中华诗词文化研究所研究员，云南省诗词学会副会长，云南楹联协会副会长，云南传统文化研究会会长等职。

曾出版多部诗词书集，还与其子赵海若合刊《兰沁斋联》、《兰沁斋文集》。

李波，当代著名书画家。昆明书法家协会主席，昆明书画院院长，云南书协理事。其书法以隶书见长，兼擅楷书、行草书，以及国画花鸟等。曾应邀为中国海军"昆明舰"创作。主编、参编《春联范例》、《昆明当代书法家作品选》等著作。

昆明翠湖、圆通山、金殿等公园以及通海文庙、楚雄石羊古镇文庙等风景名胜区，均有其匾联石刻。

精品茶花园的楹联

正门匾额：

霞灿鸥翔

——壬辰岁赵海若　书

注：壬辰岁为 2012 年。

赵海若，生平见本书 46 页。

正门对联：

翠湖公园嘱书杨升庵咏滇山茶句

海上千枝光照水，

城西十里暖烘霞。

——壬辰冬　杨修品

此联为杨慎撰，杨修品书。

杨修品，1943年生于昆明。当代著名书法家，云南师范大学文学院教授，中国书法家协会理事，云南省书法家协会副主席，云南省文学艺术政府奖书法评审委员会主任，中国国际书画人才网学术顾问，昆明市书法家协会副主席，云南中山书画院院长。

1979年荣获全国书法大赛一等奖，后又获5次国际大奖。1999年被中国文联授予"99中国百杰书法家"称号。著有《无主题书法》、《美学论语》、《美学纵横》、《书法美学》、《爱便是美》等。人称其书法有气魄，敢下笔，放得开，收得住，气势、气韵把握到位，笔性感觉新颖，夸张变化皆在法度之内。他创造的"无主题书法"是对中国国粹之一书法理论的一大贡献。

园内亭匾额：

甲滇亭

担当大师句：山茶按谱甲于滇

——壬辰冬冯国语 书

冯国语，1940年生于河南叶县，毕业于哈尔滨工业大学。中国当代十大书法家之一，有"云南第一笔"的美称。

云南省七、八、九届政协委员，云南省文史馆馆员，中国书法家协会会员，九州书画院院长，中国外交部书法协会顾问，中国书画函授大学教授。他长期从事书法教学，曾多次应邀到北京大学、新加坡大学讲授书法，可谓"桃李满天下"。他的书法誉享海外，曾在新加坡、泰国、韩国举办过个人书法展，1000余幅作品传播日本、韩国和中国香港等17个国家和地区，德国、意大利的一些画廊均收藏有他的作品；他的作品还被我国外交部选定为国家领导人赠送外国政要的礼品。

他的书法被中国书法家协会原主席沈鹏先生概括为："法得魏晋意，神求山川雄，承古出新篇，气度犹恢宏。"

作者按："甲滇"二字，出自明代画僧担当（俗名唐泰，云南晋宁人）

咏颂楚雄紫溪山东林寺元代 660 年古山茶树诗："冷艳争春喜灿然，山茶按谱甲于滇。树头万朵奇吞火，残雪烧红半边天"中的"甲于滇"句。意为云南山茶甲天下。

甲滇亭对联：

  林则徐咏昆明茶花句

迸开新瓣浓于染，

擎出高枝灿欲燃。

   ——壬辰冬古溪孙源 书

注：壬辰年为 2012 年。

此联由林则徐撰，原题为《题甲滇亭》，孙源书。

孙源，云南昆明人，1951 年生，自幼酷爱书画，师从李广平（李鸿章曾孙）、孙太初。经勤奋努力，已成为云南乃至全国著名中青年书画家之一。其书画作品在国内外画展中多次展出，并被国内诸多博物馆、纪念馆、名胜景点收藏。业内有人评价称：在云南书画史上，其作品虽未排列第一，但却是继担当等名家之后，比较突出的一个。

他现为中国书法家协会会员，云南省书法家协会副主席、一级美术师、云南省美术家协会会员。

侧门匾额：

  滇春苑

作者情况不清。

茶室小亭的匾额

  和风

   ——老舍

此小亭位于海心亭西北边的露天茶室旁。小亭有匾无联。

老舍（1899—1966），北京人，满族。原名舒庆春，字舍予，笔名絜青、鸿来、非我。中国现代小说家、语言大师、北京人艺编剧，新中国第

71

西北岛和风亭

一个获得"人民艺术家"称号的作家。1899年2月3日生于北京，父亲是一名满族护军，在八国联军攻打北京时阵亡。此后，家道贫困，靠母亲替人洗衣维生。

他先后就读于京师第三中学、北京师范学校。1918年毕业后，在北京任过小学校长、教育局劝学员、教员。后到天津南开中学任教。1924年，赴英国任伦敦大学亚非学院讲师。1929年夏，离英回国，在新加坡滞留半年，任中学教员。1930年回国，先后在山东齐鲁大学、山东大学任教授。1937年11月，只身赴武汉，被选为中华全国文艺界抗敌协会常务理事兼总务部主任，全面负责总会的领导工作。1938年7月，西迁重庆。1946年，应美国国务院邀请，赴美讲学。1949年回国。1950年，任中国民间文学研究会副理事长。1951年，被北京市人民政府授予"人民艺术家"称号。1953年，当选为全国文联主席、作协副主席。1966年，不忍屈辱，自沉于北京太平湖，享年67岁。1978年，得到平反昭雪，恢复"人民艺术家"称号。

主要代表作有：小说《骆驼祥子》、《四世同堂》，剧本《茶馆》、《龙须沟》等。

1941年，老舍应邀赴昆至西南联大讲学。"和风"匾当是这时所书。

竹林岛上的楹联

岛内茂密的竹林中，深藏着一亭，亭上有一匾一联。

匾额：

    清风亭

        ——佚名

对联（大篆）：

    光风入圃囿，

    幽事在林泉。

        ——段雪峰　书时年七十八

段雪峰（1922—2005），云南双柏人，1922年生。原名必达，后改单名旭，别号朴砚斋主、梦竹楼主。诗作署名太瘦生。著名书法家、篆刻家。

昆明书法家协会主席，云南省文联委员，云南省文史馆馆员。主要作品有《段雪峰书法篆刻存稿》、《段雪峰书画篆刻存稿》等。

此联撰写于2000年。

金鱼岛上的楹联

金鱼岛上有会中亭和涌翠亭两亭，每亭各有一匾一联，共有二匾二联。

会中亭匾额：

    会中亭

        ——佚名

会中亭对联：

    宁志光先生撰联

    四季云楼分翠色，

    百重英气接湖光。

        ——癸巳秋高明　书

注：癸巳年为2013年。

会中亭

涌翠亭

宁志光，当代云南著名书法家，云南省楹联协会会长，中国楹联学会第六届常务理事、第八届会长助理。

高明，山东青岛人，1962年生。山东书法家协会会员，青岛市美术家协会会员。独立艺术工作者。

涌翠亭匾额：

　　涌翠亭

　　　　——张云江　书

张云江，生平不详。

涌翠亭对联：

　　赵仲牧先生遗句

　　雀舌龙泉邀来天上三分月，

　　楚河汉界原是人间一局棋。

　　　　　　　　——成联方　书

注：癸巳年为2013年。

赵仲牧（1930—2007），云南腾冲人。云南大学文学院教授，云南美术学会名誉会长，中国大专院校审美教育研究会理事，中国西南五省区美学学会副会长。

他是一位在中国哲学界、美学界很有影响的学者。学界有"北李南赵"之说，即中国美学界北有李泽厚，南有赵仲牧。

享年77岁。

成联方，云南昭通人，1971年生于昭通镇雄。中国人民大学书画博士，云南大学艺术学院美术系青年骨干教师，故在对联中自称"后学"。

水月轩的楹联

水月轩大门有一匾一联。

匾额：

　　一九八四年甲子应翠湖公园之嘱

水月轩

　　——氾园老人周政家　书

周政家，生平不详。

对联：

　　杨柳池塘风弄影，

　　鱼鸥家园藻依云。

　　　　——于乃义

于乃义（1915—1980），云南昆明人，号净明，字仲值，晚年别署"饮光老人"。著名学者，教育家、官员。

1915 年生于昆明书香人家。于氏系昆明名门望族之一，其祖父于怀清、父亲于少怀，均为饱学之士。于怀清还是"钱王"王炽"同庆丰"号总管。同辈中，于乃义在省府担任秘书，于乃仁则遁迹商界，其妹于兰馥是全国知名妇产科专家。他们的子女亦多为专家学者：于希贤是北大博导，于希文是特级教师。

西南联大解散后，为继续发展云南高校文化事业，乃仁、乃义兄弟二人出资，联合云南各界知名人士，于 1946 年创办私立五华文理学院，乃仁任校长，乃义任教务长，为云南的教育事业做出巨大贡献。

他喜爱文学和书法。其题跋、临写古帖之手迹、著作、手稿繁多，公开问世的著作有《于乃义诗集》、《阿弥陀经赞》、《圆觉经赞》等。其书法既学东坡、担当书体，又刻意仿恩师袁嘉谷笔迹；前者颇见功力，后者几可乱真，从中可见其书法用功之勤。

1980 年病故于昆明，享年 65 岁。

西南岛上的楹联

翠湖西南岛位于九曲桥东侧，有亭一座，亭有一匾一联。

匾额：

    水流云在

        ——杨修品

对联：

    题翠湖西南岛

留鸥不住任鸥去，

待春归来听春歌。

        ——二〇一九年杨修品撰书

杨修品，生平见本书70页。

综上所述，本文涉及的翠湖楹联约计64件。其中，匾额31块，对联33副。

西南岛上的"水流云在"亭

对于这些楹联的内容，笔者只是将其收录于拙作中，既供读者欣赏，又供后世留存；除了简介作者外，基本上未作解读。缘故有二：一是笔者才疏学浅，妄加解读，怕既曲解作者，又误导读者。二是联语可解读的空间很大，各人认知也迥然。这正如云南石林的那些奇峰异石，不同年龄，不同经历的人，从不同的角度凭各自的想象力，去领悟它们，会得出诸多不同的结论。既然这样，笔者认为把这些楹联所要表达的意思，让看到它们的读者自己去领悟、解读会更好一些。笔者着重将这些楹联的作者生平作为背景材料，向读者、游客介绍，使大家知道这副对联、这块匾额的作者是个什么样的人。

笔者同意《昆明翠湖》一书作者的观点，认为昆明翠湖是一个"全国罕见的楹联文化园"。综合该书作者的论述和笔者的看法，主要依据如下：

第一，昆明翠湖的楹联，很多出自名家之手。如林则徐、杨慎、于右任、楚图南、老舍、沈从文等，为数不少。这在全国公园楹联中，应属"罕见"，不是唯一，也是之一。

第二，翠湖楹联中，还出现了一些作者藉藉无名、甚至"生平不详"的优秀作品。如"十亩荷花鱼世界，半城杨柳佛楼台"的作者凌士逸，就只知他是"粤人"，其他情况一无所知。然而，这一对联却被选挂于昆明翠湖公园的最中心、最显眼的"莲华禅院"大门门柱上。又如黄奎光，虽然身份不显赫，但作品中有2副悬挂于醒目的"观鱼楼"和其北门（金马碧鸡亭）的门柱上。还有一些年轻人的作品，如1962年生的高明和1971年生的成联方，其书法实在好，哪怕他们资历浅，也被选中悬挂于翠湖楹联群中。这种不拘一格选作品的情况，在全国公园楹联中实属"罕见"。

第三，楹联的载体是书法，从书体的角度看，翠湖的楹联集中了楷、行、草、篆、隶等各种书体，而且大多是中国书法史、云南书法史上的名家精品。此外，翠湖的楹联中，还出现了一些既继承传统字体，又有"自家面孔"的新体，如"钱体""于体""楚体""新赵体"等。更有甚者，"春浪秋歌"四字，竟是云南人独创的爨体。你说这算不算"全国罕见"。《昆明翠湖》一书的作者称：这四个字"把翠湖书法的历史推前了1400多年。"因为这四个字源自东晋义熙元年（405）创作的爨宝子碑。

第四，翠湖楹联中的多民族元素，也属罕见。这里的楹联作者除汉族外，还有白族（赵藩、周钟岳、马子华），纳西族（李群杰）、回族（马汝为）、满族（老舍）等。这在全国公园中，可真是少见。这大概是由于云南民族众多和昆明又是一个开放性的兼容并包的阳光城市等因素使然吧！

碧漪亭·海心亭·湖心亭

笔者从 1956 年到昆明参加高考，考入昆明师范学院（今云南师大）后，就一直在昆明学习、工作、生活，直到退休，并长期以翠湖为邻，迄今已达 67 年。这 67 年中，去过翠湖不知多少次，看过不少有关翠湖的书、文章和资料。在游玩翠湖和阅读有关翠湖资料的过程中，有个问题始终令笔者感到困惑，那就是关于碧漪亭、海心亭以及湖心亭的关系。

这些问题归纳起来，就是碧漪亭是海心亭吗？海心亭和湖心亭是不是一回事？当今建在翠湖北边的海心亭，是当年的海心亭吗？

这次趁写这本书之机，笔者对上述问题作了些探讨。现将心得叙述于下，请读者、专家赐教。

文化遗存

碧漪亭、海心亭和湖心亭以及莲华禅院、昆明市自来水博物馆等，都是翠湖珍贵的历史文化遗产。

现把当今昆明翠湖上述诸亭的建筑情况，以及相关导游指示牌的介绍，交代一下。

先说"湖心亭"。

翠湖公园的导游指示牌，没有专门介绍湖心亭的文字。

只是在阮堤与唐堤交会的湖心岛小广场边树丛中的红墙上，刻有"湖心亭"三字。这个位置，原先是"莲华禅院"的正大门所在地附近。后来，大门改开在东方，成为今日莲华禅院的正大门。这里则成了莲华禅院的南边山墙。

在"观鱼楼"的公园导游指示牌上，写了这么一句话："观鱼楼原为莲华禅院的放生池，历经多次维修、重建，至今南北角仍保留有 1934 年云南省主席龙云所建的两座三层八角琉璃亭。"

那么"湖心亭"者，应是指这两个呈八角形、琉璃瓦的三层楼小亭，或者是指整个莲华禅院建筑群。因为在 1934 年前，这里就曾建有过"湖心亭"。

再看"观鱼楼"。

公园的导游指示牌称："现观鱼楼建筑群由观鱼楼、碧漪亭、濠上观鱼、金马碧鸡亭、四方亭，以及重檐六角亭、扇亭、四角亭、六角亭组成。"

经观察后，人们会发现"碧漪亭"和"濠上观鱼"同为一个大亭子，其正面叫"碧漪亭"，背面（靠水池的一面）题为"濠上观鱼"罢了。两者是一回事。

还有"海心亭"。

其导游指示牌和碑的介绍是："清康熙三十一年（1692）云南巡抚王继文在湖心岛建碧漪亭，湖北岸竖来爽楼，同时建海心亭。海心亭四方重檐，琉璃碧瓦。"

从中可知：①碧漪亭建在湖心岛上。②来爽楼建在"湖北岸"。③在建碧漪亭和来爽楼的同时建海心亭。④海心亭和碧漪亭是相互独立的两个亭，不是一个亭。

接下来，看有关莲华禅院的介绍。

"始建于清嘉庆元年（1810），工部右侍郎蒋予浦、迤南道刘钰及昆明倪士元、倪琇以'碧漪亭'为中心建莲华寺，后更名莲华禅院。莲华禅院和圆通寺东西并峙，圆通枕山、莲华临水，各有特色，相得益彰，为当时香火鼎盛的宗教场所，一直延续到民国年间，前后经历 140 余年。

1934 年由云南省主席龙云指令改建，改建后先后用作空军俱乐部、城防俱乐部、城防司令部招待所、旅馆、图书馆。随着岁月的变迁，几经修葺后，莲华禅院风采依旧。禅院正门悬挂的'十亩荷花鱼世界，半城杨柳佛楼台'对联出自民国凌士逸之手,体现了翠湖如诗如画的美丽景色。"

从中可知:①在莲华寺(禅院)未建之前,湖心岛上就有"碧漪亭"。②莲华禅院是以碧漪亭为中心建筑起来的。③概述了莲华禅院由宗教场所变为实体单位以及风景名胜的历史。④介绍中称"莲华禅院始建于清朝嘉庆元年(1810)"。年代有误,清嘉庆元年是1796年。1810年为嘉庆15年。

历史的寻觅

碧漪亭、海心亭、湖心亭和莲华禅院等,都是历史文化遗产。让我们返回以往,去查一查历史典籍,看看古人、前人对碧漪亭、海心亭、湖心亭、莲华禅院等,又是怎样记载的。

由清代张毓碧修,谢俨等纂的清康熙《云南府志》称:

"来爽楼,在府城内菜海子北。

碧漪亭,在菜海子中。楼与亭俱总督范丞勋、巡抚王继文于康熙三十一年(1692)同建。"

康熙《云南府志》告诉我们:①来爽楼和碧漪亭,是由云贵总督范承勋和云南巡抚王继文于康熙三十一年(1692)同时建筑的。②清康熙年间的翠湖,叫"菜海子"。③来爽楼在菜海子北,而不像有些著作和文章说的那样,在"北岸"。北指的是菜海子的北边,按地理方位,可叫它为"西北岛"。④康熙年间建的碧漪亭和来爽楼,是翠湖有史以来最早的"景点"。未提同时建海心亭。也就是说,康熙年间,建今翠湖的首批景点时,根本没有海心亭,只有碧漪亭和来爽楼。

由清嘉庆年间邑人倪琇所写的《建莲华禅院碑记》载:

"滇南会垣内,有九龙池者,一名翠海。湖心原有小亭,开自国初,岁久倾圮。嘉庆元年春,有同邑马孺人,礼奉观音大士,捐资百金,敬修一院,庄严金像,虔祀之。虽半亩之宫,吉灵常护;十方之广,甘露优沾。既有感之必通,亦无微而不照矣,余族居距此地仅数武,先叔孝廉方正云浦公朝暮经临此地，恒念一亭之外，别无容膝，遂恍然叹曰：此名胜也，何以（不）扩充。于是，乡里乐善诸君子与有同志者，为之区画（划），即于是年倡捐。填砌西面地基二丈许，建屋三间，为栖止之地。延永丰寺僧雨庵住锡，岁奉香火。将周围草塘置买，挑填坚固，遂成基焉。但鸠工非一木所能支，孤衷期众腋而共集。斯时余在都门，僦居蒋少司空元庭先生弟。滇信寄，知开建此院，于暇日，谈及滇会有九龙池，余备述倚山近水形势，公甚慕之，固嘱绘图送阅，公曰：此地殆是亦西湖耶。公知捐修拮据，慨然捐廉，易辽参八两，付羽寄滇，浼先叔云浦公售，获价银壹仟陆百余金，并募捐数百余金，始庀材开工。建立阁楼三楹，奉大士全像；前殿三楹，奉吕祖；后殿三楹，奉仓圣、文武帝，增福玄坛圣像。复有云中朱公元亮来滇办公，复为参捐，添建马王殿三楹，东厢楼耳房五间，庄严佛像金漆，院宇辉煌，一切供品什物，赖以全备。嗣迤南观察刘公钰兼摄臬篆，祈晴祷雨，诣院焚香，韦昭灵贶，又捐建雷祖殿三楹，五龙祠三楹，并制亭炉、钟鼓，前后殿宇，东厢楼屋，咸皆巍峨壮丽，庙貌一新。其海心大路，南北延绵三百余丈。百余年来，悉皆坍塌倾陷，窄狭低洼，雨水盛行，浸淹断隔。有北直易公德政倡捐，加高培宽，半载之功，修培平坦，行人无复病涉。

是役也，自嘉庆己巳冬兴工，至丙子嘉平告成……未能将西厢楼培建及放生池围成，为山九仞，功亏一篑，余甚惜之。余薄宦京华、力绵未遂。"

摘自《新纂云南通志》六 第 124 页

从碑文的作者，亦是倡修莲华禅院的当事人之一倪琇的记述中，我们可知在清嘉庆年间修莲华禅院的一些情况。①嘉庆元年（1796）春马孺人捐资修建的是"观音大士"院。马孺人捐百金所建的观音大士院（后人称海心亭），是以即将倾圮的小亭为基础所建的。在这里倪琇未说"小亭"就是"碧漪亭"。据后人回忆"碧漪亭"并不小，有三间平屋。再说，当时以总督、巡抚的名义，由清廷云南地方政府官方出面修建并载入史册的"碧漪亭"，怎么可能是个小亭呢？所以"小亭"可能是另外的亭子。"小亭"建筑的年代，也未指明是"康熙三十一年",而说是"开自国初"。这就可以理解为:可以是顺治、康熙年间。因为这段时间,均可算是"国初",即大清国初期。而且,此"小亭"可能是民间所建,非官方所建,故未载入史册。②"是役也"中的"役"应是指莲华禅院工程。莲华禅院于嘉庆己巳年(嘉庆十四年,即公元1809年)冬动工,至丙子(嘉庆二十一年,即公元1816年)建成,历时7年。但西厢楼房未完成,放生池未围成,是他的遗憾,感叹自己太"力绵未遂"。③重点记录了莲华禅院从无到初具规模,是多次求人赞助、募捐才建成的。并详细记载了蒋元庭(予浦)、朱元亮、刘钰、易德政等人捐钱、捐物(人参),以及雨庵、倪士元(云浦)和他本人,分几次修建了哪些殿楼以及海心大道的事实。④莲华禅院建成后,使菜海子由"一亭"(应为碧漪亭)之外,别无容膝,不成气候,没有什么景点的一泓水域,变成了巍峨壮丽,庙貌一新的风景名胜。

请继续往下看相关资料。

清道光二十一年(1841),由戴迥孙纂修,清光绪二十七年(1901)印的《道光昆明县志》云:

"九龙池即沐氏别业,名柳营者也,修于康熙三十一年。总督范承勋、巡抚王继文构亭建楼,备极清迥,其池沿五华山之右贯城西南陬达滇池。今老亭即碧漪亭后改名莲华禅院。"

这条史料的价值,在于说明康熙年间建筑的"碧漪亭",到道光年间更名为"莲华禅院"了。

对于史料中所说的"更名"内涵,我们是不是可以理解为:①到了道光年间,碧漪亭虽然还存在,但是改叫"莲华禅院"了。②或者说:两者就是一回事,把此地叫"碧漪亭"、"莲华禅院"均可。③也可以理解为从此以后,"碧漪亭"这一名称不存在了,由莲华禅院取而代之。④在《道光昆明县志》的文字表述中未提到"海心亭",但在该书,甚至有清一代及民国时期有关书籍的地图中呢?

那就先查一查相关地图吧。请看以下几幅地图。

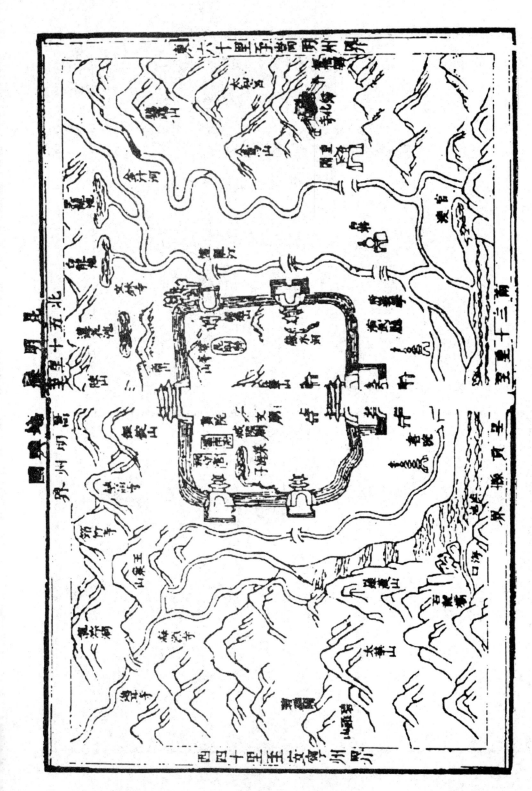

清康熙《云南府志》所绘昆明城内外形势图

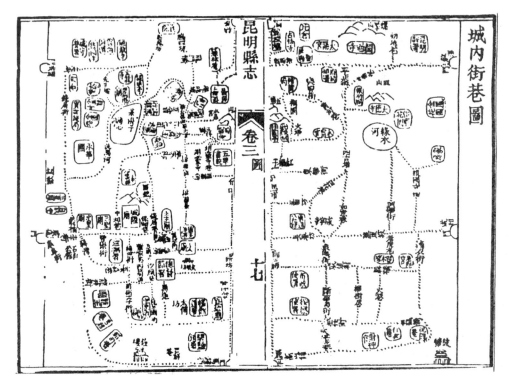

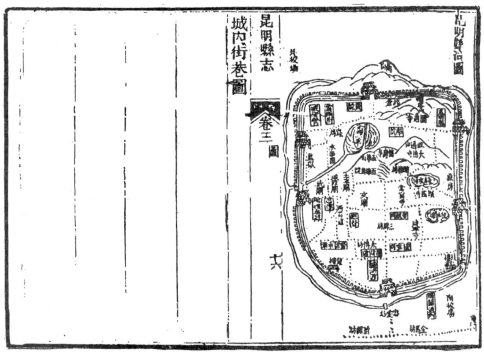

清《道光昆明县志》所绘昆明形势图（共两图）

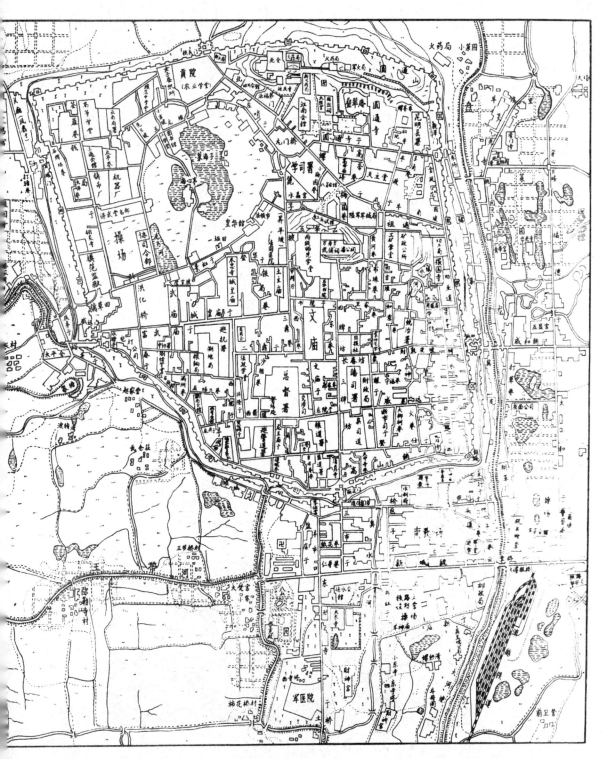

清末昆明街道图

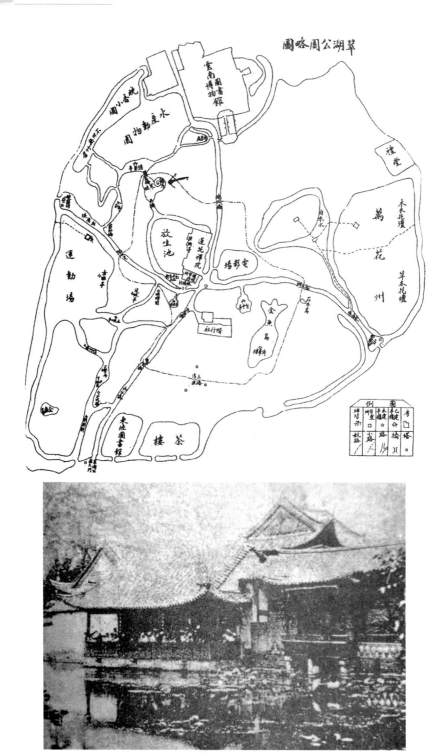

1924年《（民国）昆明市志》所绘翠湖公园略图及碧漪亭照片。
地图中箭头所指处，名叫"小螺峰"。

这里用了4幅地图和1张照片。地图分别是：①清《康熙云南府志》的《昆明地舆图》。②清《道光昆明县志》形势图，卷三17页为详图，系原件，而非某些著作中的"复制图"；卷三16页为略图。③《清末昆明街道图》，转印自《昆明市地名志》，内部资料。1986年12月，昆明市人民政府编、④《翠湖公园略图》和碧漪亭的照片选自1924年编的（民国）《昆明市志》。

从这些地图和照片中，我们可知：①碧漪亭自清康熙三十一年初建以来，到民国初期，经历代不断维修，一直保存下来。其位置一直在放生池的东岸，紧靠莲华禅院。②今日翠湖的名称，在《志》的文字表述中，叫"九龙池"，或"菜海子"、"翠海"。但在《志》的舆图中，一直称"菜海子"。③从道光年间到清末的昆明街道图中，将今翠湖名称并列为"菜海子"、"海心亭"。而且，在《道光昆明县志》的城内街巷略图（卷三16页）中，还把整个菜海子标明为"海心亭"。由此可知：康熙年间未被提及的海心亭，至道光年间有了亭名，而且还成了翠湖的代称。这应是因清嘉庆年间修建莲华禅院，有了个供奉观音菩萨的"海心亭"之故。

继续到历史文献中去找答案吧。

由张维翰修，章振藻纂，于民国十三年（1924）印的《民国昆明市志》，对翠湖公园的介绍是这样的：

"在五华山右，民国九年（1920）改修，经理由市政公所顾问赵鹤清兼任。在其地即九龙池，海心亭当其中，阮堤、唐堤是纵横交贯，荷田花畦错综如画，树林茂密，流水清漪，绿荫丛中虹桥隐现，散步纳凉尤推佳景。新建水流云在轩，及锁翠浸绿、亦足以等亭，以点缀焉。"

该志介绍莲花禅院时，如是说：

"在九龙池上，亦称海心亭，古时为水云之乡。清嘉庆间邑人倪琇、僧人雨庵及蒋予浦等始建此院，梵宇宏深，备极清迥。有庆云楼，系雨庵藏经楼。楼下供观音神像，香火鼎盛。东为莲华楼，西为碧漪亭，皆属名胜。"

该志介绍"五龙祠"时云：

"在莲花（华）禅院前，采莲桥西畔。旧为游客休息啜茗处，春秋佳日入内品茶者，有人满之意。后改建翠湖公园，仿浙江西湖建楼，莳花浮于湖畔。前额曰：湖心亭。为唐会泽书。现改为翠湖公园经理事务所及东陆医院筹备处。"

罗养儒曾为"前清附生"，其父实夫与云贵总督岑毓英有姻亲关系而被延为幕僚，他随父举家迁往昆明。他毕业于中法学校及云南省政法学堂讲习班，先后担任过（民国）云南警察厅中医师，滇越铁路局翻译，《中华民报》《中华新报》主编，《微言报》主笔，成德中学、十一属联合中学文史教员，粤侨公学校长，法国驻滇总领事馆文案。他还自办过火柴厂和电机碾米厂。1939年后，长期为人治病并从事著作。中华人民共和国成立后，曾任云南省文史研究馆馆员。这么一个一生跨越清朝、民国和中华人民共和国的老人，写了一本《纪我所知集》（后人将之改为《纪我所知集·云南掌故全本》）。他在此书中，有篇叫作《翠湖之旧观》的文章，对莲华禅院、海心亭、碧漪亭、鱼楼、五龙祠等，是这样表述的：

"翠湖上唯一的名胜处是莲华寺……莲华寺实位于翠湖当中，是在水中央。寺门前横匾书"莲花（华）禅院"四字，门额后书有"海心亭"三大字。字属神品，不识为何人所书。或曰是兰谷和尚手笔，审其笔法亦近似。寺内有殿宇四层：

第一层曰五龙祠，供青、黄、白、黑、赤五尊龙神，殿前有一大天镜（井），宽长俱达三四丈，乃有人架竹棚于其上而开茶馆……此一茶馆在昔时颇有名。

……按观音殿实为寺中之第三层殿。又按志载：寺为工部侍郎兼仓场侍郎蒋予浦、迤南道刘钰、邑人倪士元、倪琇、僧雨庵，于嘉庆元年（1796）（这个时间可能有误，应为嘉庆十四年至二十一年——笔者）拓修。又详考之，观音殿即旧日之海心亭也。故位于寺当中，是一亭而不是坛殿。

……

（莲华禅院有东、西廊配殿）西廊配殿之右手边连接着三间台式大厅，是名碧漪亭。然"碧漪亭"三字，乃光绪年间云贵总督崧蕃所题，往昔但名之鱼楼。鱼楼实无楼，系三间平屋也。鱼楼位于放生池上，三面有栏，入其间可凭栏观鱼。

……

碧漪亭南头，连接着喜雨楼，楼为云南巡抚谭钧培所建……

碧漪亭及喜雨楼前之放生池，池面甚宽，约在十有余亩。鱼楼基础是接连着娘娘殿下之后墙脚，此系数百年前建筑，不知此一带地处之石脚下至若干尺深。然年程久远，石脚缝内遂藏有他种生物，曩日，常见有二三水獭出而吃鱼。"

罗养儒在该书的《昆华名胜纪略》一文"莲华寺"条中，又云：

"莲华寺在翠湖九龙池上，寺即古昔之海心亭，后则扩而充之，遂名莲华寺，亦名莲华禅院。寺之中间有亭，亭塑观音大士像，亭有楼，名庆云楼。寺为仓场侍郎蒋予浦，迤南道刘钰，邑人倪士元、倪琇，僧雨庵于嘉庆元年（1796）拓修，是则"海心亭"三字为原有之名称也。……昔日寺分四层，第一层为龙神殿，二层为吕祖殿，再进为观音殿，此即旧日之海心亭也。亭实居中，左右前后，均有殿宇、房廊环绕之……观音殿西边，碧漪亭与放生池。"碧漪亭"为滇督崧蕃所题，字系苏忠廷所书。亭上匾联极多……

……

亭外匾联，亦多有出自名人手笔……本来海心亭系居水中央，故曰海心亭。海心亭之四面皆湖，湖中种莲，湖上有堤，沿堤植柳……城中名胜处，自以一海心亭，一圆通寺为最盛，盖以一则在山，一则在水也。"

由（民国）云南昆明市政公所总务课于1924年编写的《昆明市志》，在名胜古迹篇中，介绍九龙池和碧漪亭的表述是：

"九龙池　在五华山右。一名翠湖，俗称菜海子，即沐氏别业，名柳营者也。海心亭位其中……

碧漪亭　在翠湖莲花（华）禅院中，临放生池上。道光中叶，阮文达公重修。光绪乙未年（1895），崧蕃督滇复新建水楼。入民国后迭加修葺，历代名人所题匾甚多。池中绿水一泓，游鳞无数，为游乐胜地。"

再看 1931—1949 年，历时 18 个春秋，由周钟岳、赵式铭先后主持，编成的《新纂云南通志》"各府湖泽"篇中，写云南府的翠湖时称：

"翠湖，本名九龙池，以九泉所汇得名。在府城内西北隅，周二里有余。明时为沐氏所有，称柳营。后归公，中为放生池……殊有城市山林之妙。碧漪亭一名湖心亭，莲笑楼、图书馆及钱南园先生祠堂在焉……"

综合以上史籍可知：

①海心亭是当时翠湖的核心景点，不仅莲华禅院是以海心亭为中心拓建起来的，莲华禅院就叫海心亭；而且海心亭在这时（清末民初）还成了整个翠湖的代称，与菜海子、九龙池齐名。

②海心亭与碧漪亭是两个各自独立的建筑物。海心亭是位于莲花禅院中央，是供奉观音的观音殿；海心亭上有庆云楼，是雨庵和尚的藏经楼。海心亭这一名称，来源于系居水中央，故曰海心亭。碧漪亭位于海心亭的西边。碧漪亭又叫"鱼楼"，位于放生池上，三面有栏，供游客观鱼；鱼楼实无楼，系三间平屋。

③第一次提到"湖心亭"。这是在 1930 年代龙云"拉偶"活动，捣毁莲华禅院泥塑神像之前，唐继尧统治云南时代的事。唐继尧在修筑"唐堤"，改造翠湖公园时，在清嘉庆年间所建的"五龙祠"（亦叫"神龙祠"）建楼，并在其门额上挂上了由他题词并书写的"湖心亭"匾额。由此可知，在历史上"湖心亭"与"海心亭"、"碧漪亭"没有渊源关系。但是，到了龙云时代所编纂的《新纂云南通志》中，却出现了这样的表述："碧漪亭一名湖心亭。"这很令人费解。应该说两亭不是一码事，恐该书表述有误。倘若该书表述无误，那只有一种解释：1934 年经龙云改造后的莲华禅院，不仅唐继尧时代建的湖心亭没有了，清嘉庆年间拓修的海心亭也没了。碧漪亭则被移到院子靠南墙的位置，即今碧漪亭的地址上，并将碧漪亭改名

为湖心亭了。南墙上嵌有原唐继尧所题并书的"湖心亭"三字，以"湖心亭"来统称经过改造后的莲华禅院建筑群，包括易地重建的"碧漪亭"和两个新建的三层琉璃八角亭在内。

几点粗略的认知

根据前述相关历史文献的记载，笔者对莲华禅院、碧漪亭、海心亭和湖心亭等的相关资料进行查阅、梳理、学习后，困惑初步获释，有了以下认知。

碧漪亭：是翠湖内最早的建筑物。从清康熙三十一年（1692）初建，至2023年已有331年的历史。清末，此亭建在放生池东岸，紧临莲华禅院西侧（今观鱼楼的位置）。罗养儒说碧漪亭"往昔但名之鱼楼，鱼楼实无楼，系三间平屋也"，是"三间台式大厅"。1932年"拉偶"行动后，龙云下令对莲华禅院动大手术时，将碧漪亭移至放生池南部（当今碧漪亭位置）重建，但只是一间平屋、台式大厅罢了。罗养儒还说："'碧漪亭'为滇督崧蕃所题，字系苏忠廷所书（见《昆华名胜纪略》一文）。"当今的"碧漪亭"三字，则是由后人赵鹤年于1981年补书。如今"碧漪亭"和"濠上观鱼"同为一亭，并不是两亭。

1980年代，在碧漪亭（也称鱼楼）旧址上修建了当今的观鱼楼。

海心亭：清康熙《云南府志》对菜海子（翠湖）建筑物的记载中，只有碧漪亭和来爽楼，称"碧漪亭，在菜海子中。""来爽楼，在府城内菜海子北。"没有建筑海心亭的记载。清嘉庆年间邑人倪琇所写的《建莲华禅院碑记》中称："（翠海）湖心原有小亭，开自国初，岁久倾圮。嘉庆元年（1796）春，有同邑马孺人，礼奉观音大士，捐资百金，敬修一院，庄严金像，虔祀之。"这就成了人称的"海心亭"，是莲华禅院中最早的建筑物。观音殿，"即旧日之海心亭也"（罗养儒语）。但是，也有人认为莲华禅院是以碧漪亭为基础建起来的。而且，清《道光昆明志》亦称：

"今老亭即碧漪亭后改名莲华禅院。"是的，经查从康熙至道光年间昆明志的相关文字表述部分，都无"海心亭"的记录。文字无表述，但地图呢？从笔者所选的《道光昆明县志》的形势图（见本书84页）上看，不论是昆明城市街巷图的略图，还是详图，都非常明确的标明那时的翠湖已叫"海心亭"。应该说这是清嘉庆年间修建以海心亭为中心的莲华禅院，佛事活动兴旺的结果。

此后，"海心亭"的名气越来越大，它不仅代替了莲华禅院的称号，而且还与整个"菜海子"之名并列。罗养儒在《翠湖之旧观》一文中说："又详考之，（莲华禅院）观音殿即旧日之海心亭也。"他在《昆华名胜纪略》一文中，又称："（昆明）城中名胜处，自以一海心亭，一圆通寺为最盛，盖以一则在山，一则在水也。"海心亭的名气还大到此时的文人墨客在吟颂翠湖的诗文或楹联中，几乎都用"题海心亭"为题。

有人说"海心亭"就是"碧漪亭"。这不妥。1924年印的《民国昆明市志》指出：莲华禅院"在九龙池上，亦称海心亭，古时为水云之乡"。"东为莲华楼，西为碧漪亭，皆属名胜"。

由此可知，两亭是各自独立的。

海心亭在1930年代龙云下令改造莲华禅院时被除名，乃至拆除了。今日修建于西北岛上的海心亭是后来重建的。海心亭名气很大，重建这一文物是非常必要的。

如果从马孺人捐资修建的观音大士院的清嘉庆元年（1796）算起，至2023年，海心亭（莲华禅院）已有227年的历史。如果追溯其前身"小亭"，则可推至清初，其历史就应是300多年前了。

湖心亭：在翠湖的三大名亭中，湖心亭是最年轻的。据1924年印的《民国昆明市志》载：它是唐继尧时代"改建翠湖公园，仿浙江西湖建楼"时，在莲华禅院的第一殿"五龙祠"修建的。位置在今天的翠湖湖心岛广场桂花林一带。在五龙祠中修建此亭后，其"前额曰：湖心亭。为唐会泽书。"

1930年代，龙云对莲华禅院动大手术时，湖心亭和五龙祠一道被拆除，建成广场。在把莲华禅院的大门由南方改向东方的同时，又将原五龙祠和湖心亭所在地的后面改变为围墙，并在围墙的东南、东北角各修建了一座三层楼的重檐琉璃八角亭。将唐继尧所题并书的"湖心亭"三字镶嵌在南围墙上，保留至今。这是在向世人告示：原来的莲华禅院现为"湖心亭"。《昆明园林志》亦称："龙云任云南省主席期间，拆除莲华禅院，建湖心亭建筑群。"（见该书110页）

1980年代重建翠湖古建筑时，才恢复了"莲华禅院"的名称。

"湖心亭"建于1924年，至2023年，已有99年的历史。

当今的碧漪亭、海心亭、湖心亭均已易地重建，形状也有所改变，但仍具有较高的文化价值。因为它们在历史上曾经显著地存在过，并反映了翠湖深厚的文化底蕴。

笔者对翠湖碧漪亭、海心亭、湖心亭的这些粗略认知对否？恳请专家、读者指正。

今日莲华禅院（局部）

这里是云南省、昆明市的政治、文化中心

　　翠湖不仅是昆明美丽的风景区，长期以来，翠湖及其周边所构成的"翠湖文化圈"，也是云南省、昆明市的政治、文化中心。因而，人们对翠湖及其周边，有"滇云首府，文化中心"之说。

滇云首府

　　云南的政治中心，随着时代的变迁，曾有过四次大的迁移。战国及两汉时期，庄蹻入滇后所建立的古滇国，政治中心在今昆明市晋宁区的晋城一带。从东汉以后的三国、两晋、南北朝，以至隋朝的几百年间，以爨氏为主的豪族统治云南，政治中心在滇东北的曲靖地区。唐、宋时的南诏国、大理国时期，云南的政治中心在大理洱海地区。元朝实行行省制度，建立云南行中书省（简称"云南省"）以后，云南的政治中心由大理又回归昆明。

　　云南政治中心回归昆明后，从元代至今，云南省的政治中心，就一直在翠湖及其周边。至于昆明市的政治中心，也曾长期在翠湖一带，新中国成立后，才转移他地。

历史的回顾

　　昆明这个地名的演变，经历了"苴兰—谷昌（郭昌）—昆州—拓东—鄯阐—中庆（押赤或鸭池）—昆明"这样一个过程。其中，从"苴兰"至"昆州"，其城址在何处，学界众说纷纭，尚无定论。但从"拓东"城起，就较为肯定了。一般认为"拓东城"在今拓东路一带，城周长约3公里。《昆明史话》的作者谢本书指出：据目前文献资料及考古实物证明，今昆明盘龙江与金汁河之间，约拓东路、和平村、塘子巷一带，为南诏拓东城故址。

因而人们便将"拓东城"定为今天昆明的前身。

南诏国都城在大理，将拓东城定为"东都"。然而，这个"东都"的政府机构设置在哪里，至今还是个谜。所以，也就无法说明当时这个城的政治中心在哪里。现在可以肯定的是南诏国时期在今昆明所建的东寺塔、西寺塔、补陀罗寺（圆通寺）、筇竹寺等，皆在拓东城外。

南诏后期，改"拓东城"为"鄯阐城"。此后，在大理国和元朝时，都仍沿用"鄯阐"城名。

大理国时鄯阐城的位置，大致在今盘龙江以西，鸡鸣桥以东，长春路（今人民中路东段）以南，双龙桥以北。其中，今三市街为其繁华的经济中心。那么，鄯阐城的政治中心在哪里呢？据有关史料，专家们认为大理国的"鄯阐府"设在今威远街的中国人民银行云南省分行所在位置。因而，今威远街一带当为鄯阐城的政治中心。

公元13世纪，成吉思汗在蒙古政权统一北方后，曾从北面对南宋发起大规模的正面进攻，结果都以失败告终。蒙哥即汗位后，对南宋实行迂回大包围的策略，令其弟忽必烈从甘、川进军云南。1253年，忽必烈大军逼近大理，大理国国王段兴智放弃大理，退守鄯阐府。时逢蒙古大汗蒙哥死，发生王位之争。忽必烈将军权交给部将兀良合台，回师北上，打败其弟阿里不哥，夺得汗位。1271年，忽必烈称帝，改国号为"元"。其间，兀良合台于1254年攻打鄯阐府，段兴智逃往昆泽（今宜良），被俘。至此，统治云南317年的大理国灭亡。

元统一云南之初，实行军事管制，建立军政合一的万户府、千户所、百户所等地方政权。在云南设置了鄯阐万户府和昆明千户所等，进行管理。

"昆明"作为一个正式地名，就这样在历史舞台上正式亮相了。但当时民间仍把这个城市叫作"鸭池"，或"押赤"、"雅枝"；这个城市的"官名"仍叫鄯阐。

1276年，元朝中央政府正式设立云南行省，并把昆明定为省会。省下

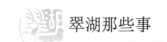

设路，昆明又是中庆路的首府，故鄯阐城亦叫"中庆城"。

这时，云南的政治、经济、文化中心，由大理转移到了昆明。此后的历朝历代，云南省会都是昆明。

赛典赤·赡思丁是被元朝中央政府派来担任云南行中书省第一任"平章政事"（省长）的人。他改鄯阐城为"中庆城"时，昆明这个城市的范围大致是这样的：北边由长春路拓展一里左右，到了五华山、祖遍山一带；西南面以玉带河为护城河；南至今土桥；西面到达福照街（今五一路）至鸡鸣桥一线；东面为今护国路。经济繁华地区仍在今三市街一带。

那么元代昆明城的政治中心在哪里呢？

赛典赤的云南行中书省平章政事机关，设在原大理国的"段氏东府"内，在今天的威远街。因而，云南省昆明市的政治中心也应在这里。

忽必烈在派赛典赤为云南行中书省平章政事，掌管云南军政大权后，又封其孙甘麻剌为首任"梁王"，代表皇帝在云南进行统治。"梁王"一职世袭，存在于元朝始终。

赛典赤及其后任者和诸多"梁王"们，留给昆明的古建筑有忠爱坊、得胜桥、悯忠寺（五华寺）、大德寺（祖遍寺或双塔寺）、万庆寺塔（白塔）、穿心鼓楼、铁峰庵、真庆观、晋宁盘龙寺、西山太华寺和三清阁；扩建了始建于南诏时的补陀罗寺，并将之改名为"圆通寺"。此外，还在今市中心百货大楼东北侧，修建了昆明最早的清真寺——城南清真寺。

明清时，政治中心北移

1368年，朱元璋建立明朝后，先后派王祎、吴云来云南，劝说当时的梁王把匝剌瓦尔归顺。梁王在退回北方的蒙古政权胁迫下，不但不降，还将朱元璋的使臣一一杀害。

政治方式解决失败后，朱元璋于1381年命傅友德、沐英、蓝玉三位将军，以傅为统帅，沐、蓝为副，率30万大军攻云南。1382年2月，明军在云南全省获胜。云南地区从此改朝换代，步入明朝统治的时代。

穷和尚出身的朱元璋，权力欲望十分强烈，当了皇帝后立马采取各种措施加强中央集权。最终，他把中央、地方、军队以及监控官民、甚至控制意识形态的权力，都完全集中在自己手中。

在中央，朱元璋以有人举报丞相胡惟庸"谋反"为名，宣布废除丞相，将相权分给六部；又规定六部的尚书必须绝对服从皇帝，按皇帝旨意办事。这样，便把中央大权完全集中于皇帝手中。在地方，他实行废行省，设三司的措施。也就是在形式上仍保留元朝开创的行省制度，"省"的体制不变。但是，不再设置省的最高长官"平章政事"（省长），把省级机关的权力分散，交给"三司"去分别管理；也就是由"布政使司"管行政，"按察使司"管司法，"都指挥使司"管军事。又规定"三司"长官之间的关系是平行的，谁也管不了谁，"三司"长官各自向中央有关的部负责，而各部的尚书又完全听皇帝的。由此，地方的政权也完全为皇帝控制。

在这样的大背景下，云南虽然"省"的体制还在，但总管全省军政大事的"平章政事"（省长）没有了。由云南布政使司、云南按察使司和云南都指挥使司，分别管理云南的行政、司法和军事职能。

那么，云南的"三司"机关设在哪里呢？

据《云南通志》载，明代的云南布政使司建于洪武十五年（1382），其司内设有经历司、照磨司、理问所、司狱司、济用库等机关。布政使司的办公地点，在原大理国段氏"东府"，元代行中书省机关内，也就是今天的威远街与正义路交叉口的中国人民银行云南分行所在地。云南都指挥使司也建于洪武十五年（1382），"在布政司南"。云南按察使司"建于成化十年（1474）"，"在布政司西南"。由此可知，明代云南"三司"，都设置在今五华区内的威远街和庆云街附近。当时，这里就是云南省级政府机关的所在地，也就是云南的政治中心。这与大理国和元朝时期大体一致。

不过，有明一代，云南的省级政权机构，除了"三司"之外，还有一个特殊的"黔国公府"。这是明朝皇帝在云南设置的代理机关。

这是怎么回事？

云南局势已趋稳定后，朱元璋将原征南三将军中的傅友德、蓝玉召回应天府（今南京），只留下沐英驻滇。沐英是朱元璋的义子，让他镇守云南，代表中央政府和皇帝，管好这个遥远的边疆省。同时，作为皇帝的代表及时平衡、处理好云南"三司"之间的关系，管理云南事务。可以说，沐英在云南的特殊地位，是个不是省长的省长。让他以"西平侯"的名义，以总兵官持"征南将军"印，镇守云南。这是朱元璋最放心的事。

西平侯、黔国公（后追封）沐英也没有辜负朱元璋的期望。他在云南大兴屯田，劝课农桑，礼贤兴学，传播中原文化，安定边疆，功绩显著。

明初，沐英在昆明搞了三大工程：一是筑砖城墙，二是修"柳营"，三是建西平候府（黔国公府）。

明洪武十五年（1382），沐英开始对昆明城墙进行大规模修建，一改以前的土城墙为砖筑城墙，使之成为永久性的工程。这座砖城面积三平方千米左右，其城墙东起今圆通山昆明动物园大门，向南经青年路；向西转南屏街、东风西路，到潘家湾小西门；之后，再向北经新建设电影院大坡、云南师大实验中学（原师大附中旧址）；再向东转一二一大街、文化巷、云南大学、昆三十中之后，经整个圆通山北梁；再向南接动物园大门。城墙两侧用大砖砌成，中间夯以泥土，墙高 9.7 米，全长约 4650 米。这座砖城从几何学的角度看，是个不太规则的梯形，西北呈方形，东南呈三角形。从生态学的角度看，像只伸出四足、昂首露尾、正在向南爬行的乌龟，人们叫它"龟城"。城墙建有六道城门及城楼。南边的城门及楼（近日楼）是头，北边的城门及楼（望京楼）是尾，两侧的大西门、小西门、大东门、小东门及其城楼，则是四足。

砖城墙之外，为了防卫，还修了一条护城河。但护城河只修在东、南、西三方。北方因地势太高，无法修河。从今新建设电影院大坡至圆通山昆明动物园大门这一段，无护城河，但有护城壕沟。

这座砖城修好后，昆明的城区范围有了一个较大的变化。那就是南边收缩，北边延伸。也就是把北边原来在城外的翠湖、圆通山、圆通寺等，都纳入了城内。把南边原来在城内的金碧路、三市街、顺城街甩到了城外。在城市功能上，城内是政府机关、驻军所在地，多为官员住宅区；城外（特别是南边）则是商业区和居民住宅区。

在修砖城墙的前后，沐英还在昆明修建"柳营"和"西平侯府"（黔国公府）。

沐英十分爱马，向往西汉名将周亚夫屯兵"细柳营"的生活。于是，便仿照周亚夫的"细柳营"在翠湖西边，修建"别业"和马场，称之为"柳营"，作为他办公、生活，以及养马、遛马、洗马的地方。据说，他养的骏马近千匹。为了洗马，他还让人们把原来翠湖向滇池泻水的通城河，改造成了洗马河。此河从今翠湖南路，一直通到篆塘。

沐英的"西平侯府"（后称"黔国公府"），则选址于今日之胜利堂。当时，这个地方北靠磨盘山（原武成路，今人民中路中段），东临五华山余脉（今正义路），西有磨盘山余脉（原福照街，今五一路），这里正处于山腰部的平凹处。四周森林密布，风景秀丽。西、北、东三方，都有山脉为天然屏障，南方面对的是开阔的昆明坝子和烟波浩渺的滇池。山上林木郁郁葱葱，山下街舍有序，远方波光粼粼。好一块风水宝地，好一个战略要冲。

"柳营"和"黔国公府"建成后，翠湖及其周边，自然成了明代云南省的又一个政治中心，开始了沐氏世袭镇滇200多年的历史。云南和昆明的政治中心，也由威远街北移至翠湖一带。

由于风景好、风水好，明末清初，翠湖周边不仅出现了诸多"王府"，甚至还有了"皇宫"。

明朝末年，爆发了李自成、张献忠领导的农民大起义。1644年，李自成率"大顺"军攻占北京城，明崇祯帝在煤山（今景山公园）的一棵树上自缢身亡。这宣告明王朝中央政权的谢幕。原先打算而且已率军前往北京归顺李自成的明朝驻山海关总兵吴三桂，路上听说其父吴襄遭起义军侮辱，其爱妾陈圆圆被起义军将领刘宗敏占有后，便"冲冠一怒为红颜"，不但不归顺李自成，反而转身降清，并引清兵入关，先在北京，后在湖北九宫山，彻底打败了李自成。之后，吴三桂率清军入川，攻打张献忠的"大西军"。

远处西南的昆明也卷入了这场大动荡。

一是张献忠部的李定国、孙可望、刘文秀、艾能奇等将领率部分"大西军"进驻云南和昆明。他们在这里称王建府，所建"王府"被称为"四大王府"。安西王李定国驻今威远街原布政司署，称"西府"（蜀王府）；平东王孙可望驻五华山，称"东府"（秦王府）；抚南王刘文秀驻今省科技馆以北的"柳营"，称"南府"（晋王府）；定北王艾能奇驻贡院，称"北府"（定北府）。

二是明王朝中央政权被灭后，朱氏后裔纷纷在南方举起抗清旗帜。1644 年 5 月，福王朱由崧在史可法帮助下，在南京称帝；1645 年 6 月，鲁王朱以海在郑芝龙等拥立下，在福州称帝；1646 年 9 月，桂王朱由榔在广东肇庆称帝。他们都沿用"大明"国号，史称"南明"政权。

在这几支明宗室抗清势力中，桂王朱由榔得到大西军的支持，双方从对立改为联合，共同抗清。

桂王朱由榔称帝后，改元"永历"，史称"永历帝"。永历帝与云南、昆明结下了不解之缘。他曾经一度在昆明翠湖边上的贡院和五华山建立了"皇宫"，人称大明王朝"最后的帝都"，或"一时帝都"。

1656 年 3 月，李定国等将永历帝朱由榔等迎接到昆明。既然迎来了"皇帝"，就得安排"皇宫"。他们把永历帝的皇宫，先安排在贡院。当时，这里是定北王艾能奇的"北府"。据《滇南纪略》载："将贡院腾出作行宫，制仪仗，选校尉，安顿迎帝来省，诏告中外。"《滇云历年传》卷十称：永历帝入滇时，"过金马山，百姓夹道相迎。既入城，以贡院为行宫，群臣朝。"

永历帝在贡院大约住了一年半的时间，于永历十一年（1657）八月，将皇宫由贡院迁往五华山秦王府。秦王府的主人孙可望在这时已背叛起义军，投靠了清军。但其部很快便在曲靖被李定国打败。原秦王府改为皇宫，昆明也就成了"一时帝都"。

所谓"一时帝都",指的是时间太短,只是昙花一现,永历帝的"南明",是个短命王朝。朱由榔将皇宫由贡院迁至五华山后,只待了一年半左右的时间。1658 年底,吴三桂率清军攻占昆明,永历帝被迫离昆西走,逃往缅甸。吴三桂追至缅甸,逼缅王交出永历帝。之后,将其带回昆明,关押在今华山西路利昆巷的金蝉寺内,并逼他自缢身亡。后来,人们把当时叫"篦子坡"的这个地方(今华山西路),用谐音改称"逼死坡"。后人在利昆巷口立石碑一块,上书"明永历帝殉国处"几个大字。这块石碑,现安放在华山西路坡顶小广场上的亭子中。

平定"南明"残余势力和农民起义军后,清廷命"平西王"吴三桂镇守云南。

清朝初期,云南的省级管理机构,如元、明两朝,实行双轨制。元朝时,既设"行中书省平章政事"(省长),又设"梁王";明朝时,既设"三司使",又设"黔国公";清初,既设总督、巡抚,又设"平西王"(藩王)。因而,清初的云南地方政治机构就有两套,即藩王府与云贵总督、云南巡抚衙门。

吴三桂在昆明的王府共有三处。

1659 年,刚进云南时,他以明永历帝的五华山故宫为藩府。后来,厌其狭小,欲建新府。

康熙四年,刚从征讨水西土司战场返昆的吴三桂,选原沐英的"柳营"之南,"填菜海子之半作新府",完全仿造帝宫,"千门万户"极"土木之盛"。

据说,吴三桂花费精力最大的是在莲花池为陈圆圆所建的第三座宫殿。取名"安阜园",亦称"野园"。

三者连成一体,构成了吴三桂在昆明的王府。这也就是当时的云南政治中心所在之处。

后来,吴三桂发起"三藩"叛乱。最终在湖南衡阳兵败身亡。其孙吴世璠继"帝位",将五华山变成了"皇宫",将翠湖西新建的王府,改名"洪化府"。康熙二十年(1681)"三藩之乱"被彻底平定,吴氏家族在云南的统治结束。从此以后，管理云南的省级机关，就只有总督署和巡抚衙门了。

清朝的云贵总督衙门，名称和所在地虽然曾经短暂发生过变迁（如曾迁贵州和曲靖等），但总的说来还是长期在昆明。设在昆明的云贵总督署，一直在原明朝的"黔国公"府（今胜利堂）内。

清朝的云南巡抚衙门，则设置在今如安街与五一路交会处西侧。此地1958年时成了昆明第八中学。2009年，昆八中迁往北市区龙泉路后，校舍被拆除，几经拍卖未果，至今（2023年）仍是停车场。

布政使别称叫"藩台"，故人们叫它"藩台衙门"。地点仍在威远街西口。后来，这一带成了菜街子。所以老昆明人一说"藩台衙门"，就知是指威远街，今中国人民银行云南分行一带。

清朝时的地方机构，省之下是府、县。当时的"云南府"，相当于现在的昆明市。云南府治所在昆明，下辖的11个州县是：昆明县、富民县、宜良县、罗次县、晋宁州、呈贡县、安宁州、禄丰县、昆阳州、易门县、嵩明州。云南府衙门，设置在今天文林街中段的云南师大附小内。当时的"昆明县署"，设置在今天的圆通街昆明市第一职业中专（原昆七中）内。

综上所述，可知明、清时期的这些省、府、县机关的所在地，也基本上是在翠湖及其周边。因而，当今的五华区翠湖片区，应属于明、清时期云南省、昆明市的政治中心。

从民国时期到中华人民共和国

五华山一直是省政府所在地。

1911年10月10日武昌起义爆发，云南昆明也于农历九月初九（公历10月30日），爆发了推翻清王朝在云南统治的起义，"礼送"清朝的最后一个云贵总督李经羲出境。人称这次革命为云南"重九"起义。

11月，起义部队在昆明建立了以蔡锷为都督的云南军都督府，当时称之为"大中华国云南军都督府"。最初，云南军都督府设在原云南巡抚衙门（原如安街昆八中）内。

1913年，窃取辛亥革命果实当了中华民国临时大总统的袁世凯，为了拉拢，更是为了防范，采用明升暗降的手段，将蔡锷"调"往北京任全国经界局督办。蔡锷离开云南后，由唐继尧继任云南都督。

后来，都督改称"省长"，军都督府改称"省长公署"，人称"省政府"或"省府"。唐继尧将省政府由原云南巡抚署迁往五华山。从此以后，民国时期的云南省政府，经历了唐继尧时代、龙云时代、卢汉时代，不管风云怎么变，位置一直在五华山。

民国时期在翠湖边上的省级机关，除了五华山上的省政府外，还有一个"省参议会"。其驻地就是原来的云贵总督署，今天的"抗战胜利纪念堂"。胜利堂于1944年破土动工，1946年落成。最初取名为"至公堂"，随后改名为"中山纪念堂"。卢汉主政云南后，时值抗战胜利，又将其改名为"抗战胜利纪念堂"。此堂建成后，云南省政府将其拨给省参议会做永久会址。然而仅三年后，蒋家王朝就完蛋了。

抗战胜利纪念堂所在地本是明代的"黔国公府"，清代的云贵总督署，民国初年的云南省会师范学校（原两级师范学堂）和云瑞中学旧址。由李华设计，上海"陆根记营造厂"承建，主题是"双杯庆胜利"。

至于民国时期昆明市政府的建立和选址，大致是这样的：民国建立后，1913年中央政府宣布"废府改县"，云南府改为昆明县，但仍由省政府直接管辖。1919年，唐继尧主政时，设云南市政公所管理昆明，机关地点在翠湖的湖心亭。1922年，昆明县改为昆明市，云南市政公所改名为昆明市政

五华山原省政府"光复楼"

公所。龙云主政时，于1928年8月1日，将昆明市政公所改为昆明市政府。由马鉁任昆明市第一任市长。同年，市政府由翠湖迁往福照街（今五一路）。如今，还有一条"市府东街"，记载着这一变化。

1949年10月1日，中华人民共和国中央人民政府在北京成立，12月9日，云南省主席卢汉率部起义。1950年2月20日，陈赓、宋任穷率中国人民解放军2野4兵团进驻昆明。2月24日，云南省地师级以上干部会议在昆明市庾园召开，会上宣布云南解放、中共云南省委正式成立。2000年1月，中共云南省委确定这一天为"云南解放日"。

1950年3月10日，经中央人民政府政务院第23次会议通过，提请中央人民政府同意，正式成立云南省人民政府。任命陈赓为云南省政府主席，周保中、张冲、杨文清为副主席。省政府仍设在五华山上。

从1950年至今，位于五华区内的五华山，一直是云南省人民政权和行政中枢所在地。

在云南省委、省政府、省人大、省政协这四个单位中，除了省政府在翠湖东侧的五华山外，还有省政协原来也在翠湖南路94号。其在翠湖边的办公大楼，是1988年落成的，在当时很有气派，也壮观，坊间称之为"民主大楼"。后省政协在昆明西山区广福路新建了办公楼，并于2005年迁驻新址广福路2号。如今，在翠湖边上的原省政协旧址，则成了八大民主党派省级机关所在地。这八大民主党派分别是：云南省民革、民盟、民建、民进、农工党、致公党、九三学社和台盟。云南省人大，开始设在胜利堂内，后来才迁至国坊路，再迁滇池路。由此可知，改革开放前，云南四个省级机关中，除了省委外，其他三个都在翠湖片区。

下面顺便交代一下解放后，昆明市人民政府和五华区人民政府驻地的变迁。

新中国成立后，昆明市人民政府由1951年起，设在太和街（今北京路与东风东路交会处一带）石房子李公馆内。石房子的主人叫李鸿谟，陆良人，龙云的副官、心腹爱将，官至昆明警备副司令、省会警察局长、第十路军总司令部少将副官长，参加过抗日战争和云南昆明起义，系爱国将领。昆明市人民政府第一任市长是潘朔端，就在此办公。石房子的门牌，原为太和街588号，后为北京路427号。

后来，昆明市人民政府在石房子的旁边盖了许多大楼，分别叫"×号楼"。市人民政府机关由石房子迁往新址入驻。市人民政府新址的大门，改开在东风东路上。原来的门牌号是东风东路28号，后来几经变化，成了东风东路117号。

2011年1月，昆明市人民政府迁往呈贡区锦绣大街。原东风路旧址被拆除后，建成恒隆广场。

五华区人民政府

五华区人民政府原在崇仁街，2006年迁至翠湖南侧的华山西路（原民权街）1号。五华区人民政府新楼建在原武成路铁局巷片区。新楼造型奇特，从小西门方向看，它像座宝塔；从胜利堂方向看，它像一把劈向蓝天的斧头；从华山西路方向看，它像一艘驶向远方的巨轮。这不仅成为翠湖片区的又一个政府机关，还与省图书馆一道为翠湖增添了一道风景。如果你从翠湖东北角的栏杆外选景照翠湖，这两座地标式的建筑物，绝对是一个优美无比的远景。使人感到它们使古老的翠湖有了现代化的韵味，在它们的映照下，翠湖显得更加妩媚。

文化中心

翠湖及其周边，从昆明这座城市于元代成为省会以来，不仅是云南省、昆明市的政治中心，而且还是云南省、昆明市的文化中心。这可从文庙的

建立，贡院、书院的产生，诸多高校林立，优质中小学的涌现，云南讲武堂的辉煌历史，省图馆的形成与发展，省文联、省作协、省科技馆、省群众艺术馆、省歌舞剧院等的存在，乃至莲华禅院和圆通寺香火的兴旺等方面，得到验证。

文庙、贡院所在地

谈文化，首先当数教育。在中国的奴隶社会时期"学在官府"，只有贵族子弟才有受教育的机会，平民百姓是没有这个权利的。到了春秋时期，孔子打破了这一局面，主张"有教无类"，创办私学，出现了"弟子三千、七十二贤"的局面。汉武帝采纳董仲舒的建议，"废黜百家，独尊儒术"后，孔孟的儒家思想成了正统思想，"孔庙"则成了集礼仪与教育为一体的官办场所。

昆明最早的文庙在哪里？

当文庙成为全国统一的文教标志后，县以上的城市都设有文庙。作为省会城市的昆明，自然要建文庙。据《元史》记载，元至元十二年（1275），赛典赤在昆明"创建孔子庙，明伦堂，购经史，授学田，由是文风稍兴。"他捐俸金，"市地于城中之北，以基庙学"。据专家考证，昆明的第一座孔庙，最早是建在今翠湖东南岸的登华街下段。到了明代万历十年（1582），迁建于"长春观"，其地址在今文林街天君殿巷附近。（《文化昆明·五华》第131页）今日昆明保存的文庙，是清康熙二十九年（1690）重修的，地址在人民中路文庙直街对面。

在古代，文庙不仅是云南地方官员领头举办隆重的祭孔典礼，宣传孔教礼仪，倡导尊孔读经之地，也是科举制下的官学，称之为"庙学"。在这里读四书五经，通过"科考"合格的秀才，才能进入贡院参加三年一考的科举乡试。考取了，由秀才变为举人。

民国时期，昆明与全国一样，废除祭孔仪式，"庙学"也不复存在。昆明孔庙先后改为图书馆、博物馆、昆华民众教育馆，成为老昆明人看书读报，参观文物书展，开展文娱活动，喝茶谈天的地方。1920—1930年，在文庙的乡贤祠，还办过求实学校。1938年，还展出了被击落的日机残骸和被俘飞行员池岛，大大鼓舞了昆明人的抗日热情。

新中国成立后，在文庙中设置过省文化馆、昆明大众游艺园、昆明市文化馆、市群众艺术馆等单位。改革开放后，将孔庙的原建筑，如大成殿等又重新修复，并列为文物保护单位。

现在的昆明孔庙，从清康熙二十九年（1690）算起，至今已有330多年的历史。

在中国古代，实行的是"学而优则仕"的科举制度，由"学"而"仕"，必须通过严格的科举考试。那时地方上省级举行科举考试（乡试）的地方叫"贡院"。

我国的科举制度开创于隋朝，确立于唐朝。隋唐科举制度实行几百年后，到了元朝云南才有人参加科举考试，还有人考取了进士。这应是赛典赤建文庙设官学的结果。但是，云南一直未设乡试考场，即使到了明初，云南秀才要参加"乡试"，也必须要到首都应天府（今南京）去应试。路途那么遥远，要走多少路，要花多少钱，才能去赶考，这对穷乡僻壤的云南人来说，实在是十分困难。因而，两千多年的科举史中，云南才出了一个状元袁嘉谷，就不足为奇了。哪能与人家江南、京畿、中原等地方的人比，人家不仅富裕，又是近水楼台，多么方便。而且，袁嘉谷之所以能考上状元，除了他个人的天赋与才华外，客观上还得力于当时的"乡试"，可以在云南昆明设置"贡院"应试所至。

云南省会昆明取得"乡试"资格，那是明成祖（朱棣）永乐年间的事。

经地方官绅的努力争取，云南三年一试的乡试，于永乐九年（1411）终于被朝廷批准，也就是说，云南省可以在省城昆明设"贡院"作为考场了。

"贡院"是我国古代"明经取士"、"为国求贤"的场所。云南最早的贡院，设在云南府城东的布政司之东，大约在今人民中路（原长春路）威远街一带。明弘治十二年（1499），才选螺峰山余脉之坡地（今云南大学）

为贡院新址。因为这里"地处拱辰门（北门）之右，背负城墙，面临翠海，居高瞰下，势若踞虎"，是钟灵毓秀之地。

据有关资料介绍：贡院四周建有围墙，四角筑有供瞭望监视的"瞭高楼"。南北中轴线上有大门、仪门和"天开文运"门等三道门，大门开在南方的翠海（湖）边上。大门外有旗台，左右又有两座牌坊，西边的叫"起凤"坊，东边的叫"腾蛟"坊。仪门外有供给所。之后是"明远楼"。楼的东西两侧是"文场"，又叫"文坊"或"号舍"，即编有号码的考场和宿舍。"号舍"，每人一间，"入闱"（考试）时，全隔离。号舍四周派有士兵把守，严防作弊，叫作"棘围"，意为用荆棘围住四周，隔绝内外往来。考试的那几天，考生不能离开"号舍"，吃住都在里面。"号舍"最初只有1000多间，后因贵州的考生也来云南应考，而两省的考生又在不断增加，"号舍"不断扩建。到清康熙年间，增加到4800多间；到光绪年间，又增加到5000多间。大约在今云大从东边的"熊庆来、李广田旧居"到西门的"东方红"学生宿舍一带，都是"号舍"。因为二十世纪的六七十年代，云大西门内（今学生食堂一带）还保存有两层楼"号舍"，做年轻教职工宿舍。现在只是在会泽院与至公堂之间的东侧，还保留有一排两层楼房的"号舍"作为文物，供游人参观。

"明远楼"的后面是"至公堂"。它是整个贡院的中心建筑。"至公堂"是供阅卷评分的场所。

"至公堂"的后面是"监临衡鉴堂"。其左边为"提调监试厅"，右边为"考试内帘"，是各种与考试相关人员办公的地方。其中的"考试内帘"，又分为"收掌试卷""弥封""誊录""对读"四所。他们的职能是收卷、密封之后，将考生姓名掩盖，编上号码后，让"誊录"用红笔照抄一遍，作为"朱卷"（副本），供阅卷使用。考生的原考卷叫"墨卷"，誊录完后封存，交给"对读"。"对读"的任务是逐字逐句核对"朱""墨"两卷，叫"磨勘"。如果试卷有错字，甚至少了一点一划，那就是废卷。

阅卷、评分、排名次等完成后，在"至公堂"公布考生名单。

贡院"乡试"的主考官，由朝廷专派，一般都是翰林院编检官以上的官员。考试期间大门紧闭，主考官不能与总督、巡抚、司道等一切地方官员往来。考试期间即使贡院内死了人，也不能开大门，违者判刑。据说有次考试，一考生因患急病身亡，因制度规定不准开大门，只好将围墙挖了个洞，将尸体送出去。

贡院考试还实行严格的搜身检查制度，当时的男人留有发辫，连发辫都要打开检查。一旦发现作弊或"枪手"代考，轻则牢底坐穿，重则脑袋搬家。考前还要将每个考生的面相让画师画下来，连斑点都要画上，供考官验明正身。

你看，科举考试严不严厉？太严厉了！

清朝时期，通过云南贡院考取的举人共有6144人（一说8143人），他们之中进京"会考"，取中进士者有672人。1903年，云南贡院举行最后一次考试。也就是在这一年，进京参加会试的云南举人袁嘉谷，考中经济特科状元，成为云南历史上唯一的状元，也是中国历史上的最后一个状元。此后，科举制度就废除了。

贡院原址，被用于兴办现代高等教育，就是今天的云南大学。

三大书院，分别变成大中小学

明清时期，昆明的教育史上，出现了三大书院。它们分别是五华书院、育才书院和经正书院。后来，在沧海桑田中，它们又分别演变成了大学、中学和小学。这三座书院中，翠湖之滨就有两座，它们是经正书院和五华书院。育才书院原在今东寺街，后迁景星街，因而也属于五华区范围，在"翠湖文化圈"内。

五华书院——昆明师范学校——昆明学院

五华书院位于翠湖东边的五华山之下，今华山南路中部。它始建于明代嘉靖年间，后废。清代雍正九年（1731）经云贵总督鄂尔泰奏准后重建。

五华书院是官办学校，是清代云南的最高学府。它以读四书五经为主，办学目标是通过科举考试，培养"栋梁之材"。清光绪二十九年（1903），清廷公布《钦定学堂章程》，云南地方当局遵照朝廷改制之令，废书院，将其改变为新学堂。在这样的背景下，五华书院改为"高等学堂"。课程设置除经史子集等中国传统科目外，还开设有理化、博物、理财、军事体育、外文（英、法、日）等课程。目标在于培养"新政"官吏。其生源通过两种方式获取，一是由地方政府推荐优秀举人、贡生，二是考试录取。

高等学堂办了三年后，为尽快培养新式中小学教师，云贵总督锡良于光绪三十四年（1908）将该校校名改为"两级师范学堂"。校址由五华山脚迁至山上原永历帝"皇宫"旧址。在建校时，从水塘中挖出了永历帝玉玺——"敕命之宝"。两级中，高级叫"优级选科"，相当于大专，学制三年。学生毕业后，可教中学。低级称"初级简易科"，相当于中专，学制一至二年。学生毕业后，担任小学教师。

清宣统二年（1910），两级师范学堂又改名为"云南省会师范学校"。从此，这所学校彻底摆脱旧式学堂的格局，为云南培养出第一批新型教师。1911年云南"重九"起义后，学校的地址由五华山迁至原云贵总督署，即今胜利堂所在地。

五华书院最初的地址，先后成为云南省咨议局，省参议会以及国民党省党部所在地。新中国成立后，作为省公安厅驻地。1956年，省外贸厅迁至此，省公安厅迁至福照街（今五一路）。现在是省外贸厅宿舍。五华山上的校址，则建成光复楼，成为省政府机关所在地。

1917年，又将云南省会师范学校改名为云南省第一师范学校。后来，又将省立四师、六师并入。聂耳就是云南省立第一师范学校高级部外语组的学生，主修英语，1930年毕业。

龙云时代，搞"昆华"系列，1933年云南省第一师范学校改名"省立昆华师范学校"。校址从原云贵总督衙门（今胜利堂）迁到了潘家湾老昆华医院即胜因寺旧址（今昆师路）。新中国成立后，改名为昆明师范学校。

1980年，经国务院批准，在潘家湾昆师路昆明师范学校校址上办起了昆明师范高等专科学校。昆明师范学校迁往蓝龙潭小麦溪。

2001年1月5日，昆明师范学校并入昆明师范高等专科学校。

2004年，昆明师专与昆明大学合并，改名为昆明学院，并将昆明市农业学校、昆明市卫生学校也并入昆明学院。昆明学院校址分成两部分，主校区在呈贡洋浦，原校址成了昆师路校区。

五华书院从1731年重建算起，至2022年笔者写此文时止，已有291年之久。这291年中，它就是这样曲曲折折地发展变化过来的。近三百年的老校，一路走来，由书院变成大学，真是不易！如果从1903年的新式学堂算起，昆明师范学校也是一所百年老校了。

经正书院——昆一中

在清末的维新变法中，云南巡抚谭钧培打算建立有别于旧书院，培养"经邦济世"人才的新式书院。于是奏请光绪帝批准，于光绪十七年（1891）正式创办经正书院。光绪帝还亲赐"滇池植秀"匾额，以资鼓励。书院位于"翠海（湖）北边报恩寺故址"，今翠湖北门外，后来曾做过省图书馆、昆明市体委、春晓广场、音乐喷泉等，现为闲置待建之地。2022年5月，有消息说，这里将重建经正书院。

经正书院只存在了短短13年，但在许印芳、陈荣昌两任山长的努力下，办得有声有色，成为清末全国著名的"四大书院"之一。（另外三所书院是广东学海书院、浙江沽经书院、四川尊经书院）。经正书院著名校友有袁嘉谷、秦光玉、钱用中、李坤等。

1905年，根据清廷改办新式学堂的指令，废经正书院，改为"省会中学堂"，成为今昆明市第一中学的前身。

育才书院——昆明市立第一小学校

清康熙二十四年（1685），云贵总督蔡毓荣、云南巡抚王继文建育才书院于城南门外慧光寺（今东寺街西寺巷北）内。康熙帝曾亲书"育材"二字匾，送挂该院，以资鼓励。咸丰年间，书院毁于战火。同治十二年（1873），地方士绅张梦龄等请准，以南城内太傅坊祠为基础改建。故其地址改在城内太傅坊（今景星街中段）。因该书院属昆明县管，故又叫"昆明书院"。

清光绪二十八年（1902）后，书院改为"省会小学堂""模范第一两等小学校"。民国五年（1916）后，又先后改为"省立第一高等小学校""昆明市立第一小学校"。（以上资料，参考《昆明文化·五华》一书）

名校荟萃　文苑众多

作为云南和昆明文化中心，翠湖文化圈的一个显著特点是：这里大中小学林立，而且名校荟萃，其中不少学校的教学质量，在市内、省内都是数一数二的，甚至闻名全国。同样，这里的科研机构、文化艺术团体也很多。

先聊聊学校。

当历史步入近代，过去的私塾、文庙、书院逐步被淘汰，现代化的大中小学校，在昆明翠湖及其周边迅猛发展。据不完全统计，就高校而言，有云南大学、云南师范大学，有从云南大学派生出来的昆明理工大学和昆明医科大学。此外，还有昆明冶金专科学校、昆明学院等等。在历史上，还曾经出现过闻名于世的西南联合大学（今云南师大）、中法大学（今昆三十中）、同济大学、五华文理学院（原省图书馆附近，今翠湖北岸）等。就中专而言，翠湖片区还先后出现过云南工业学校（龙翔街）、云南农业学校（西站）、昆明师范学校（昆师路）、昆明第一职业中专（圆通街）、云南卫生学校（平政街）。就中小学而言，翠湖片区有过昆明传统上最著名的几所中学——昆一中、昆八中、昆十中、师大附中。只是，后来因学校发展的需要，师大附中迁往高新区；昆十中与私立东风中学合并，迁往白塔路；昆八中，后来迁往龙泉路。但是，又产生了新的名校云大附中和云南师大实验中学。此外，如今翠湖片区的中学，还有昆二中（富春街）、昆三十中（北门街）、昆二十九中（教场中路）、昆二十八中（女中，原长春路，今人民中路东段）。

翠湖片区在历史上，还出现过这样一些中学：云瑞中学（先在云贵总督衙门，后因修建抗战胜利纪念堂，迁至文林街头、贡院坡顶的原昆一中东院。后改为昆明军区后勤招待所，今为湖滨饭店）、松坡中学（今东风西路云南艺术剧院）、又新中学（原翠湖南路赵公祠，今省政府离退休老干部活动中心）、同济附中（原青莲街轩辕宫，今翠湖宾馆。后来与同济大学一起迁往四川李庄）。

小学有云南师大附小（文林街）、武成小学（原武成路，今人民中路西段）、长春小学（原长春路，今人民中路东段）、景星小学（景星街）、红旗小学（国防路）、大观小学（大观街）、先锋小学（钱局街）、文林小学（龙翔街）、龙翔小学（一二·一大街）、莲华小学（莲花池）、韶山小学（螺峰街）等等。

更值得牢记的是在翠湖西岸，还有一所中国近代著名的"百年军校、将帅摇篮"——云南陆军讲武堂。

现选这些学校中的若干，加以简介。

云南陆军讲武堂

清宣统元年（1909）创办，民国二十四年（1935）结束，历时 26 年。

云南陆军讲武堂创办的目的是培养新式军队中下级军官，巩固清王朝的统治。结果成为其掘墓人，大批学员参加同盟会，响应孙中山号召，发动云南"重九"起义，推翻了清王朝的云南地方政权。民国时期，转变为国民党的军校，培养中下级军官。讲武堂的不少学员成长为抗日爱国将领，有些还成为党和国家领导人。

讲武堂校址在昆明翠湖西岸，今翠湖西路。明代为沐英的"柳营""别业"，清代为吴三桂及其孙吴世璠的"洪化府"。占地 7 万多平方米（现为 3 万 6 千平方米）。主体建筑是一中西合璧的大四合院，由 4 幢长 120 米、宽 10 米、高 10 米的两层楼组成，建筑面积为 7611 平方米，是极具云南昆明地方特色的"一颗印""走马转角楼"建筑；也是中国最大的四合院，仅院中的内操场就有 10 多个篮球场的面积。

云南陆军讲武堂

26 年中，讲武堂先后招收学员 9000 余人。其中，有 7 人成为中外国家领导人，上将（含省长）43 人，中将 133 人，少将 141 人，一共 323 人。（田云翔主编《百年军校 将帅摇篮》第 27 页。云南人民出版社 2010 年第一版）

讲武堂著名校友有朱德、叶剑英、崔庸健（朝鲜）、李范奭（韩国）、武海秋（越南）、李根源、张冲、蔡锷、唐继尧、龙云、卢汉、王甲本、王均、方声涛、卢焘、叶荃、江映枢、刘存厚、刘祖武、刘震寰、孙渡、邓泰中、朱培德、朱鼎卿、何海清、李伯庚、李烈钧、肖毅肃、杨杰、金汉鼎、范石生、罗佩金、杨希闵、杨森、胡若愚、胡瑛、张开儒、唐继虞、唐淮源、顾品珍、庾恩旸、盛世才、曾万钟、谢汝翼、赖心辉、李明、陈奇涵、张汝骥、张定璠、赵又新等。

1988 年，云南陆军讲武堂被国务院公布为全国重点文物保护单位。

西南联合大学

存在时间：1938 年 5 月 4 日至 1946 年 7 月 31 日。

1931 年九一八事变，日本侵华。随后，东北三省沦陷。1937 年，

"七·七"事变，日本全面侵华，华北危急。为了保护中国教育与文化命脉，北平的清华大学、北京大学，天津的南开大学共同南迁。1937年11月1日，迁至湖南长沙的三校，组成长沙临时大学，正式上课。1937年12月13日，日军攻占南京，武汉危急，长沙震动。4个月后，临时大学再次南迁。1938年2月至4月底，临大师生抵达昆明，组成"国立西南联合大学"。5月4日，西南联大正式开课。1945年8月15日，日本投降，中国抗战最后胜利。1946年5月4日，西南联大举行结业典礼。之后，清华、北大、南开陆续北归。7月31日，西南联大宣布结束。

刚至昆时，西南联大设有文学院、法商学院、理学院和工学院4个学院，1938年8月，应云南当局要求，增设师范学院，共5个学院。文、法两学院在蒙自上课，其余学院在昆上课。1939年4月，昆明西郊三分寺新校舍竣工。在蒙自的文、法两院上课一学期后，搬回昆明。1940年秋，因日军占领越南，为防万一，又在四川叙永设分校，当年入校一年级新生及先修班学生在叙永上课。1941年8月，随着形势稳定，叙永分校撤销，师生回昆上课。

联大八年，教师常年保持在350人左右，教授、副教授约占一半以上。据载，1939年联大有教授、副教授177人，1945年为210人。八年间，在校学生一般在3000人上下。联大八年共培养毕业生约4000人，其中本科生为3700余人，研究生83人。连上投笔从戎以及各种原因中途辍学者，

原西南联大校门

西南联大蒙自分校外景

115

闻一多在蒙自的居所"一下楼"

前后在联大受过教育的学生达 8000 人。（吴宝璋，《西南联大二十五讲》）

西南联大实行常委制，由梅贻琦（清华校长）、蒋梦麟（北大校长）、张伯苓（南开校长）组成常委会领导，梅贻琦主持常委会工作。

学校校训是"刚毅坚卓"。这是总结三校校训而集成的。北大校训是"博学审问，慎思明辨"；清华校训是"自强不息，厚德载物"；南开校训是"允公允能，日新月异"。联大继承发扬了三校优良传统。

西南联大办学条件虽差，甚至寄人篱下，但大师荟萃，名家云集，名师出高徒，办成了古今中外堪称一流的大学，蜚声中外。迄今为止，联大在中国教育史上，堪称是中国教育的"珠穆朗玛峰"。联大八年，师生英才辈出，有中科院院士、中国工程院院士 170 余人；23 名"两弹一星"突出贡献专家中，有联大校友 8 人（赵九章、郭永怀、陈芳允、屠守锷、杨嘉墀、王希季、朱光亚、邓稼先）；首次获得诺贝尔奖的华人科学家杨振宇、李政道，均是联大学生。从 2000 年我国设立"国家最高科学技术奖"以来，联大校友中，先后有黄昆、刘东生、叶笃正、吴征镒、郑哲毓等人获此殊荣。（见吴宝璋著《西南联大二十讲》第 20-21 页。云南人民出版社 2016 年第一版）还有不少联大校友，是杰出的人文社会科学家，或担任党和国家领导人。更多的校友，则成为中国革命和建设的栋梁之材。"千秋耻，终当雪，中兴业，须人杰。便一成三户，壮怀难折。多难殷忧新国运，动心忍性希前哲。待驱除仇寇，复神京，还燕碣。"联大在抗日烽火中生存，在爱国情怀中办学，师生一腔爱国热忱报家国。为此，联大 800 学子投笔从戎，奔赴抗日前线，英勇杀敌。为此，联大学生高举"反内战、争民主"的大旗，在昆明与蒋家王朝展开殊死的战斗，成为民主堡垒。于再、潘琰、李鲁连、张华昌四烈士惨遭敌人杀害。为此，众多的教授"拍案而起"，闻一多先生倒在了国民党特务的枪口下。联大师生的爱国主义精神为世人敬仰，代代相传。联大旧址，今日的云南师大一二一大街校区，已成为全国的爱国主义教育基地。联大短短八年，对云南、对中国，乃至对世界，影响深远，彪炳千秋。

中法大学

抗日战争时期，昆明有所中法大学。它的学生与西南联大学生一道，积极投入"反内战、争民主"的"一二·一"运动。它还把校舍借给无家可归的联大附中上课。这是一所什么学校呢？它也是从北平迁来的。

1920 年，李石曾、蔡元培等于北平西山碧云寺创办法文预备学校，为中国青年留学法国打基础。后扩充为文、理两科，改称"中法大学"，迁入东皇城根北街 20 号等地。蔡元培任首任校长。

平津危急时，中法大学也南迁昆明，被安排在北门街南菁中学（今昆三十中）上课。1946 年，复员北平。1950 年，中法大学停办。其校本部及数理化等院系并入北京工业学院，1980 年更名为北京理工大学。其文学院、医学院并入北京大学；经济系、生物系并入南开大学。陈毅元帅曾是中法大学学生。

私立五华文理学院

五华文理学院是抗战胜利后，由私人投资创办的民办大学。学院创办于 1946 年，终结于 1951 年，历时 6 年，培养出 2321 名学生，为振兴云南文化、科技、教育事业作出了积极贡献。

学校最初借用龙翔街原云南省工业学校办学。1948 年 4 月，迁至翠湖北门外的原经正书院旁的省参议会旧址。

抗日战争时期，云南昆明作为大后方，接纳了大批由内地迁来的机关、工商企业、科研机关、学校。一时之间，昆明成了全国教育文化中心，大大推动了云南文化教育事业的发展。1945年8月15日，日本宣布无条件投降，抗战胜利结束。于是，南迁的文化、教育机关纷纷北归。特别是西南联大解散，清华、北大、南开离昆，顿使昆明教育文化有空虚之感。昆明有识之士深感"教育救国"之必要，呼吁创办新的大学。政府财政有限，就走民间集资办学之路。

五华文理学院的发起者有于右任、李根源、周钟岳等国民党元老；有翁文灏、陈果夫、卢汉、霍揆章等当时的军政要员；有梅贻琦、陈寅恪、蒙文通、熊庆来、钱穆、华罗庚、罗庸等学界先进；有秦光玉、由云龙、姜寅清等地方名人（云南省档案馆编《私立五华文理学院档案资料汇编》）。挑起办学大梁的主要投资者、具体创办人，则是于乃仁、于乃义兄弟。兄乃仁任校长，弟乃义为教务长。

五华学院资金的来源，主要是于氏兄弟捐助，部分为社会各界捐助和学生缴纳的学杂费。万揆一著《昆明掌故》在《于氏兄弟舍产办大学》一文中称：于氏兄弟毅然把东寺街祖产铺面三间、楼房一大间，捐赠给学院，"以房租收入拨作学院经费"。他们的祖父于怀清珍藏的一万多册图书，也同时捐献。据《民意日报》报道，房屋价值为当时的"国币"3000万元。按当时金价，可购黄金120两。

五华文理学院的办学特色主要体现在以下几个方面：

一是在理科中开设历史、社会学等文科课程。二是高薪聘请名师讲课。钱穆、刘文典、白寿彝、罗庸、姜寅清、由云龙、秦仁昌、俞德俊、蔡希陶、王灿、陈一得、方国瑜等著名学者，都在五华学院讲过课。名师出高徒，教学质量高，学院办得有声有色，欣欣向荣。三是民主管理，学术自由，教学自由。

新中国成立后，1951年开始实行全国高校院系调整，五华学院结束了6年的办学历程。其中文、外语系转入昆明师院，其他系转入云南大学。

以上讲的这些学校已成历史，今日记录存档，作为翠湖片区是云南省、昆明市文化中心的历史见证。

东陆大学——云南大学

从1922年至2022年，云南大学走过百年春秋。这一百年，云大是怎样走过来的？

1922年，唐继尧创建"私立东陆大学"。唐私人捐款旧滇币10万元，作为省长的他又令省财政司从东川矿业官股中拨款10万元，作为办学经费，将旧贡院改建成会泽院等，作为永久性校址。

1922年12月8日，私立东陆大学宣布成立，启用印信。名誉校长：唐继尧、王九龄。校长：董泽。

1923年4月20日，会泽院奠基并举行开学典礼。

1930年，私立东陆大学改为省立东陆大学。

1934年9月，省立东陆大学改名省立云南大学。

1938年，省立云南大学改为国立云南大学。

1950年，国立云南大学更名为云南大学。

1958年8月，云南大学由部管高校下放为省管高校。

1981年11月，经国务院批准，云南大学成为全国首批博士、硕士学位授予单位。1984年开始授学位。

2001年6月，云南大学被评为全国首批"211工程"大学。

2004年3月11日，云南大学成为省部共建大学。

2006年，云南大学被教育部评为本科教育优秀学校。

2013年7月，云南大学成为中西部"一省一校"国家重点建设大学。

2017年9月，云南大学入选国家首批"双一流"大学，成为全国42所世界一流大学建设高校之一。

东陆大学开办伊始，设有预科、本科、附中。招预科生108人。1925年春，开办本科，设文、工两科，文科3个系，工科2个系。

1937年，熊庆来出任省立云南大学校长时，学校设有文理学院（文学

119

东陆大学校门

位于翠湖北路的云南大学大门

院、教育学院），理工学院（工学院、理科学院）和医学院。

国立云南大学时期，学校设有5个学院、18个系、3个专修科、3个研究室。此外，还设有实习工厂、附属医院、农林场、附属中学、各种委员会的机构。西南联大解散，北大、清华、南开北归时，将电讯专修科移交云大。

2021年，云南大学设有26个学院，10个研究机构，2个独立学院，1所附属医院和研究生院；有本科专业79个，涵盖文、史、哲、经、管、法、理、工、农、教育、艺术11大学科门类。学校有教职员工3023人，其中专业技术岗位2582人。专业技术岗位中教学科研人员2017人，其中具有正高职称507人，副高职称675人；教学科研人员中有博士1219人。有院士9人（含双聘、特聘），有国家突出贡献中青年专家2人，国家"万人计划"领军人才3人。

现有全日制在校本科学生16976人，硕士研究生7595人，博士研究生1108人。此外，还有来自欧美和亚洲其他国家的留学生和数以万计的成教院学生。云南大学现有翠湖北路——一二一大街校区（东陆校区）和呈贡校区两个校区，占地面积4363.64亩，校舍建筑面积100余万平方米。图书馆藏书382万册。

云南大学是云南省有史以来的第一所现代大学。熊庆来任校长期间，云南大学被誉为"小清华"；1946年，英国《不列颠百科全书》将云大列为中国15所在世界上最具影响力的大学之一。新中国成立后，云南大学是云南诸多大学的发源校；昆明工学院（今昆明理工大学）、昆明医学院（今昆明医科大学）、昆明农学院（今云南农业大学）等，均由云大有关院系分流而成。云南大学是迄今为止，在云南诸多大学中是唯一的"211工程"大学和"双一流"大学。近些年虽然竞争激烈，但云南大学仍是当今云南高校的排头兵，"大哥大"。可以说云南大学是以翠湖片区为中心的云南省、昆明市文化中心的核心和灵魂。（资料来源：云南大学官网）

昆明理工大学

昆明理工大学由多所大学联合组成，其中最主要的是昆明工学院和云南工学院。昆明工学院的前身是云南大学工学院，若再追溯其前身，则是私立东陆大学工学院。云南工学院的前身是云南工业学校，若再追其前身，其历史起点可追溯到清宣统二年（1910）的高等工矿学堂。

1954年，云南大学工学院独立建校，定名为"昆明工学院"，9月1日是其校庆日。工学院校舍为东西方向，从莲花池至冶金工校和虹山；南北方向，从铁路至蛇山脚，是当时昆明地盘最大的高校。赵凤歧为首任院长。

1995年2月，更名为"昆明理工大学"。

1999年10月，昆明理工大学与云南工业大学（原云南工学院）合并，组成新的昆明理工大学。

截至2021年7月，有教职工3834人，其中教师为2467人。有教授、副教授1360人。院士9人。

学生总数为42000人。其中本专科生20000人，博士、硕士研究生3000人，成教生19000人，留学生74人。

昆明理工大学有27个学院，1个教学部，1个学部，7个研究院，13个临床教学基地（含9所附属医院，3所教学医院，1所实习医院），3个

昆明理工大学南门

应用人才培训基地。设有城市学院、研究生院和成教院。全校设有110个本科专业，1个第二学士学位专业。

现有藏书307万余册，中外文期刊5500多种。

昆明理工大学共有莲华、新迎、呈贡三个校区。占地面积为4300余亩。

昆明理工大学教学质量高，学校口碑好。为国家培养了数以万计的冶金、机械、建筑等专业栋梁之才。（资料来源：昆明理工大学官网）

云南师范大学

清华、北大、南开三校组成的长沙临时大学，在1938年南迁昆明组成国立西南联合大学时，应云南省主席龙云和教育厅长龚自知之请求，创办师范学院，为云南培养中学教师。西南联大师范学院校址原设在文林街昆华中学北院。被日机轰炸后，迁至龙翔街昆华工校内。黄钰生为第一任院长。

1946年5月4日，西南联大宣布结束。接着，清华、北大、南开三校北归。应云南方面的要求，留下师范学院给云南，定名"国立昆明师范学院"。校址由龙翔街昆华工校，迁往军用公路（今一二一大街）三分寺西南联大。

国立昆明师范学院 1950 年改名为"昆明师范学院"。

1984 年，学院更名云南师范大学。云南师大沿用西南联大"刚毅坚卓"的校训。

每年 11 月 1 日，是西南联大校庆日，也是云南师大校庆日。

1999 年，云南教育学院、云南体育进修学院并入；2000 年，云南银行学校并入云南师大。

截至 2021 年 5 月，云南师大有 22 个学院和 2 个学部。有本科专业 93 个，覆盖哲学、法学、经济学、教育学、文学、历史学、理学、工学、艺术学、管理学、农学等 11 个学科门类。有 29 所附属和合作办学的中小学、幼儿园。

云南师大有教职工 2400 人。其中，专任教师 1960 人；在专任教师中有教授、副教授 939 人。有外聘教师 898 人。

云南师大有全日制本科生、硕士、博士研究生共 32000 余人，成人继续教育生 16000 余人。

云南师大拥有一二一大街西南联大和呈贡两个校区，占地面积 3300 亩。其中，联大校区占地 383 亩，呈贡梨花中路校区占地 2647 亩。

学校图书馆藏书 375.04 万册。

云南师范大学

123

云南师大继承了西南联大的传统和精神，其校园内的西南联大纪念馆和"一二·一"运动纪念馆，已成全国爱国主义教育基地。作为师范类高校，云南师大为国家培养了以师范生为主的各级各类人才50万余人，师大学子遍及三迤大地，是全省教育事业的中坚力量。云南师大是云南基础教育的"教师摇篮"。云南师大的教学、科研成果也令人瞩目。（资料来源：云南师范大学官网）

昆明第一中学

昆一中的前身是清末的"经正书院"。1905年，清政府废"经正书院"，改办新式学堂，将其定名为"省会中学堂"。以翠湖北岸原经正书院旧址为校址。

1909年，省会中学堂校舍改办云南省图书馆。省学务处将省会中学堂与师范传习所（位于文林街的贡院坡头，今滨湖饭店）合并，取名"两级师范学堂附属中学堂"。又将"方言学堂"（文林街文化巷口东侧）更名为"高等学堂"。1911年，"云南省府中学堂"（原云南府署，今师大附小）更名为"省立第一模范中学堂"。

1912年2月，两级师范附属中学堂、高等学堂、第一模范中学堂三校合并，命名为云南省立第一中学校。校址由经正书院迁至三校原文林街校址。范围从今滨湖饭店至文化巷，中隔天君殿巷，分为东、西两院。在天君殿巷上架天桥，沟通东、西两院。

1932年，云南省立第一中学与云南省立第五中学合并，改名"云南省立昆华中学"（五中的前身系1915年创办的私立成德中学。1929年，成德中学与1922年办的云南中学合并为"云南省立第五中学。校址在文林街南侧，今五华区第一幼儿园及文翠园小区一带）。至此，文林街北（原东、西两院）为昆华中学北院（今师大昆北院、师大附中宿舍、师大附小、湖滨饭店一片），文林街南昆五中原校址，称昆华中学南院。

1938年9月28日，日机首次轰炸昆明。以后，又频繁轰炸。昆华中学疏散玉溪，初中部在玉溪孔庙上课，高中部在离城30多公里的九龙池上课。后又曾迁至澄江。

1942年，昆华中学由澄江迁回昆明潘家湾新校舍上课。原文林街昆华中学北院、南院校舍，由省教育厅安排为西南联大有关单位及其附属学校使用。

新中国成立后，省教育厅将龙渊中学（1942年在黄土坡创办）和昆华师范学校附中（今昆师路昆明学院），并入昆华中学，更名为"云南省昆明第一中学"。后来，又曾改名"昆明第一中学"，昆一中由省管改为市管。

1984年，定名为"昆明市第一中学"。

截至2021年2月，昆明一中校本部有51个高中教学班，在校学生3000余人。教职工232人，其中，设有昆明市名师工作室4个（历史—赵灿东，物理—孙彪，数学—杨昆华，政治—谭毅）。

为了发挥"名校效应"，提高昆明市教学质量，经市教育体育局批准，成立"昆一中教育集团"。集团成员有：经开区校区、西山学校、金岸中学、官渡学校、学贯中学等。

校本部占地200余亩。

昆明第一中学

昆一中是全国知名百年老校，现为云南省一级一等高级中学。一百多年以来，昆一中为全国高校输送了大量优秀学生，为国家和社会培养了大批栋梁之才。著名校友有诺贝奖获得者杨振宁，哲学家艾思奇，数学家熊庆来，植物学家蔡希陶，作家张天虚，诗人柯仲平，画家袁晓岑，文学翻译家罗稷南，体育专家杨伯庸和马克坚等。过去，昆明坊间流传"大一中，小二中，破庙烂寺昆三中，青山绿水昆五中，破衣烂裳昆八中，骄傲自大师附中"的谚语。"大一中"，不仅反映当时昆一中面积是全市中学之最大，而且在教育教学质量上昆一中也是全市中学"老大"之含意。今日之昆一中，仍是全市乃至全省中学的排头兵之一。（资料来源：昆一中官网）

云南师大附中

云南师范大学附属中学的前身，是创办于 1940 年 11 月 21 日的"西南联大附设学校"。首任校长由联大师范学院院长黄钰生兼任。刚开始时，学校没校址，全是租借。先借云南省立工校东大楼的一部分教堂上课。1940 年冬，日本飞机对昆明狂轰滥炸升级，学校疏散到黄土坡的东边借民房上课。

1941 年，改校名为"国立西南联合大学师范学院附属中学"。

1942 年，中小学分开。小学以大西门外联大西南角的浙江享堂为校址。中学迁往北门街中法大学（原南菁学校初中部）上课。

1943 年，西南联大附中又迁至钱局街与文林街之间的昆华中学南院（原岑公祠、昆五中旧址）。后又迁至原昆一中北院（原云南府署，今师大附小）。附小则由浙江享堂迁至钱局街岑公祠附中所在地。

1946 年，西南联大解散，清华、北大，南开北归，留下师范学院。联大附中、附小与师范学院一道，作为西南联大的历史遗产，留给了昆明，改名为"国立昆明师范学院附中"。

新中国成立后，学校于 1950 年更名为"昆明师范学院附属中学"。

1962 年，昆明师院附中由昆一中北院（今师大附小）迁至文林街西端

云南师大附中

的省委招待所（今云南师大实验中学）。省委招待所迁往东风西路新建的云南饭店。附中以此地为校址，一直到 2003 年，长达 41 年之久。

1984 年，昆明师范学院更名"云南师范大学"，附中亦随之改名为"云南师范大学附属中学"。

2003 年，云南师大附中因学校面积太小（30 余亩），申报一级一等高中硬件不达标而移地建校，迁往高新区洪源路 36 号。原建设路校址留给了云南师大实验中学。

2004 年 6 月，云南师大附中被云南省教委评定为一级一等高级中学。

截至 2021 年，云南师大附中有 55 个教学班 3198 名学生。教职工 355 人，师大附中有 3 个市名师工作室，分别是语文—胡念东，化学—缪森，地理—李继宏。

学校目前有两个校区，校本部和呈贡分校。两个校区合计占地 193 亩，建筑面积 89000 平方米。藏书 59679 册，电子图书 3 万册，期刊杂志 220 种。

云南师大附中是由云南省教育厅直属的唯一一所一级一等高级中学。从西南联大附中创办以来，其学风浓厚，治学严谨，教学质量一直处于全省领先地位，在省内外基础教育界享有盛名。80多年来，为国家、为社会培养了5万多名学子，人才辈出，成为清华、北大、港大等知名大学优质生源地。在国外知名高校中，都有附中学子身影。在不同时期、不同领域，无数附中学子为国家、为民族在革命和建设中作出了重大贡献。校友中，有为新中国的建立抛洒青春热血的席淑筠、郎宝媛、庄任秋烈士；有参加抗美援朝的魏兆德等19位英雄战士；还有数学家朱永津，有作家罗广斌、宗璞，有中国科学院院士万哲先、戴汝为、陆严先，有曾任国务院外事办主任、中国人民对外友好协会会长的齐怀远，有曾任云南省委副书记、华东冶金学院党委书记的朱志辉，有曾任云南省人大常委会副主任的戴光禄，有中国自己培养的第一位计算机领域女博士谭小南，有全国青年十杰优秀企业家郑天一、优秀企业家黄思烈，还有全国优秀共青团员王佳，上海大学生十大风云人物吴媛媛，昆明"十杰青年"曹军、文镇、郝亚敏等。80年来，云南师大附中一直是云南基础教育的领军学校。（资料来源：云南师大附中官网）

云南大学附中

云大附中始建于1927年，称"东陆大学附中"。后来，随云大更名为"国立云南大学附中"。

抗日战争时期，为避免日机轰炸，曾一度迁往路南（今石林县）办学。抗战胜利后，迁回昆明。

1948年，因积极参加革命运动，云大附中、南箐中学等学校，被国民党当局宣布"解散"。高中部并入昆一中，初中部并入其他学校。云大附中停办。

新中国成立后，1954—1958年，为了帮助工农兵迅速完成初高中学业，进入大学深造，开办云南大学工农速成中学，初中两年，高中两年，共四年完成中学学业。云南大学工农速成中学校址在今云大北院。这个时期，云大教职工的子女，基本上都在昆明师院附小、附中就读。

1976年，由于种种原因，师院附小宣布不再招收云大教职工的子女进入该校读书。从此，云大教职工的适龄子女只好去钱局街先锋小学就读。当时实行小学五年制，而当时师院附中与附小实行九年一贯制，五年之后，云大教职工子女无法进入师院附中读初中。云大周围的初中学校因隶属关系不同，也无法接纳云大的娃娃入学。

1981年，在万般无奈之下，云大生物系的高照、杨明江两位老师自告奋勇，承办"云大教职工子弟学校"，设两个初中班，解决了云大教职工子弟上初中的问题。学校校址在今云大南学楼一带（原物理馆对面的仓库）。

1983年，云南大学职工子弟学校迁往北院原外语系上课。后来，中科院云南分院和贵金属研究所也来"入伙"。三家合办，学校成了改革开放中的国有民办学校。

1988年，恢复使用"云大附中"校名。之后，学校不断扩大。云大领导决定将原北院的教授别墅拆除，建成今日的云大附中校舍和场馆。

2022年3月30日，昆明市教育体育局发文，根据中共中央、国务院有关文件精神，云大附中由国有民办学校改为公办学校。

今日之云大附中共有六个校区：校本部（一二·一大街）、星耀校区（新亚洲体育城）、大学城校区（呈贡兴园路）、西南林大分校（盘龙区白龙路）、呈贡校区（呈贡龙街社区）和会展学校（官渡区海华路）。

现有120个教学班，学生7200多人（校本部初中三个年级74个教学班，学生4700人）。专

云南大学附中

任教师 507 人。

云大附中曾是全省规模最大的国有民办学校。在历史上，云大附中具有光荣的革命传统。1939年，云大附中便秘密建立了中共党支部，是昆明市抗日救亡、爱国民主运动的中坚力量之一，有31位师生为革命献出了生命。从20世纪80年代后期以来，云大附中初中教育迅速崛起，连续35年保持昆明市中考领先水平。后起的高中也已跻身昆明市优质高中的前列。（主要资料来源：云大附中官网）

云南师大实验中学

云南师大实验中学 2003 年创办。这年云南师大附中由建设路迁往高新区洪源路，经云南省教育厅、云南师大和昆明市教育局批准，在原师大附中校址创办云南师大实验中学。学校性质为国有民办学校。

2015 年，被省教育厅评为一级二等完中。

2022 年 4 月，改为公办学校。

2003 年初办校时，有 10 个初中教学班，学生 400 余人。

经十几年努力，云南师大实验中学迅猛发展，办学规模逐年扩大。现发展为两个校区（东风西路 – 建设路校区、昆明湖校区）和一个分校（云南师大附属润城学校）。至 2019 年，已达 202 个教学班、万余名学生的规模，全校教职工有 650 余人。

东风西路 – 建设路校区是校本部所在地。初中部位于东风西路 484 号，高中部位于建设路 171 号。

润城学校创办于 2014 年，位于昆明市前卫西路与日新路交叉口。由云南龙宇房地产开发有限公司出资 9 亿元兴建，占地 202 亩，学校有小学、初中、高中部。现共有 101 个教学班，在校学生为 4703 人。由云南师大实验中学领办。学校属民办学校，从 2022 年 9 月起独立办学。

昆明湖校区创办于 2018 年。位于昆明市盘龙区正学路湖畔四季城西。由盘龙区政府、云南师大基础教育集团、云南城投集团、云师大实验中学

云南师大实验中学

四方合办。学校性质为国有民办全日制学校。学校开设有幼儿园、小学、初中、高中。2022年3月，改为公办学校。

对于上述三个校区，云南师大实验中学实行"一套班子、一套人马，统一调配师资、统一管理，统一教学"的管理模式。

云南师大实验中学是一所很年轻的学校，虽只开办19年（2003-2022），但发展迅猛，迅速崛起成为名校。它虽是全昆明市，乃至云南省最年轻的名校之一，但已成为云南省首批"身边的好学校"，云南省"校风、教风、学风示范学校"。其中考成绩多年来一直名列昆明市前茅，高考成绩也在逐年攀升，已成为云南省、昆明市的优质学校。（资料来源：云南师大实验中学官网）

云南师大附小

始建于1940年，称"西南联大附校"。校址在大西门外西南联大西南角的浙江享堂，大约在今一二·一大街与东风西路交会处的"昆房"大厦一带。首任校长由联大师范学院院长黄钰生兼任。

1942年，西南联大附校分为附中、附小。迁至文林街与钱局街交叉口的原昆华中学南院办学。

1962年，昆明师院附中从文林街原云南府署迁至原省委招待所后，附小从南院迁至原附中校址（云南府署）至今。其南院校址则变成了昆明市冲压件厂和盲哑学校。今为五华区第一幼儿园和文翠苑小区。

云南师大附小实行集团化办学模式，现拥有文林、金安、金牛、樱花语、呈贡一校五区。全校共196个教学班，在校学生近9000人。现有教职工527名。

"质量第一"始终是云南师大附小坚守的信念。80年来，它始终是云南省、昆明市优质小学的领军学校。它不仅教学质量高，而且引导学生德、智、体、美、劳全面发展，受到家长和社会称赞。它特别注重教师的教研、科研，近十年来，有300余万字的教学科研论文、教改经验在国家级、省级刊物发表。先后出版了《基于"做人教育"理念的学校课程建设》《小学教学理论与实践》《小学课程教学教案精选》《班主任金点子集锦》《优质学校创建的理论与实践》5本著作。它还注重开发学生智力和能力，在每届毕业班中开展"小博士"论文评选活动，并持续出版《少儿博士论文集》，社会反响强烈，好评如潮。（资料来源：云南师大附小官网）

云南师大附小

武成小学

清末，在 1898 年戊戌变法的影响下，云南各地纷纷开办新式学堂。光绪二十九年（1903），云南省创办了首批 11 所新式省会小学堂，武成小学就是其中之一。

清光绪三十一年（1905），11 所省会小学堂，改名为东、西、南、北四区"两等小学堂"，武成小学是两等小学堂之一，校址在小富春街岑公祠（今昆二中所在地）。后又改称"第二师范小学校"。

民国十二年（1923），称为"市立第二小学校"。民国二十五年（1936），首次改称为"武成小学"。民国三十三年（1944），改称为"昆明市二区第三联保国民学校"。校址仍在小富春街岑公祠。

新中国成立后，恢复"武成小学"校名，学校迁往武成路武庙（关帝庙），至今未变。

2019 年 10 月，为扩大优质教育资源共享，推动义务教育优质均衡发展，经上级批准，成立五华区武成小学教育集团。

1903—2019 年，学校只有一所，即原武成路、今人民中路西段的武成小学。后曾与毓英小学合并。

武成小学

2019 年，成立教育集团后，有 4 个校区，即武成、毓英、国福和华夏御府校区。后来，又增加了龙泉路小学和春城慧谷分校，共有 6 个校区。其中的龙泉路小学又有万彩城校区、实力壹方城小区小学和岗头小学三个办学点，万彩城校区是这三所小学的校本部。

武成、毓英两校区占地面积共 7557 平方米（其中，武成 5047 平方米，毓英 2510 平方米），有 34 个教学班 1822 名学生。教职工 101 人，专职教师 98 人。

武成小学教育集团中有三所百年老校（武成小学，创立于 1903 年；国福小学，创立于 1903 年；龙泉小学，创立于 1913 年），这在昆明的中小学教育集团中实属罕见，可谓昆明小学中的"老字号"。武成小学教学质量高，其选修课办得很有特色。（资料来源：武成小学官网）

老昆明有座大学城

以上所述，系笔者从微观上选择若干大中小学，介绍了翠湖周边的教育文化情况。如果你从宏观上看，又会发现以翠湖为中心，存在着一座老昆明的"大学城"。这座大学城从 20 世纪二十年代至五六十年代早已形成，比改革开放后出现的高新区大学城、呈贡大学城、杨林大学城、安宁大学城等，都要早得多，其所涵盖的面积，也不比这些新大学城小。

这座老昆明大学城的核心是云大、云南师大、昆明理工大和云南民大。其中轴线是云大、昆明理工大，南起翠湖之滨，穿越一二一大街、学府路，直至北边的蛇山脚下。中轴线的两侧，东是云南民大，西是云南师大（原西南联大），这是 20 世纪 30 年代和 50 年代建立的两所大学。以后，逐步发展，东边在龙泉路上出现了以 1956 年建立的昆明地质学校为基础、于 2011 年组建的云南省旅游职业学院；在龙泉路上，还有以 1951 年始建的云南省财政干部学校为基础，后升格为云南财贸学院，于 2006 年更名为云南财经大学；在蓆子营出现了由龙翔街搬去的云南工业学校为基础形成的云南工学院，后改名为云南工业大学，最后并入昆明理工大学；本在安宁的西南林学院迁到了白龙路旁，改名为西南林业大学。西边在潘家湾胜因寺出现了以昆明师范学校为基础新建的昆明师专，后与昆明大学合并成为昆明学院；在西站出现了以云南农校为基础升格的云南农业职业学院；在滇缅大道的麻园，出现了云南艺术学院；在普吉路上，出现了以云南交通学校为基础升格的云南交通职业学院；在学府路苏家塘，出现了昆明冶金专科学校等院校。

这样一来，便在老昆明城的西北角，形成了一座巨大的大学城。抗战时期修筑的一条"军用公路"，也一分为二横穿其间。这条军用公路，本由西山马街至西站，向东绕城墙，经西南联大、云大、圆通山北麓山脚，过油管桥，再通东站连接省内外。后来，这条"军用公路"改名为环城路。20世纪90年代，其西站至小菜园一段，又改名为一二一大街。当这条"军用公路"变成环城路时，线路改由黄土坡上坡，经羊仙坡沿坡而下，再经冶金工校、昆明理工大学北门至小菜园。至此，原"军用公路"一分为二，先修筑的路段，成了环城北路（其西段为一二一大街）。后修筑的路段，在20世纪80年代时，改名为"学府路"。

"学府路"这个街名改得好，很有文化韵味。至此，文林街、一二一大街、学府路这三条大街由西向东，横贯于大学城之中。

这种布局的形成，是从元代以来，一代又一代的昆明人努力的结果。元代文庙先选址登华街、后迁文林街，再后又迁文庙横街（今人民中路）；明代贡院选址螺峰山麓翠湖北岸；清代三大书院中五华、经正两书院，选址五华山和翠湖之滨；民国唐继尧时代于贡院旧址创办东陆大学（今云大），龙云时代将在潘家湾胜因寺建立的昆华医院迁往金碧公园，办昆华师范学校等等，都为后来形成老昆明大学城，布下了棋子。可以说，将老昆明西北角建成教育文化中心的思路和布局，是元朝以来的历朝历代当政者的共识。而这一共识的缘由，皆因这一地区"面临翠海""是钟灵毓秀之地"。

省图书馆、省文联的变迁

图书馆，是人类知识的海洋。

图书馆，是人类文化的宝库。

图书馆，是人类精神的粮仓。

人的一生，从"呀呀"学语，到白发苍苍，都离不开书籍的滋养。开始时，是爸妈从家里的"小图书馆（书包、书柜、书房）里，取下看图识物、看图识字的"小人书"，教你认物识字；后来，长大了则是自己去学校里、社会上的大图书馆里查资料、找数据，长见识、学文化，乃至著书立说。这么一来，图书馆不就成了你畅游的知识海洋，寻找"珍宝"的宝库，提高自我素质的精神粮仓！

在我们云南，最大的图书馆就是云南省图书馆。

"省图"位于昆明翠湖公园西侧，坐北朝南，南对翠湖南路，北连老讲武堂后院，东靠省科技馆，西临钱局街。它的老地名是清代吴三桂的"洪化府"，新门牌是翠湖南路 141 号。

这是一座非常现代化的新型图书馆。

馆前的一块巨石上，刻着郭沫若亲题的"云南省图书馆"几个大字。巨石的背面，刻着《云图百年碑记》："云南省图书馆始建于清宣统元年十月二日，即公

云南省图书馆

元1909年11月14日，坐落于风景优美，古迹众多，学府林立，人文荟萃的翠湖文化圈。一百年来，云南省图书馆始终秉承'启迪民智，传承文明，服务社会'的宗旨，历经风雨沧桑，搜存了大批珍贵典籍。

新中国成立以来，云南省图书馆几经扩充改建，现也建成了面积达3.26万平方米的新馆，收藏了280余万册文献资料，设施先进，功能齐全，为社会公众提供了优质的复合型文化信息服务；是传承民族文化，播撒现代文明，促进知识创新，推动社会进步的现代化图书馆，在云南文明发展进程中发挥着重要作用。

为纪念建馆百年，特立此碑志庆。

2009年11月16日"

石碑后是花园、广场。

广场北边就是2004年新建并正式对外开放的云南省图书馆，昆明人都亲昵地叫它"省图"。"省图"的正面是又宽又高的台阶，登上三台43级石阶后，便是二楼宽敞的服务大厅。石阶两侧的一楼，有电梯可直登二、三、四、五楼的各借书处或阅览室。

这座新的"省图"大楼，是1998年4月16日奠基开建的。投资1.5亿元人民币。用地面积为12000平方米，建筑物占地面积是3298平方米，总建筑面积为3.26万平方米。整体建筑物包括主楼和裙楼两部分。主楼地上20层，地下2层，共22层；裙楼地上5层，地下1层，共6层。整体造型为塔形高低组合建筑。"省图"是云南省政府建设"民族文化大省"的重点工程，是云南省标志性建筑之一。

"省图"新大楼的主楼是藏书楼和阅览室，还有若干办公室、接待室。主楼和裙楼5层有18个借书室、阅览室和报告厅，可以同时接纳读者4000余人。

截至2017年6月，"省图"藏普通文献329万册（件），电子文献502万册，其中有59.56万册古籍文献，8万册地方民族文献，有130部古籍入选"国家珍贵古籍名录"。有员工199人，其中高级职称80人（研究馆员职称

4人，副研究馆员76人）。本科以上学历人数占全馆人数的84%。

目前，云南省图书馆被评定为一级图书馆、国家古籍修复中心，2008年入选首批国家古籍重点保护单位。

"省图"当今辉煌，历史更为悠久。

清宣统元年（1909），云贵总督署决定将清光绪三十一年（1905）以原经正书院为校址创办的省会中学堂（即昆一中的前身），迁往文林街云南府署等地。改翠湖北岸的原经正书院为图书馆，定名"云南省图书馆"。"省图"从此诞生。

民国二十年（1931），云南省政府主席龙云以"昆海"（滇池）"华山"（五华山）地方特色为名，在学校、医院、图书馆等诸方面，建设"昆华"系列，将"云南省图书馆"改名为"云南省立昆华图书馆"。

民国二十九年（1940），云南省昆明图书馆成立，龙云任命教育厅厅长龚自知兼任图书馆馆长。后来，云南又搞"志舟"系列活动。用龙云的字"志舟"，给一些建筑物和场馆命名。如今的"昆都"，当时被命名为"志舟体育场"（后改名"国防体育场"）。将此图书馆改名为"省立志舟图书馆"。

民国三十七年（1948），云南省政府决定将省立昆华图书馆并入省立志舟图书馆，并将原省立昆华图书馆改名为省立志舟图书馆翠湖分馆。

新中国成立后，1950年云南省人民政府将志舟图书馆、明伦学社图书馆合并，改名昆明人民图书馆。

1951年，改名为云南人民图书馆。

1953年，改名为云南省图书馆。

这时的"省图"，地址仍在原经正书院旧址，位于翠湖北岸。20世纪60年代初，笔者被分到昆明师院附中教书，常用周末去"省图"充电，提高自我，以便在教学中更新知识、拓宽加深教学内容。那时的"省图"是什么状况呢？我的印象中，省图书馆坐北朝南，馆外是一片水田和荷塘，一条石板路由翠湖岸边通往"省图"大门。夏日里，湖边柳条翠绿，馆外荷花盛开，禾苗茵茵、环境十分幽静，偶尔传来几声蛙鸣，一派田园风光。

图书馆由两层楼的三个庭院组成,第一、第二院是藏书楼、阅览室、借书处等,第三院是办公室、宿舍之类。

到了20世纪70年代,"省图"显得太小太旧,不能适应时代发展的需要。于是决定搬迁。1975年,新的"省图"在翠湖西边建成。原翠湖北岸的"省图"旧址变成昆明市体委,改建成了体育场馆和游泳池。90年代为了迎接在昆明举办的世界园艺博览会,又将市体委搬至潘家湾昆一中旁建新的场馆。翠湖北岸大改造,建成了"寒舍"娱乐场和餐馆、音乐喷泉、春晓广场、门球场等。进入21世纪,为了打造小"三山一水"景观,实现翠湖与螺峰山(云大)的对接,又将上述建筑物和广场,以及附近省文联、文化厅的一些单位统统搬迁、拆除,只保留了袁嘉谷旧居和王九龄旧居。

1975年建成的"省图",使用了近30年后,又变成了"老馆"。其建筑面积仅8370平方米,馆内设备简陋,功能单一,管理落后,藏书条件和阅读环境都很差,根本适应不了社会经济飞速发展的需要。于是省政府决定:拆除"老馆",在原址上建新馆大楼。新"省图"大楼于2004年建成并对外开放。

说完了省图书馆,接下来聊聊省文联。这也是"翠湖文化圈"成为云南省、昆明市文化中心的又一个组成部分。

云南省文联是1956年成立的一个人民团体,位于翠湖北路25号,与云南大学正好门当户对。

这个人民团体由一批文学艺术造诣很高,给人们创作精神食粮的作家、艺术家组成。这个人民团体是党和政府联系文艺界的桥梁和纽带,是繁荣发展云南省文学艺术事业、建设社会主义先进文化的重要力量。

云南省文联是全省作家、艺术家的总部、大本营。它下辖13个省级文艺家协会。它们分别是:省作家协会、省戏剧家协会、省曲艺家协会、省美术家协会、省书法家协会、省摄影家协会、省民间文艺家协会、省杂技家协会、省电视艺术家协会、省电影家协会、省文艺评论家协会。

此外,省文联成员还有云南16个州(市)文联和12家产(行)业文联。

全省各级各类文联加起来，一共有 41 个团体会员。

这么一批顶着耀眼光环的"家"，甚至"大家"，从 1956 年至 2016 年，在翠湖北路 25 号出出进进，你能说翠湖文化圈不是全省的文化中心！

到了 2016 年，由于发展的需要，省文联迁到了官渡区广福路 4066 号。但它的根在翠湖。

像省文联这种情况，由翠湖文化圈外迁的单位，还有不少。如省群众艺术馆，由翠湖北路迁往人民西路；市体育馆，由翠湖北岸迁至环城西路；市青少年文化宫，由翠湖西边的讲武堂迁往滇池路等等。

政府机关、文艺团体外迁；大中小学组成教育集团、办分校，在全城各地办新校区；文化中心由一变多，并纷纷离开翠湖文化圈这一现象，是昆明由小城市变为大都会的必然。

1938 年 4 月 28 日，联大步行团师生入昆过近日楼。

以翠湖为中心，
昆明有多大，西南联大有多大

抗日战争时期，昆明坊间流传着一句话："以翠湖为中心，昆明有多大，西南联大有多大。"此话当真？一点也不假，请让笔者慢慢道来。

这可以从西南联大的教室安排与校舍的建筑，西南联大师生的住宿、生活与教学活动等诸方面，得到证实。

先说说西南联大教室的安排与校舍的建筑情况。

西南联大在哪上课？在哪办公？

1937 年"七七事变"后，平津危急，为保存中华文化，为高校的生存与发展，清华、北大、南开三所大学南迁湖南长沙，组成长沙临时大学。但随后南京失守，武汉震动，长沙危在旦夕，临时大学又决定继续南迁昆明。

1938年2月，"临大"师生兵分三路，于4月间先后到达昆明，改校名为"国立西南联合大学"，简称"西南联大""联大"。5月4日，正式上课。

这时，西南联合大学根本没有校舍，只能借用一些学校和单位的教室和场所作为教室上课。一开始有4个学院（理学院、工学院、文学院、法学院），它们上课的地点安排如下：

理学院：昆明大西门外的昆华农校。西站，今十四冶机关所在地。

工学院：昆明拓东路迤西会馆、江西会馆、全蜀会馆。今拓东一小及其附近。

文学院、法学院：在昆明安排实在有困难，只好安排在远离昆明的蒙自，借原蒙自海关、法国银行、希腊哥胪士洋行房舍上课。一学期后，两

院迁昆华农校上课。

后来，西南联大由四个学院变为五个学院，即新办了师范学院。这是应云南省主席龙云和教育厅长龚自知的要求而于 1938 年 8 月创办的。（杨崇龙《龚自知传》第 178 页。北京出版社 2020 年 11 月第一版。）

师范学院：先在昆明文林街昆华中学南院、北院上课。教室被日机炸毁后，迁至龙翔街昆华工校上课。

1939 年夏，西南联大在西郊三分寺地盘上建设的新校舍竣工。文、法、理三学院迁新校舍。新校舍就是今天的云南师大一二一大街校区。工学院仍在拓东路（今拓东一小所在地）上课。

这时昆华中学从疏散地玉溪澄江迁至潘家湾新校址上课。其在文林街的旧校址，由省教育厅拨给了西南联大，后来成了附中、附小的校址和联大职工宿舍的"昆北院"。

从上述西南联大五个学院教室和校舍的变迁中，人们不难看出，除了拓东路和蒙自外，西南联大的校址（含租借点），基本上都在昆明翠湖周边。

其次，看看西南联大的领导机关所在地和主要领导人的住宿地。

西南联大的领导机关是"常委会"。由清华大学校长梅贻琦、北大校长蒋梦麟、南开大学校长张伯苓三人为委员会常委，梅贻琦主持工作。

西南联大常委总办公处，一开始在崇仁街 46 号，后迁至威远街财盛巷 2 号（龙云公馆）。1939 年 4 月，又迁至龙翔街昆华工校内。1940 年，再次迁到联大新校舍（今云南师大内）。

在常委总办公处之下，清华、北大两校又设有"昆明办事处"。

清华昆明办事处，设在翠湖边的西仓坡 5 号。即由翠湖北路上去的西仓坡坡顶右侧。解放后，是昆明师院院长方章的住宅，现为云南师大教职工宿舍，现址为府甬道 1 号。

北京大学昆明办事处，设在威远街财盛巷 2 号龙公馆前院。

南开大学未设"昆明办事处"。

西南联大三常委的住处大致如下：

梅贻琦：住原西仓坡 5 号（今府甬道 1 号），与清华大学昆明办事处同在一个院子内，他们家住楼上。

蒋梦麟：住威远街财盛巷 2 号龙公馆前院，与北京大学昆明办事处同院。在这里居住的，除了蒋梦麟外，还有周炳琳、赵迺抟等教授。为了行动方便，龙云还将一辆深蓝色的福特轿车提供给蒋梦麟校长使用。

张伯苓：常住重庆，在昆明无居所。

1938 年 7 月，张伯苓担任第一届国民参政会副议长，常住重庆沙坪坝西渝中学的津南楼。故昆明无他的住处，也未设南开昆明办事处，委托蒋梦麟做他的全权代表。他曾对蒋说："我的'表'你'带'（代）着。"

从上述情况看，西南联大领导层的中心，也自然在翠湖文化圈内。

西南联大科研机构的驻地

再了解一下西南联大、或与西南联大有关的科研机构以及民间团体在昆明的分布情况。

1. 中央研究院历史语言研究所

所长为西南联大历史系教授傅斯年，机构先设在拓东路 663 号，后迁至青云街靛花巷 3 号。

2. 北京大学文科研究所

大本营设在青云街靛花巷 3 号，部分人员住靛花巷对面的竹安巷 3 号。

3. 清华大学文科研究所

1938 年由北平迁来，也设在青云街靛花巷 3 号。

4. 教育部教科用书编辑办公室

领衔人是杨振声，原青岛大学校长，长沙临时大学教育部代表、筹委会秘书主任，西南联大文学院中文系教授。实际总编辑是沈从文，1939 年任联大副教授，后为联大师范学院教授。

办公地点，设在青云街 6 号。

5. 清华大学"营造学社"

负责人是梁思成，原在北平成立。抗战爆发后解散。后经梁思成努力，1938年恢复。办公室地点：昆明巡津街"止园"。

6. "十一学会"（又名"二良学会"）

1941年，在钱局街敬节堂巷19号冯至寓所成立。因其最早的发起人是西南联大的青年教师王佐良、丁则良，故又称"二良学会"。

这是一个部分联大教师"论学议政"的沙龙。潘光旦为之取名为"十一学会"。"十一"者，是将"士"字拆开，便成了"十一"，意为"士的学会"。因其参加者，均为知识分子"士"。最初参加者多为联大文学院各系的教授、副教授。后来，其他学院的教授也参加进来。成员有闻一多、潘光旦、曾昭抡、杨振声、雷海宗、朱自清、闻家骃、吴晗、冯至、卞之琳、李广田、吴宓、孙毓棠、沈从文、陈铨、王瑶、何炳棣、吴征镒等。这个坐而论道的"十一学会"活动不到一年，也就随着政治上的分化而烟消云散。（余斌《西南联大·昆明记忆①》第25页。云南民族出版社2003年第一版。）

7. 西南文化研究会

这是一个当时公开的中共外围组织，核心人物是华岗。华岗1925年入党，曾任《新华日报》总编、中共南方局宣传部部长。1943年，他被派赴云南做统战工作，化名林少侯，应聘为云南大学社会学教授。这个机构虽不属联大，但有很多联大教授参与其中。

1943年12月，研究会在北门街唐公馆的唐家花园成立。其成员有华岗、周新民、楚图南、潘大逵、尚钺、罗隆基、潘光旦、曾昭抡、闻一多、闻家骃、吴晗、费孝通等。研究会的活动，以聚餐形式集会，每两周举行一次，开展统战工作，与党外教授、学者交流。活动地点以北门街唐家花园为主。讨论比较秘密的问题时，也会租船游滇池。

8. 南开大学经济研究所

驻登华街。

从上述与西南联大有关的科研机构和民间团体的所在地来看，也是以翠湖为中心来活动的。它们的分布，主要集中在青云街、北门街和钱局街等靠翠湖特别近的街巷中，再由此向昆明其他地方辐射。

西南联大师生住在哪？

接下来，介绍一下西南联大师生的住宿情况。

先讲老师们的住宿情况。

1. 北门街

在北门街住过的联大教授，据不完全统计，大致如下。

北门街 71 号和"红楼"：71 号是唐继尧公馆花园的一部分，叫"唐家戏院"，位于今省歌舞剧院后院。当时，这里成了西南联大单身教员宿舍。此外，朱自清、金岳霖、陈岱孙、陈福田、叶企孙等，也曾在此住过。联大外籍教授美国人温德、英国人白英，也在此住过。据说，在戏台二楼的一个不足 20 平方米的包厢里，就住了五位教授，每人只能占用一张单人床和一张书桌。"红楼"位于今圆通公园孔雀园内，也是唐家花园的一部分。林徽因从李庄回昆明养病时，就住在红楼。

北门街 45 号：这里原是蔡锷公寓。这时，住有杨振声一家，沈从文、张兆和夫妇等。他们组成了一个"临时大家庭"，杨振声是"家长"。

北门书屋：住有雷海宗、张景钺。

北门街 78 号：联大外语系英籍教授威廉·燕卜荪，于 1938—1939 年在此住过一年。

北门街北仓坡螺翠山庄：吴大猷住此。

2. 青云街

靛花巷 3 号：住有陈寅恪、傅斯年、赵元任、汤用彤、罗常培、郑天挺、许宝騄、袁家骅等人。1941 年，老舍应西南联大邀请来昆讲学时，也曾居住靛花巷 3 号。老舍在靛花巷一住，来访的社会名流真是络绎不绝。闻一多、朱自清、沈从文、卞之琳、杨振声、陈梦家、罗庸、魏建功等等，都是常客。

靛花巷倒又像文联、作协了。（余斌《西南联大·昆明记忆②》第81页。）

洋槐巷（扬俭巷）：住有孙毓棠、凤子夫妇。

青云街79号：朱自清一家从蒙自迁昆后，住此，并在此创作了《蒙自杂记》。

青云街6号：沈从文刚到昆时住此。后搬到北门街蔡锷旧居。

3. 翠湖北路

王九龄旧居：吴晗、施蛰存、李长之等曾住此。

玉龙堆民居：原云南省群众艺术馆附近，被租为联大宿舍。吴宓、陈省身在此住过。李广田刚到昆明时，也在此住过，后迁至呈贡斗南。

周钟岳旧居：现为云南文化艺术中心。西南联大物理系教授吴大猷、数学系教授程毓淮两家住此。

4. 文林街

文化巷11号：今云南师大教工宿舍。西南联大钱钟书、杨武之、施蛰存、吕叔湘、罗廷光等教授住过。

文化巷20号：这里是西南联大的又一个教授单身宿舍。沈从文刚到昆明未带家属时，也在此住过。施蛰存、林徽因常来此谈天论地。

5. 钱局街

敬节堂巷"毕家大院"：毕家大院位于敬节堂巷东南端，分南、中、北三院。房东毕近斗是云南省工校创办人、校长，也是东陆大学筹办人之一。曾参建石龙坝水电站，是位教育家、建筑学家。敬节堂7号，是毕家大院的北院，联大教授曾昭抡曾住过这里；南院当时是蔡希陶先生的住地。

敬节堂巷19号"朱家大院"：现为钱局街和文林街交口的烟草大楼。联大外语系教授、大诗人冯至从金殿后山的杨家山林场疏散点迁回昆明时，在此住了五年，还组织了"十一学会"，这里成了学界"沙龙"。

联大外语系毕业后，留校任教的王佐良夫妇，也在敬节堂巷住过。

西仓坡6号：这里是西南联大新建的教授宿舍，现是云南师大幼儿园。1945年1月竣工后，用抽签的方式入住了33家教授。其中，有闻一多、冯友兰、吴晗、吴有训、潘光旦、吴大猷、陈达、杨石先等。

6. 其他的街道

武成路福寿巷 3 号：这里是昆明著名中医姚贞白的私人住宅。当时，陈梦家帮忙找到徐嘉瑞，经徐嘉瑞介绍，让闻一多、闻家驷两兄弟住此。住过姚宅的还有冯至。

登华街：除驻有"南开大学经济研究所"外，联大教授冯友兰、吴达元、丁佶等，也在此住过。

青莲街学士巷 1 号：位于今翠湖宾馆一带。1939 年，联大教授沈履、庄前鼎、潘光旦等，曾在此住过。

正义路柿花巷：今人民电影院后面。当时，住了好些联大教授。其中，有罗常培、杨振声、郑天挺等。他们三人自称"三剑客"。

正义路邱家巷：联大常委、北大校长蒋梦麟，以及钱端升教授等在此住过。

平政街节孝巷 13 号：这里是周钟岳公馆的偏院。闻一多、闻家驷兄弟两家，在武成路姚宅住了一段时间后迁往晋城，从晋城回昆后，迁至此住。冯至则住在这里"巷中巷"的怡园巷 4 号。

绥靖路财盛巷 2 号：这里是龙云的公馆。绥靖路后改为长春路，今为人民中路东段。当时的龙公馆前院，先是西南联大总办事处。该机关迁走后，是北京大学昆明办事处。同时，还有联大常委、北大校长蒋梦麟，以及联大经济系教授周炳琳、赵迺抟，物理系教授朱物华等人亦住其中。

巡津街"止园"：因位于巡津街南端尽头，故名"止园"。梁思成、林徽因夫妇和金岳霖刚来昆时住此。后，梁、林迁至巡津街 9 号。

西站昆华农校：华罗庚刚来昆时，先住昆华农校。

潘家湾昆华中学：闻一多当时在昆华中学兼课，昆华中学校长除每月给他 1 石（读担 dàn）（120 市斤）平价米和 20 元外，并提供住房两间。闻从司家营搬来，先住初中部学生宿舍，后迁至一座小洋楼里。时间是1944 年 5 月。住了大约 9 个月，1945 年 1 月闻一家迁至西仓坡联大教授宿舍。

联大师生离乡背井、千里迢迢，由平津赴长沙，奔昆明，历尽千辛万苦。好不容易安顿下来，于1938年5月4日正式上课，终于有个平静的学习、生活、工作环境了。然而，好景不长，这种平静的日子又被日寇打乱了。日军占据越南、缅甸后，不仅侵占了云南怒江以西的中国国土，还从1938年9月28日起，不间断地频繁轰炸昆明。云南由大后方变成了最前线！当日机轰炸昆华农校时，华罗庚险些丧命；在日机轰炸潘家湾时，闻一多头部受伤流血不止……但联大师生为了祖国的未来，仍常常在"跑警报"中坚持上课。

为了保护这些西南联大的教授、中国不可多得的文化精英，云南当局和学校决定将他们疏散到郊区去居住。于是，通过各种关系，联大教授便离开了以翠湖为中心的居所，向昆明近郊、远郊的四面八方疏散。疏散地点，北郊有龙头街、司家营、岗头村、棕皮营等地；西郊有车家壁、黄土坡、王家桥、陈家营、龙院村、西山杨家村等地；远郊远至呈贡、晋城、宜良。

关于联大教授疏散的情况，现选若干加以介绍。

先说西郊

龙院村：西郊海源寺龙院村，曾名梨园村、灵源村。村中有云南著名报人惠我春的宅院，人称"惠家大院"。惠我春热忱欢迎联大教授来"避难"。到此居住的联大教授有朱自清、杨武之（杨振宁之父）等。据联大外语系教授吴达元长女吴庆宝回忆，当时，住惠家大院的有杨武之、吴有训、余瑞璜、赵忠尧、杨业治、赵访熊、任之恭、吴达元等。朱自清常来帮她父亲润色《法国文学史》。

大普吉陈家营：住有闻一多、华罗庚。先是闻一多一家由武成路福寿巷3号姚宅，迁往远郊晋城，租住北门街苏家的二楼；后由晋城又搬回昆明平政街节孝巷周钟岳公馆偏院；再后，又迁到了西郊大普吉陈家营的杨家老宅，租了三间堂屋居住下来。1941年，华罗庚在农校的住屋被日机炸毁，正走投无路之时，是闻一多伸出了援助之手，让出一间稍大的屋，接纳了华罗庚一家。就这样，闻家8口，华家6口，挤住在一起，中间无墙，只能挂条床单相隔。闻、华两家患难之交，不是亲人，胜过亲人。对此，华罗庚曾作诗一首，表达他们当时的心情："挂布分屋共容膝，岂止两家共坎坷；布东考古布西算，专业不同心同仇。"有人说：大普吉陈家营的杨家老宅，可以说是当时联大的"文理双星"屋。后来，闻一多一家迁去了北郊的司家营。华罗庚一家在此坚持到抗战胜利。这里因而成了文物保护单位——华罗庚旧居。

在大普吉其他民宅侨居过的联大教授，还有叶企孙、吴有训、赵忠尧、任之恭、赵九章等10多家。

大河埂村：是潘光旦等教授及其家属落脚的地方。

西山脚杨家村：是周培源的避难所。因从西山到联大上课，路途较为遥远，周先生每次进城上课，都是骑马而来；加之他又一派"戎装"打扮，每当他到教室边时，联大学生们都一齐高呼："周将军到！"气氛很是热烈有趣。

此外，西南联大的教授和学者，还先后将与战争紧密相关的农业、无线电和金属研究所，也搬到了大普吉。

再说北郊

联大教授在北郊的疏散点，有龙头村、司家营、麦地村、瓦窑村、棕皮营等地，坊间把它们统称"龙头街"或"龙泉镇"。

迁来这里的科研机构，有原在青云街靛花巷的中央研究院历史语言研究所，驻棕皮营。原在巡津街"止园"的清华大学营造学社，驻麦地村的兴国庵；清华大学文科研究所，也由青云街靛花巷3号迁至司家营司永寿家的新宅院；其下属机构古籍整理组，则进驻麦地村桂家祠堂。北京大学文科研究所，则驻在棕皮营的上应寺（一说叫"响应寺"）。此外，物理研究所在黑龙潭建立起新的实验室。

在北郊龙头街各村长住的教授、学者们很多。他们当中有梁思成和林徽因夫妇、钱端升、傅斯年、游国恩、金岳霖、郑天挺、浦江清、吴晗、向达、陈梦家、闻一多、朱自清、冯友兰、王力、罗常培、汤用彤等。此外，还有云大的顾颉刚，中央研究院的李方桂、李济、梁思永等。

一看这份名单，就有人打趣：北平的北总胡同集体原封不动地搬到这里了。林徽因在北平的"太太客厅（沙龙）"，也搬到了龙头街，"三间房"成为"乡村沙龙"了。

"三间房"是梁思成、林徽因夫妇在龙头村租用村民土地，于1939年春自己设计、自己建筑的屋子，共有三间，故名"三间房"。

北郊更远的地方有个金殿后山杨家山林场，联大教授冯至、卞之琳曾在此地"避难"。他们能搬到这个风景好，又安宁清静的地方住，得力于冯至在同济大学所教的学生吴祥光。吴祥光是昆明人，他父亲在这里建了个林场，还盖了一栋住宅。冯至虽由同济转到联大教书了，但他们的师生之情依然浓厚。听到老师要疏散时，学生就让老师到这个地方来落脚。卞之琳后来也在这里住了半个月，完成了其长篇《山山水水》的初稿。

更远的地方

呈贡、晋城、宜良等地。

呈贡：沈从文、张兆和夫妇，在龙街杨宅（呈贡一中内）住了六年。费孝通租住一农户院子，并在呈贡魁阁建立研究所。国情普查研究所，也搬迁至呈贡文庙。冰心、吴文藻夫妇，住呈贡"默庐"。张荫麟、查良钊等，也在呈贡住过。

晋城：闻一多、闻家驷兄弟两家，曾从武成路福寿巷3号，迁到晋城北门街避难。

宜良：联大历史系的钱穆在宜良岩泉寺居住。这可能是联大教师疏散得最远的地方了。钱穆选择这个地方疏散，是为了找个僻静处完成《国史大纲》的写作。一周7天，他3天在联大上课，4天在此蛰伏埋首著述。每逢周四，中午12点半，他在宜良火车站上车，下午5点半到昆。途中用买来的糕点充饥。到昆明后坐人力车直奔教室。周四、五、六，每晚7至9

点上课。周日，又乘火车返宜良。就这样来回奔波，教学、科研两不误，钱先生终于在寂寞但安静的岩泉寺里，用一年左右的时间写成《国史大纲》。现在，这里已被宜良县列为文物保护单位。

以联大教授为主的中国文化精英们，为避日机轰炸，就这样在极其艰苦的环境中生活、工作着。他们坚信胜利总有一天要到来！

1941年12月20日下午，10架日军轰炸机又对昆明进行远程轰炸。它们大摇大摆像以往一样毫无顾忌地飞向昆明上空，以为这又将是一次胜利在握的轰炸。然而，这次他们的如意算盘打错了。当他们还来不及投下破坏力巨大的炸弹时，突然两个编队的美制现代化战机出现在他们眼前。这是援华的美国航空志愿队"飞虎队"，在昆明首次迎战日机。一阵猛打，日机立即调头离开昆明，但损失十分惨重。短暂的战斗，除有一架逃回原机场驻地外，其他的9架日机，有的当场被击落，有的被击伤后在逃亡途中坠毁。

此后，日机轰炸昆明的情况日渐减少。1943年12月22日，是日机对昆明的最后一次空袭。随着日机空袭的解除，联大的教授们又都陆陆续续搬回以翠湖为中心的老地方或新住宅。他们终于又重新安定下来了！

上面讲的是联大老师们在昆明的居住情况。那么，学生们又住在哪里呢？

学生们的住宿地分两种情况。

一种是家庭经济条件较好的，一人或几人相约租住民宅。如钱局街金鸡巷4号，房东是曲靖人陈某。在这里租住的联大学生有：萧珊（陈蕴珍）、萧荻、刘北汜等。联大学生还在此成立"冬青"文艺社。一些社会名流，如沈从文、金岳霖、老舍等，也来到这里与学生联系和活动过。巴金来看望未婚妻萧珊时，也曾下榻此屋。

汪曾祺回忆说，他1939年报考西南联大时，寄居在青莲街同济大学附中内。考取联大后，曾两度租了房子住在校外。一在若园巷2号，一在民强巷（贡院坡后勤招待所，云大西侧）5号。"我在民强巷时的生活，落拓到了极点，一贫如洗。我们交给房东的房租只是象征性的一点，而且常常拖欠。昆明有些人家也真是怪，愿意把房租给穷大学生住不计较房租。这似乎是出于对知识的怜惜心理。"（汪曾祺，《觅我游踪五十年》）

另一种是经济情况不太好，有困难的学生，则由学校出面租用潘家湾昆华师范的校舍，让学生们集体居住。各院系一年级学生，住昆华农校，每舍住8人，许渊冲刚考进联大外语系时就住在此。还有部分学生，则住原昆华中学文林街南院。拓东路工学院的学生，则集中住迤西会馆。

联大三分寺新校舍建成后，联大男生集体住新校舍的茅草屋宿舍，女生集体住师范学院钱局街宿舍（即原昆华中学南院）。

这些学生住宿点，仍是以翠湖为中心。联大的学生们可以从文林街的文化巷、天君殿巷，通过两巷交界处倒塌了的城墙一角，穿过军用公路（后为环城马路，今一二一大街），就到联大上课了，十分方便。但是，路远的联大学生却要花几个小时赶来听课。汪曾祺在《人间草木》中，曾描写了这一情景。他说：中文系教授闻一多在西南联大开了十来门课，有诗经、楚辞、唐诗、古代神话等。最"叫座"的课是古代神话。不单中文系、文学院的学生来听讲，理学院、工学院的同学也来听。工学院在拓东路，文学院在大西门，听一堂课得穿过整整一座昆明城。

你看，这不正是"昆明有多大，西南联大有多大"的又一真实写照吗？

（本节资料来源于中共云南省委宣传部编《西南联大》、吴宝璋《西南联大二十五讲》、余斌《西南联大·昆明记忆》等。）

联大与昆明的情谊

1945年8月15日，日本宣布无条件投降。中国抗战最终取得胜利，举国欢庆。南来的联大师生们，当准备北归了。

1946年5月4日，联大举行结业典礼。7月31日，宣告联大结束，留下师范学院给云南，北大、清华、南开分别迁回平津。

从1938年南来，到1946年北归，联大在昆明待了八年。

这八年，联大创造了中国教育奇迹，成为中国教育史上的"珠穆朗玛峰"。300多名大师、教授培养了8000多学子。师生之中，英才辈出，有诺贝尔奖获得者杨振宁、李政道；有172人是中科院和中国工程院两院院士；有8名"两弹一星功勋奖章"获得者；有更多的国家最高科学技术奖获得者。还有800壮士参加远征军，赴缅作战，为祖国、为世界反法西斯战争流血牺牲。还有更多的联大学子，工作战斗在祖国和全世界的各行各业岗位上，成为国之栋梁。联大八年，为国家为民族为人类作出了巨大贡献，其伟业当与日月同辉。

这八年，是联大与昆明面对国难，互相帮扶，团结一心，共克艰难，争取胜利，患难与共，历久弥坚的日子。

云南方面，从官方到民间，从上层到平民，都尽其所能帮助联大。省府发文，要昆华系列学校，工、农、师范及中学，以及各个会馆，甚至更远的蒙自地方，腾房让屋，保证联大如期开学上课，并安顿好食宿。在经济上，省主席龙云还下令富滇新银行和省财政厅各拨款五万元作救济基金救济联大和其他来昆学生。龙云还让出公馆，供联大做办公室，还派送轿车让北大校长专用，以便往返指导。社会名流姚贞白、惠我春等，亦将私家宅院供联大教授下榻。以民强巷居民、龙头村农民为代表的昆明老百姓，都纷纷将其住宅廉价出租给联大师生，让他们安心教书、学习、做学问、搞科研。

昆明人的这些行动，使联大师生感受至深。联大外语系教授、大诗人冯至在《昆明往事》中深有感触地说：

"我在昆明搬过几次家，每家房主人男的常说：'我们是交朋友，不在乎这点房租。'女的站在旁边说：'还不是因为抗战，你们才到昆明来，平日我们是请也请不来的。'这样的话，不管是出于客气，还是出于真情，风尘仆仆的远方的来人听在心里，总是感到一些温暖……我真愿意把这个'他乡'看作是暂时的'故乡'。"

联大物理系学生、物理学家、诺贝尔奖获得者杨振宁先生在95岁高龄时还赞扬说：

"我们是 1938 年 3 月到昆明的。那个时候联大的人很多，有老师跟学生加起来不止 1000 人。

大家对云南的印象很好，民风淳朴。"（《西南联大》第 148 页）

这八年，西南联大赴滇驻昆，影响也十分深远。

从昆华高级职业学校考入西南联大机械系，后来成为中科院院士的王希季，在他 96 岁高龄时，评价联大对云南的影响时说：西南联大给云南带来了新的知识，新的风景，还有新的作风。

可以说联大在昆八年，是中原文化自古以来，到当时为止，影响、推动云南边陲文化发展最深刻的时代。这种影响，至今仍在明显地显现着。这可从诸多事例中，略举两例加以证实。

一是在科研方面，闻名中外的中科院昆明植物研究所和西双版纳热带作物研究所，是西南联大的校友吴征镒和蔡希陶先生打造起来，又经一代又一代的科学家们努力拼搏而闻名于世的。

二是在教育方面，西南联大留下的附校，也就是今天的云南师大附中和云南师大附小，从初建至今，不管时代怎么变化，刮的什么风，它们都传承联大精神，遵循联大"刚毅坚卓"的校训，与时俱进，始终是云南省、昆明市基础教育界的翘楚、中小学校的排头兵。

由此可见西南联大对昆明、对云南影响之一斑。诸如此类的事，还可列举很多。

这八年，是联大与昆明患难之交的八年。患难之交情谊深，七十多年过去了，昆明人民始终以曾经拥有过西南联大而自豪，对其给昆明带来的影响念念不忘。七十多年过去了，联大师生对昆明的思念经久不衰。以汪曾祺为例吧。这位在联大念过 5 年书，在建设中学教过 2 年书的著名作家，在他的作品中，以昆明生活为描写对象的作品，就共有 50 篇之多，其中小说 15 篇，散文 35 篇。这些作品既有师生旧忆，更多的却是昆明风情。写了昆明美丽的湖光山色，风景名胜，历史典故，名人趣事，街巷人情，市井民生，传统美食等等。汇总起来，俨然是一部昆明百科全书。人们可以通过汪先生的这些作品，生动而形象地领会昆明这座历史文化名城的深厚底蕴。更值一提的是 1984 年汪先生写的《昆明的雨》这篇散文，被编入我国义务教育教科书《语文》八年级上册，作为教材，让初二学生学习。这是什么概念？据相关资料，2018 年，我国初中毕业生为 13677680 人；2019 年，全国初中毕业生为 14540900 人。试想想每年就有一千三四百万初中生通过《昆明的雨》这篇课文了解认识昆明，这是多么有力的宣传。如果这篇散文在教材中连续使用十年，便有一亿三四千万初中生通过老师的讲解，了解"昆明的雨"。这对昆明来讲，是多好的事呀！

  这就是联大人的昆明情怀，这就是西南联大对昆明的影响力。西南联大在昆明虽只存在了八年，但其影响却将代代相传。

西南联大昆明校舍分布示意图

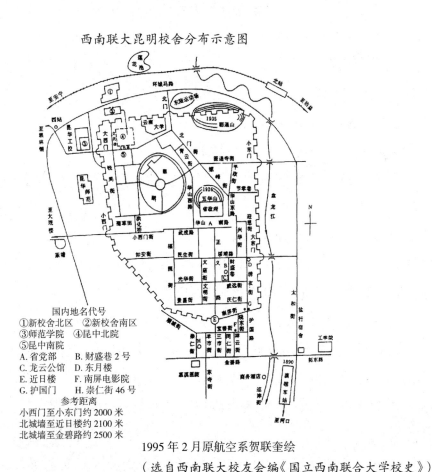

国内地名代号
①新校舍北区　②新校舍南区
③师范学院　④昆中北院
⑤昆中南院
A. 省党部　　　B. 财盛巷 2 号
C. 龙云公馆　　D. 东月楼
E. 近日楼　　　F. 南屏电影院
G. 护国门　　　H. 崇仁街 46 号
参考距离
小西门至小东门约 2000 米
北城墙至近日楼约 2100 米
北城墙至金碧路约 2500 米

1995 年 2 月原航空系贺联奎绘

（选自西南联大校友会编《国立西南联合大学校史》）

155

翠湖四周街道的变迁

翠湖东、西、南、北四周的地名、街巷、道路，过去如何？今又如何？现将其变迁作些梳理，供参考。这里所指的翠湖"四周"，其范围大致是这样的：东至北门街和华山西路，南至人民中路西段（原武成路），西至东风西路西段，北至一二一大街和北门街西段。

翠湖西边街道的演变

从翠湖西路至东风西路西段，甚至更远的潘家湾一带，远古时是一片汪洋。元代，随着滇池水位的下降，这里形成一片水草繁茂的沼泽地或肥沃的荒原。同时，其中的若干小溪，就成了翠湖的出水口。其中较大的一条，叫"通城河"。明代，形成"洗马河"。

明初，沐英主政云南时，除了在今胜利堂建王府（黔国公府）外，这一带成了沐氏家族的"别业"和"柳营"，放牧千匹良马的马场。

明末，张献忠大西军部将孙可望、李定国、艾能奇、刘文秀等，于清初与朱由榔（永历帝）的"南明"政权联合反清。刘文秀把破旧的沐氏"别业"稍加修整，变成了他的"蜀王府"。

清康熙元年（1662），平"南明"有功的吴三桂被晋封为亲王，统管云贵两省时，他除了以五华山为王府外，又填菜海子之半，在沐氏"别业"、刘氏"蜀王府"的基础上，大兴土木，营造"别苑"。后来，吴三桂叛清病死湖南衡阳，其孙吴世璠"继位"，改年号为"洪化"，其"别苑"亦改名为"洪化府"。

清末，宣统元年（1909），"洪化府"变成了云南陆军讲武堂。

云南解放后,云南陆军讲武堂一分为三,成了今日的讲武堂博物馆、云南省科技馆(原名农展馆)和云南省图书馆。

这一片区最早的小巷是始于明代的"大西城巷"。明洪武十五年(1382),沐英筑昆明砖城墙后,在大西门南侧,沿城墙逐渐形成了一条居民小巷。因靠近大西门,被称为"大西城巷"。清代,此巷形成一条由城墙脚经染布巷、木牌坊巷,绕至钱局街的弧形小巷。(昆明市人民政府编《昆明市地名志》第321页。后面有关街巷的资料,均参考此书,不再注释。)

明末清初,这一片区在城墙内至翠湖之间,形成了居民区和一些单位所在地,如制币局等。时至今日,这一片区街巷的总体布局是以钱局街为中轴线,形成三街九巷两大片。

三街是翠湖西路、钱局街和东风西路西段。均为南北向街道,后两街地势北高南低。

翠湖西路,最早叫"菜海子边"。明初,沐英在此仿西汉名将周亚夫"柳营牧马"建"柳营",在菜海子出口处泄河洗马,故亦称"洗马河"。民国初年,填河筑路。20世纪30年代,定名为"翠湖西路"。

钱局街是这一片区中,建筑得最早的街道。它始建于清初,南起翠湖南路,北至文林街,全长650米。因清雍正元年(1723),在街中部的东边设"宝云钱局"铸造货币而得名。原宽9米,1998年改造后,拓宽为20米。钱局街是这一片区的商业中心,大小商店近百家,以卖女装著称,被称为"时尚街"或"小资街"。

东风西路西段,是这一片区三街中最年轻的街道。它属于东风西路由小西门至大西门这一段,坊间将其中一段称为"新建设大坡"。此路原为城垣和护城河(沟)。1952年,拆除城墙填河筑路。先以其靠近西站方向,取名"近西路"。1960年,改称"东风路",取"东风压倒西风"之意。1980年,因此段东风路地处城西,又更名为"东风西路"。东风西路原至大西门止,与龙翔街和文林街交会。后来,把填护城沟后新建的一段和新建设大坡，取名建设路。1990年代后，又纳入东风西路，至一二一大街止。它是这一片区，甚至潘家湾、大西门一带的交通要道。

这一片区的小巷则分为东、西两大板块。

钱局街东边，因有"宝云钱局"（后为兵工厂、铁工厂、省物资局）和云南陆军讲武堂两大单位，巷道较少，只有一条位于两单位之间的"仓园巷"。此巷建于清末，东西向，由翠湖通往钱局街，是翠湖北路与翠湖西路的分界线。始建时，因巷内有菜园，取名"菜园子"。后又因此巷临近大西仓，改称"仓园子巷"。再后，简称为今名。

钱局街西边，从文林街至翠湖南路，在城墙内侧形成了诸多小巷。粗略统计，有大西城巷、土巷、金鸡巷、敬节堂巷、染布巷、石牌坊巷、木牌坊巷、白云巷等8条小巷。加上仓园巷，整个钱局街片区，共有9条小巷。时至今日，这9条小巷中除了仓园巷、染布巷和白云巷安然无恙之外，其他都已不复存在。在迎接昆明世界园艺博览会的全城大改造中，它们变成了烟草公司、中国银行、省人事厅、省劳改局等单位的住宅小区。

在今钱局街西侧的最南边，也就是洗马河（今翠湖南路）北岸，清初叫作"三家村"。但它并不是民居，而是三家政府"衙门"，分别叫"按司狱衙门"、"府经历衙门"、"县典史衙门"。后来改建成"昆明监狱"，被称为"模范监狱"。（罗养儒撰《纪我所知集·云南掌故全本》第190页。云南人民出版社2015年3月第一版）1998年全城大改造时，监狱迁往他处，这里成了省劳改局（后改为监狱管理局）下属单位及其职工宿舍、商铺。从清末、民国时期至云南解放初期，这一带叫做"蒲草田"。因在这一片沼泽地中，长满了芦苇和蒲草而得名。

现将这一片区的那些逝去和仍存的小巷简介于下。先说说至今仍存在的三条巷子。

仓园巷：前已记述，从略。

染布巷：位于钱局街中段西侧，东西向。形成于清末。因巷内有一邱姓人家开染坊，浆染纱帕、小布而得名。由钱局街通往大西城巷，长120

米，原宽1.9~4米。1999年3月，在城市改造中，古老的染布巷被拓宽为10米左右，铺设了流水石和柏油路面，由钱局街直通东风西路新建设大坡。

白云巷：位于钱局街南端，原"模范监狱"北侧，东西向。长146米，原宽8米，建于清代。因巷内有一座庵堂，名为"白衣庵"，称"白衣庵巷"。后以谐音演变为"白云巷"。1999年，经改造后可通汽车，是钱局街通往东风西路的车辆往来通道。

现存的翠湖西片区三街三巷，是这一片区赖以生活和发展的交通动脉。

接下来，对于那些已经逝去的小巷，笔者也将其录下，作为忘却的纪念，供人怀旧。

大西城巷： 前已有述，从略。

土巷： 位于钱局街北口西侧，是由文林街进入钱局街的第一条小巷，长约50米，宽2米。有一小门通金鸡巷。形成于清代，因小巷两侧民宅均为土基墙或土夯墙，故称"土巷"。

石牌坊巷： 由钱局街西侧至东风西路，长100米，宽2~3米。清光绪十七年（1891），云贵总督王文韶在巷口建崇节坊，坊为石质，故名。石牌坊巷口的对面是西仓坡。

敬节堂巷： 由钱局街中段西侧至石牌坊巷。长约200米，宽2~3米。原叫"大井巷"，因巷口有一大井而得名。清光绪九年（1883），云贵总督岑毓英、云南巡抚唐炯在此巷内建敬节堂，收养那些在咸同年间（1851—1874）阵亡将士的遗孀，表彰他们的贞节，而改名为"敬节堂巷"。1983年，以此巷由钱局街派生而成，废旧名，更名为"钱局巷"。这一小巷内，昆明"一颗印"、三坊一照壁的院子不少。

木牌坊巷： 位于钱局街中段西侧，穿染布巷、大西城巷，至东风西路。今五华区人民医院就是原木牌坊巷6号大杂院。长191米，宽2米。形成于清代，因巷中有木牌坊而得名。

金鸡巷： 从文林街至石牌坊巷，长201米，宽2~3米。建于清代。因靠近吴三桂"别苑"后园，常听到从其后园中传来的鸡鸣声，故叫"金鸡巷"。

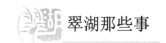

昔日翠湖西边街道示意图

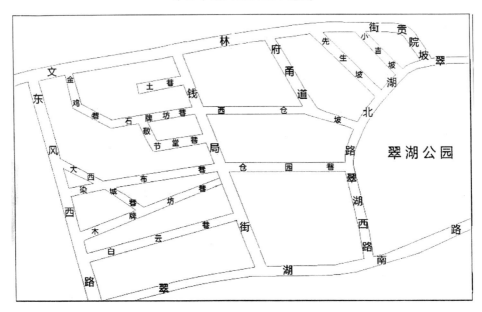

今日翠湖西边街道示意图

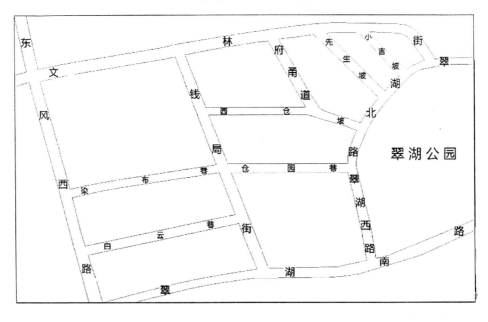

　　注：这里所标的"昔日""今日"分界线，大体上是以1999年昆明举办世界园艺博览会为准。在这之前昆明全城进行大改造，街道发生巨大变化。翠湖周边也如此。

翠湖北边街道的演变

　　翠湖的北边，原是一座大山。此山从今西站立交桥蜿蜒而上，经龙翔街，过大西门，走文林街，进云南大学、昆三十中，越圆通寺，至青年路止。因山色深如碧，巨石盘旋，有如螺髻，故称"螺峰山"。元延祐七年（1320），在山南建圆通古刹，又称"圆通山"。山上森林密布，郁郁葱葱，成为古昆明八景之一的"螺峰叠翠"。如今，除了东段的圆通公园依然"叠翠"外，其中段、西段则都变成了街道、民居和单位所在地。

　　翠湖北部片区有三条东西向的大街：翠湖北路、文林街和一二一大街。在这三条大街之间，古往今来，有着丁字坡、贡院坡、小吉坡、先生坡、西仓坡、民强巷、地藏寺巷、天君殿巷、府甬道、小雅巷、枣树巷、文化巷和光宗巷等13条南北向的纵向小巷。现将这一片区街道、小巷的演变情况，简介于下。

　　翠湖北路：东起云南大学大门东侧的丁字坡、青云街和翠湖东路三街交会处，西至仓园巷。长541米，原宽8~15米，今为20~30米。明代叫"佛护里"。清代，由仓园巷至先生坡，叫"北海子边"，由先生坡至贡院（今云大大门），叫"玉龙堆"。民国年间，统称"玉龙堆"。因这一带有玉龙寺、黑龙寺等，是以龙为名建寺扎堆的地方，故名。20世纪60年代，统称"翠湖北路"。此路两侧的主要单位，原有云南大学、省文联、省作协、省群众艺术馆、市体委、翠湖游泳馆、省图书馆、省物资局、宝云钱局、铁工厂、兵工厂等，以及袁嘉谷、陈荣昌、王九龄等名流居所。翠湖北路北侧，有丁字坡、贡院坡、小吉坡、先生坡、西仓坡和府甬道等小巷。如今，这些小巷基本上仍保留着，只是贡院坡有实无名，坡还在，但名没了。原贡院坡改称为"文林街"，是文林街最东端的一段坡路。至于翠湖北路两侧的主要单位和民居，如今只保存着云南大学和袁嘉谷旧居、王九龄旧居、周钟岳旧居和一些民居了。其他的或搬迁，或拆除改建了。如原"宝云钱局"，后来变成了铁工厂、兵工厂；再后来，又变成了省物资局；现在成了"物资大院"高档住宅小区和餐馆、酒吧了。

文林街：东起原贡院坡和翠湖北路交会处，西至大西门十字路口，与龙翔街、东风西路交会。长700米，原宽11米，经1998年改造后，宽约20~30米。形成于明代，刚建昆明砖城时，由大西门（宝成门）至荨麻巷（文化巷）一段叫"西正街"；荨麻巷至东边的大坡顶，叫"文林街"；最东边的大坡，叫"贡院坡"。后来统称"文林街"。1952年，曾一度把文林街纳入青云街，统称"青云街"。60年代，又复名"文林街"。因明清时街上有云南府署，地近贡院，街上住满了前来参加科举考试的云贵两省考生（秀才），文人如林，故称"文林街"。现在的文林街成了银杏大道，从2020年起，每年银杏叶金黄时，引得无数游人来此打卡留念。

文林街从明清至今，变化较大。贡院，先变为农业学堂，后变为东陆大学（1922年）。1934年，东陆大学改称为"云南大学"。明清时的云南府署，在民国时期，变成了由经正书院迁来的昆华中学（昆一中的前身）。当时的昆华中学校址，地盘很大，从云大西侧的贡院坡起，一直至文化巷止，占有文林街北面很长一段街道；以天君殿为分界线，东面叫"东院"，西边叫"西院"。在天君殿巷上方架一人行天桥，连通东西两院。随后，云南省教育厅又将校址在今文林街与钱局街口以东的昆五中并入昆华中学。这时，昆华中学校址便改称为南北院。文林街以北的东、西院统称"北院"，文林街以南的原昆五中校址，改称为"南院"。缘于此，云南师大的教工宿舍中，至今还有靠近师大附小的一个小区叫"昆北院"。那是原昆一中的北院，故名。

抗日战争时期，日本飞机轰炸昆明。为保证师生安全，昆一中迁往玉溪，初中部在文庙，高中部在九龙池上课。这时，省教育厅另选地址，在潘家湾为昆一中建新校。日机停止轰炸后，昆一中由玉溪搬至潘家湾新校舍。省教育厅将原昆一中旧址南北院全拨给西南联大使用，作为联大师范学院的校址。后来，师范学院迁往龙翔街省工校。1940年，西南联大附校成立，分为附中、附小。刚开始时，附中、附小都租房上课。此时，联大将原昆华中学校址一部分作为教工宿舍，一部分给了附中、附小。一开始，附中在南院，附小在北院。后来，又对换。1962年，附中迁往省委招待所（原公安学校，新建设电影院对面，今师大实验中学），附小由南院迁至北院（原云南府署、附中校址）。文革期间，南院给了市冲压件厂。改革开放后，冲压件厂搬走，开发成了"文翠苑"住宅小区和新萌学校（今又改为五华区第一幼儿园）。

文林街与翠湖北路，以及云南大学大门东西两侧，明清以来形成的小巷，大多数都保留了下来。尽管这一区域的建筑物，都以旧换新，但街巷的布局都未变。而且，这些小巷都仍叫"坡"。昆明古城内13坡中，这儿有丁字坡、贡院坡、小吉坡、先生坡和西仓坡等5个坡，几乎占了一半，都是北高南低。现将这5坡略加简介。

丁字坡：位于云南大学大门东侧，圆通山西南侧。东北起北门街，西南至青云街、翠湖东路和翠湖北路交会处。因呈"丁"字形，故名。长120米，原宽3.5米，现宽15米左右。西边是云大与三十中的围墙，东边是俊园小区。形成于清代，是一条沿贡院东围墙通往北门的小道，也是驻扎在"左哨"兵营的清兵去北门执勤或换岗守卫的便道。现在成为由翠湖通往北门街、圆通山、圆西路、莲花池的捷径。轿车可通行。

贡院坡：位于今云南大学大门内和西侧。有广义、狭义之分。狭义是专指云南大门西侧的大坡，广义则指此大坡再加上云大会泽

今日丁字坡口

163

院下方，也就是云大大门内的整个大坡。会泽院大坡，今叫"龙门道"，共有3台95级台阶。坡底是原贡院大门，两侧有"腾蛟""起凤"牌坊。今台阶两侧的参天古木，当是古螺峰山的遗存。

小吉坡：南起翠湖北路，北至文林街东段。长87米，宽3米。清代以来，官吏士绅们纷纷在此建房定居，以嘉言吉语，取名"小吉坡"。民居多为砖木结构庭院式建筑。民国时期，内有瞽目学校及其幼稚园。解放后，改为盲哑学校。20世纪80年代，是市电大所在地。90年代，市电大迁往新迎片区文艺路。这里改为昆明市教研室，今为教科院。

先生坡：南起翠湖北路，北至文林街。长115米，原宽3.5米，今宽约10米左右，坡顶较陡。北口过文林街后，直通天君殿巷，是去云南大学原农新村、云大宾馆、云大附中、云南师范大学和昆明理工大学的一条近道。形成于清代，坡名来历说法众多。一为秀才集中租居说。清代，各州府来昆参加贡院乡试的秀才们，大多在此租房居住备考。因秀才被人尊为"先生"，故名。二是先生辅导秀才考试说。清代，一位赵姓先生居住于坡脚，并设馆辅导乡试秀才，故名。三是考务先生下榻说。明清时，贡院在这里设有馆舍，供誊录、考务的先生下榻。四是名流集中居住说。清代以来，在这一带居住的社会名流不少。如陈荣昌、袁嘉谷、周钟岳、由云龙等，都集中居住在这里。当时，人们把名流统称"先生"，故得名。2017年，先生坡提升改造，恢复石板路，外加装饰，颇有古韵。

翠湖北路先生坡

西仓坡：东起翠湖北路，西至

闻一多先生殉难处纪念碑　　　　　　　　　闻一多先生殉难处

钱局街，中间（坡顶）连接府甬道。长220米，宽3~5米。清道光八年（1828），云南当局在此建仓屯粮，取名"太平仓"，故名"太平巷"。坊间一直把太平仓叫作"大西仓"，为了顺应民意，清末便改名为"西仓坡"。抗日战争时期，坡顶有一小院是西南联大教授居住地。闻一多先生就在此小院居住。1946年7月15日下午，闻一多先生被国民党特务杀害于家门口。今在路中央建有"闻一多先生殉难处"纪念碑。云南解放后，此小院成为昆明师院教授宿舍。今为云南师大幼儿园。

古时府甬道　　　　　　　　　　　　　　　今日府甬道

府甬道： 南起西仓坡，北至文林街。长 138 米，原宽 8 米，今宽约 20 米。明、清时，是云南府署（今云南师大附小）衙门前的甬道，故名。原南端有照壁，中有"滇南首郡"牌坊（见本书 165 页的照片）。1949 年后拆除。原 14 号是中国民主同盟机关报——《民主周刊》社址；今为 11 号，是云南师大教工宿舍。

一二一大街： 从西站至小菜园立交桥。它本是环城北路的西段，修筑于 1931 年。抗日战争时期，成为军用公路，即滇缅公路的延长线。后来，军用公路移至今学府路，这里恢复成为环城公路，叫"环城北路"。1995 年，"一二·一"运动 50 周年时，为了纪念 1945 年 12 月 1 日在昆明发生的"反内战、争民主"的爱国民主运动，将其运动发源地西南联大所在地的环城北路西段，改名为"一二一大街"。一二一大街本是双向行车道。从 2008 年 1 月 1 日起，与学府路一起改为单向行车道。车辆在一二一大街由东向西行驶，在学府路则由西向东行驶。

一二一大街的单位，主要是学校。由西往东分别有龙翔小学、云南工校（原昆华工校。20 世纪 60 年代迁往篾子营，改名云南工学院，后又并入昆明理工大学）、云南教育学院（解放前叫"篱新二村"，是兵营所在地。后教育学院并入云南师大）、云南师范大学（原国立西南联合大学旧址）、云南大学、云大附中、云南民族大学等。附近还有昆明理工大学、云南师大实验中学（原云南师大附中旧址）等大中小学。来往行人和学校师生较多，为了安全，在短短的一二一大街上，就修了 3 座人行天桥。西边的一座修在一二一大街与建设路和东风西路交会的十字路口，中间的一座修在文化巷与文昌巷相交路口。东面的一座，本是云大师生由东陆园至英华园的校内人行天桥；一二一大街拓宽后，成了公用人行天桥。

文林街与一二一大街之间，曾有过明代修的古城墙。后虽已被拆除，但其残存部分到 20 世纪 70 年代时仍在。这就使得两街之间未形成大片居民区，两街之间互通的街巷也少之又少，只有一条文化巷和与之相连的天君殿巷。其他的小巷，都是北部受限的"断头"巷。

现由东向西，将文林街北边的小巷加以介绍。

民强巷：南起文林街东段北侧，北阻。长53米，宽2米。北高南低。形成于清代，因在贡院西围墙外，故始称"围墙巷"。1929年后，雅化为"民强巷"。后来成为解放军驻昆部队后勤招待所（今湖滨饭店）的一部分。西南联大学生汪曾祺住过此巷。

顺德巷：云大南侧，南通文林街，北阻。长41米，宽2米。形成于清末，因由文林街派生而成，故初叫"文林巷"。后来，以"崇尚道德仁义"之意，改称"顺德巷"。

以上两条小巷，在20世纪八九十年代的城市改造中消失，成为湖滨饭店和一些居民住宅。

地藏寺巷：南通文林街，北阻。长54米，宽1.2~3.1米。北高南低。形成于清代，以巷内有地藏寺而得名。内有云南大学的教工宿舍。

天君殿巷：南起文林街中段，南端巷口对面是先生坡，西北接文化巷后，通往一二一大街。原来内有8条小巷，总长967米，宽1~4米。形成于清代，因内有天君殿而得名。原居民多为社会底层贫民。民国时期，寺庙改为小学校。云南解放后，小学转变成市第20幼儿园和市卫生局等单位职工宿舍。20世纪90年代城市大改造后，8条小巷变为一条，周围都盖起了楼房。

小雅巷：南起文林街中段，北阻。位于师大附小西侧。长53米，宽1.5~3米。形成于清代，因巷内居民中有两个小哑巴，便被称为"小哑巴巷"。民国初年，定名为"小哑巷"，后雅化成"小雅巷"。巷内有师大附小的教师宿舍和其他居民住宅。20世纪90年代，小巷消失，成了云南师大附小的教学大楼。

枣树巷：南通文林街西段，北至云南师大附中宿舍。长50.4米，宽2.5~4米。形成于清末。原无名，后因巷内有棵软枣树，树高大繁茂，硕果累累，十分引人注目，民国初年定名为"枣树巷"。云南解放后，巷内的一幢小别墅被改为五华区医院第三门诊部。20世纪80年代，此巷消失，盖起云南工学院教授楼。21 世纪初拆除，后建起"文化苑"小区。

文化巷：位于文林街中段北侧，其巷口正对钱局街。南起文林街，北至城墙脚下，再顺北城墙东转，接天君殿后北转一二一大街。长 349 米，原宽 2~4 米，现宽 8~10 米。形成于清代，初因北城墙脚偏僻荒凉，荨麻丛生，故称"荨麻巷"。抗日战争时期，清华、北大、南开南迁至昆，组成西南联大后，此巷内很多新式小院成了联大的教授楼。因文化人聚居，人们便将其巷名改为"文化巷"。20 世纪 90 年代，在改革开放大潮中，文化巷彻底改造，教授小院或民居被拆除，新建成二三层的小洋楼，打造成昆明"洋人街"。巷内酒吧、精品店、服装店、小吃店遍布，是外国留学生和青年师生日常流连之处，夜晚更是热闹非凡。

文化巷与天君殿巷交会处，原先是城墙。大约于清末，这段城墙垮了，形成通往城外的小便道。后来，云大、师大、昆工纷纷在城外建校、扩校后，小道变成了大路。文革前，由城墙脚到昆工南门这段路，无名。文革期间，被坊间称为"三家巷"，因巷处于三家大学之间而得名。20 世纪 90 年代，以一二一大街为界，把北段定名为"文昌巷"，取"文化昌盛"之意，此段由一二一大街至昆工南大门；把南段，即由城墙至一二一大街这一段，并入文化巷。

光宗巷：位于文林街西段，南起文林街，北阻于云南师大实验中学。长 48 米，宽 1.9~3 米。形成于清代。先因巷内有一端公（巫师）居住，被称为"端公巷"。后演化成"光宗巷"，有光宗耀祖之意。巷口有一小屋，在 20 世纪 90 年代文林街大改造中，因故成为"钉子户"，这一片也未拆迁，光宗巷因此得以保留至今。

现在的昆明人都知道，明代古城墙如今在圆通山动物园的东北角还有一段。那是作为文物刻意保留下来的。笔者要说的是在大西门北侧，还有一段明代古城墙，20 世纪 70 年代"文革"期间都还存在，但随着时间的推移，由于缺乏保护意识，这段明城墙如今也早已坍塌不存了。

这里得交代一下，原大西门南侧，即今新建设电影院；北侧，即今云南师大实验中学。据清道光《昆明县志》中的《昆明县志图》所绘，大西门北侧城墙内，靠文林街的地方是"城守营"（清道光《昆明县志》第 16 页，卷二图），即当时防守大西门的清军兵营。估计自明代筑砖城以来，这里都应是守西城区的部队驻扎地。民国时期，这里是警察驻地和供奉殉职警察牌位的祠堂。20 世纪 60 年代昆明师院附中迁至此时，笔者亲眼所见，在水井边搭建的洗衣台，就是用刻有殉职警察名字的大石碑所做的。云南解放后，这里成了公安学校。后来，又变成了省委招待所。当云南饭店在东风西路艺术剧院旁建成后，原在文林街的省委招待所和在螺峰街的省政府招待所都迁往云南饭店。1962 年，在今师大附小所在地的昆明师院附中，本要迁往龙翔街云南工业学校旧址（工校已迁至蓆子营新校址）。后因修筑成昆铁路，铁一师师部迁至昆明，选中了工校为师部所在地。于是，时任省委副书记马继孔等领导，便决定将原省委招待所划给了昆明师院附中。

叙述完翠湖北部街道的变迁后，再回过头来讲一讲翠湖北岸的演变。

这是翠湖周边，由湖边至环湖路之间最宽阔的一片土地，是古贡院大门前的一片开阔地。它原先也是一片汪洋，湖水一直淹到贡院（今云大）坡脚。翠湖形成后，这片开阔地成了民居和稻田，有了寺庙和单位。玉龙堆就是诸多供奉龙王的寺庙所在地。在翠湖北门外，清代建了一座报恩寺。清光绪十七年（1891），在报恩寺创办"经正书院"。这是当时有别于旧式书院的三家新式书院之一（另外两家是在五华山的"五华书院"和在东寺街慧光寺的"育才书院"）。这所书院培育出了袁嘉谷、秦光玉、钱用中、李坤等知名校友。经当时的云贵总督王文韶和云南巡抚谭钧培奏请朝廷批准创办后，光绪帝还亲赐"滇池植秀"匾额一块。1903 年，经正书院改名为"校士馆"（云南师范传习所，两级师范学堂的前身）。清光绪三十一年（1905），云南省会中学堂（模范中学堂，昆一中前身）成立，校址用正经书院。1907 年，经正书院停办，并入云南省会中学堂。1908 年，师范传习所与省会中学堂合并，称两级师范学堂，云南省会中学堂成为其附属中学。原经正书院和小吉坡一带，成为今昆一中最早的校址。清宣统元年（1909），云南图书馆成立，云南提学使郭大山选定原经正书院为馆址。云南省会中学堂迁往原云南府署（今师大附小）一带。民国时期，袁嘉谷、王九龄等社会名流，在这里建屋定居。

抗日战争胜利后，西南联大解散，北大、清华、南开北归。为了解决"云南高等教育资源有限，高中毕业生升学困难与战后国家百废待举，急需人才的矛盾凸显"和"人才资源的荒废"问题，于乃仁、于乃义兄弟，联合云南各界社会贤达，于1946年创办云南省第一所民办大学——私立五华文理学院。校址原在龙翔街，1948年迁至云南图书馆侧的省参议会原址（《正义报》1948年1月11日第4版）。1951年，五华文理学院停办，校址给了云南图书馆。1960年代，当笔者去云南图书馆查资料时，馆外都还是一片稻田和荷塘，一条石板路从稻田直奔省图，一派田园风光。

在为迎接世界园艺博览会召开而开展的昆明大改造中，这一片区的街道变化不大，只是有些小巷消失了。如今，其南北向的街巷保留下来的有：由翠湖北路通往文林街的有先生坡、小吉坡、贡院坡，还有云大东侧的丁字坡。由文林街通往一二一大街的有：文化巷和天君殿巷。由翠湖北路通往钱局街的西仓坡。

今日天君殿巷

昔日翠湖北边街道示意图

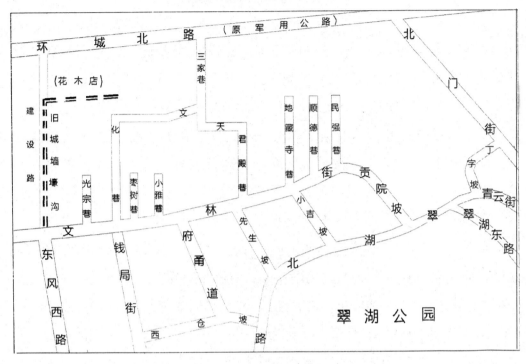

今日翠湖北边街道示意图

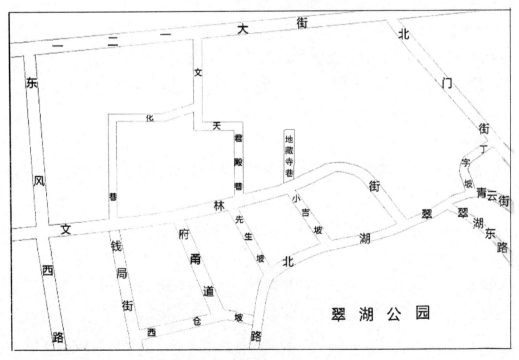

翠湖东边街道的演变

翠湖东边，从古至今，一直存在着三条南北向的街道，它们分别是翠湖东路、青云街和北门街。在这个片区里，原来有着靛花巷、老马地巷、希文巷、裴家巷、扬俭巷、双眼井巷、蔡家巷、竹安巷、堆子巷、小歪坡、龙门桥巷、四方井巷，以及南北两坡——大兴坡和丁字坡。如今，这14条东西向的街巷，除了大兴坡、丁字坡和龙门桥巷外，全部没了。现将它们简介于下。

翠湖东路：原先的翠湖东路北接翠湖北路，中通圆通街（大兴坡），南至青莲街。后来，变为南至圆通街（大兴坡），青莲街段则划归翠湖南路了。这里在清代叫"东海子边"，民国初叫"翠湖东马路"，20世纪30年代后改称"翠湖东路"。长400米左右，宽12~20米。原翠湖东路15号（今2号），是云龙的公馆。1984年拆除，改建为省政府办公厅宿舍。原来的省委组织部招待所，现改建为云南省委组织部干休所。还有欢阁酒店、五华区教工幼儿园、市房管局宿舍、工商银行宿舍等。

1998年以前，翠湖东路有相当一段路，见不到翠湖竹林岛一带的景色。因为路与湖之间，有着省文化厅幼儿园和一些饭馆，使人们无法与翠湖零距离接触。为迎接'99世博会在昆举办，环翠湖大改造时，把这些建筑拆除，建成了花园式的健身娱乐场所和表演小广场。从此，翠湖东路才变得宽敞漂亮起来。

青云街：有一段时间，青云街很长，不仅把西边的文林街纳入，南边还延伸到升平坡（逼死坡）坡顶。如今的青云街，南起圆通街（大兴坡），与华山西路相望，北至翠湖北路、丁字坡坡脚。长500米，宽15米。形成于清代。南段初叫"祝国街"，因有祝国庵而得名；中段叫"龙门桥"；西北段叫"贡院街"，因有贡院而得名。后来，清政府在这一带设置"左哨衙门"，此街便统称为"左哨街"。1929年（一说1938年），取"青云直上"之意，改称"青云街"。原街建筑多为中式土木结构。1998年后，改建为新式高楼。原街上有中国国民党云南省革命委员会、九三学社等单位，现多为商铺、饭馆。单位有昆明市民办教育中心等。

翠湖东路与青云街之间，原有竹安巷、扬俭巷、龙门桥巷、四方井巷等4条小巷和翠湖小学。

竹安巷：原是翠湖东北边的一片空地和竹林。1941年前后，日寇飞机轰炸昆明，附近居民多到竹林中躲避。抗战期间和胜利后，空地、竹林变成了民居，逐步形成巷道。因有竹林护民的故事，巷名便取"竹报平安"之意，叫"竹安巷"。它是翠湖边上比较年轻的一条小巷。北起青云街，南阻。长25米，宽1.8~3.9米。

扬俭巷：位于竹安巷东侧，北起青云街，南至翠湖东路。长53米，宽2米。形成于清末。因巷口有一"洋枧"（肥皂）公司，故名"洋枧巷"。1980年10月，以巷名带有崇洋色彩，取其谐音，改称"扬俭巷"，巷名便成了发扬勤俭之意了。

龙门桥巷：位于扬俭巷东侧，长35米，宽2米。因有龙门桥而得名。南起翠湖东路，北至青云街，街对面是双眼井巷。

四方井巷：东北起青云街，南接翠湖东路。长33米，宽4~5米。形成于清末。巷中有一水井，水源旺盛，四季不涸，井口四方有石栏所护，以井取名，故称"四方井巷"。

如今，这4条小巷中有3条消失在新建大楼之间，只剩下龙门桥巷，但此巷无巷名标志，故为世人不知，连《昆明市地名志》中，都未录入此小巷。

北门街：位于圆通山西南侧，青云街之东。南起圆通街、螺峰街和大兴坡交会处，原北至城墙北门，今北延至一二一大街（原环城北路）。长900米，原宽4~8米，现宽15米左右。形成于明代，是市区老街道之一。因是明代砖城北门（拱辰门）内的主大街，故名"北门街"。明代，此街有刑部尚书严清故里和"螺翠山庄"。清末，有都天庙、四川会馆、江南会馆，以及北仓等。民国时期，有云南督军兼省长唐继尧旧居和李公朴先生旧居，以及李所创办的"北门书屋"、"北门出版社"旧址。今唐公馆已改建为昆明三十中教工宿舍。北门书屋虽列为市级重点文物保护单位，但如今仍为"广益饭庄"和其他的餐馆。北门街上民国时期的南箐中学，现为昆明三十中校舍。

北门街与青云街之间，原有8条小巷。现将其简介于下。

靛花巷： 位于北门街与青云街之间，西通青云街，东阻。长26米，宽2.5米。形成于民国年间，1920年前后，巷内有一姓王的人家，因开浆染店而出名，人称"王靛花"，巷也就因此被称为"靛花巷"。后来，有人将"靛"误认为"定"，此巷也就成了"定花巷"，沿用到20世纪90年代。此巷的对面是竹安巷。

老马地巷： 这里原是圆通山延伸出的一个小荒山包。清初，左哨衙门在此盖马厩，后逐渐成为巷道，被称为"养马地巷"。后因"老"与"养"音近，被坊间讹传为"老马地巷"。东起北门街西至青云街。巷长100米，宽3米，东高西低，位于当今"俊园"中部。

希文巷： 位于老马地巷之南，西起青云街，东阻，未通北门街。长24米，宽3米。形成于民国时期，1920年前后，云南教育界知名人士，达文学校创始人柏希文住巷内，故取名"希文巷"。巷内2号、3号曾是中国国民党革命委员会云南省委所在地。

裴家巷： 形成于清末。因巷内有一裴姓商人，故名。西通青云街，东阻。长40.5米，宽2至2.9米。此巷的对面是扬俭巷。

双眼井巷： 这是一条由北门街通青云街的长巷。长105米，此巷的对面是龙门桥巷。人们常把此巷误认为是双眼井巷的西段，而称它们全长140米，宽2.7至5米。巷名始于清代，因巷内有两眼水井而得名。

蔡家巷： 西通青云街，东阻。形成于清代，因巷内有一蔡姓商户而得名。长54米，宽1至3米。九三学社昆明分社曾驻巷内。

堆子巷： 西起青云街南端，东阻。形成于清代，因巷口有"堆子"而得名。所谓"堆子"，是官府设置的哨卡，通常有两三名老兵驻防看守。因巷口建有栅子坊，故此巷原称"栅子坊"。民国初年，栅子坊被拆除，改名为"堆子巷"。巷长 52.4 米，宽 2.4 至 3.2 米。

小歪坡：这是由青云街南端通往大兴坡的一个小坡。因其方位与这一带其他巷道的方向不一致，歪了，故称小歪坡。小歪坡是李公朴先生遇难处。今为翠明园东南角的大门。此处立有李公朴先生殉难处石碑。

李公朴先生殉难处石碑

翠明园

北门街至青云街之间原有的 8 条巷子及巷旁的所有房屋，在 20 世纪 90 年代和 21 世纪初之间全都被夷为平地，重建高楼。只是在两个小区（俊园和翠明园）之间，留下一条约 20 来米宽的走廊作为分界线。在此走廊的坡头，把原"唐公馆"的大门"恢复"于此。其实，可以将之叫作"唐公馆走廊"，打造成翠湖通往圆通山的一条历史文化走廊。

这一片区的上述旧小巷，全部都没有了。只保留下北边的丁字坡和南边的大兴坡（圆通街西段）。丁字坡前已

叙述，今说说大兴坡。

大兴坡：它是昆明古城 13 坡中又陡又长的大坡之一。本是独立地名，如今成了圆通街的西段。如果圆通街因圆通寺而得名，历史就悠久了。唐代南诏建立的补陀罗寺，是元代圆通寺的前身，至今已有 1200 年的历史。清代，圆通街分为三段，西段因有积善庵而叫"积善街"。清康熙十五年（1676），云南提学使署（学台衙门）由南城外的土桥搬迁到此，建于坡头南侧。于是，积善街又得名"学院坡"。学院坡旁曾住过一位云南名人——明刑部尚书严清，地方父老为了彰显乡贤，特在严氏居住地的学院坡头北门街一侧建造了"世恩坊"，故此地曾被叫作"世恩坊"。民国年间，将积善街改名为大兴坡。这段坡道上曾设有市立图书馆、市立小学、云南留美预备班等单位。1933 年，将圆通寺前的"小东正街"、圆通寺街和积善街合并，统称为"圆通街"，但不包括大兴坡。1979 年，将大兴坡并入，使圆通街西段延伸到翠湖边。

大兴坡坡腰的北边，也就是圆通街与青云街交会处十字路口的东北边，翠明园小区的东南角，有李公朴先生殉难处纪念碑。李公朴先生是中国近代伟大的爱国主义者，坚定的民主战士，中国民主同盟早期领导人，杰出的社会活动家。他在昆明创办北门书屋和北门出版社，联合民主爱国人士，出版进步书籍，与广大青年和昆明人民一道，积极参加昆明的"争民主、反内战"运动，反对蒋家王朝黑暗统治的斗争。被国民党反动派视为眼中钉而列入暗杀名单。1946 年 7 月 11 日，李先生与夫人张曼君外出后回家，在前往北门街住宅的路上，由小歪坡爬向大兴坡时，被国民党特务杀害。

大兴坡实际上是位于五华山和圆通山（螺峰山）之间的祖遍山的尽头。此山由青年路西上至翠湖东止。与大兴坡连接的圆通街，是由祖遍山与圆通山之间的山垭口形成的一条小山路发展起来的。

昔日翠湖东边街道示意图

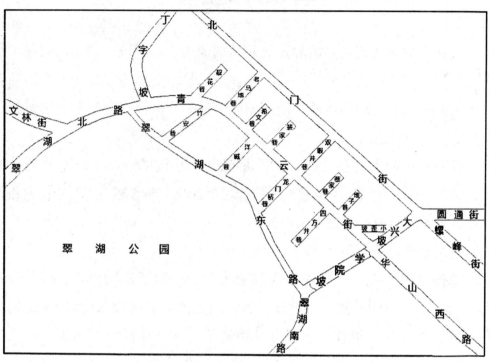

今日翠湖东边街道示意图

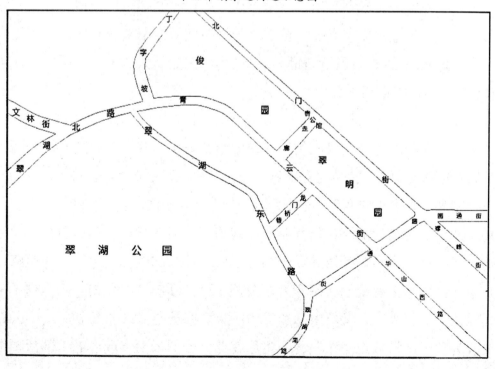

翠湖南边街道的演变

现在官方对翠湖南路的界定，是从圆通街（大兴坡）至东风西路（小西门）。本文所述的"翠湖南边"，就是以翠湖南路为起点线，向南辐射到华山西路和人民中路西段（原武成路）这一片区。这是翠湖四周最长、最宽的一个扇形地区。

这一片区的大街有三条，即翠湖南路、华山西路和人民中路西段（原武成路）。这一片区的小街巷，则分为两个板块（即翠湖南路与华山西路，以及翠湖南路与原武成路）来介绍。

现先谈谈三条大街。

翠湖南路：东接翠湖东路和圆通街西口，西至东风西路，中与青莲街、景虹街、翠湖西路、洪化桥、钱局街相通。长605米，宽12至20米左右。形成于清代。清代，东段称"南海子边"，西段叫"承华圃"。20世纪30年代时统称为"翠湖南路"。沿街主要单位有云南昆明起义纪念馆（原卢汉公馆）、翠湖宾馆、云南解放纪念馆（原陆崇仁公馆）、民主党派大楼（八个民主党派省委大楼。原为民主同盟云南省委驻地，后改建为省政协大楼。省政协迁往广福路后，改为民主党派大楼）、省图书馆、乐君酒店（原海逸酒店）等。

如果说翠湖西、北、东三路与翠湖之间，都尚有较宽阔之地修景观大道、花园、活动场所等公共设施的话，翠湖南路就没有这个"福分"了。因为它的北边紧贴湖岸，南侧尽是商铺、单位和民居，根本无法拓展。

翠湖南路由东向西走，过了翠湖宾馆后，在中国烟草大楼和"翠湖里"餐厅处分岔为前后两路，仍都叫翠湖南路。前路继续沿翠湖边前行，后路则向南绕过一家高档餐馆和原云南省财政厅厅长陆崇仁公馆后，又两路合并为一。后路上有纪念云南辛亥革命烈士赵又新的"赵公祠"。此祠后来先后变为又新小学、又新中学和五华区教育委员会。21世纪初，因陆公馆要改为"云南解放纪念馆"，便将原在此办公的云南省政府老干部活动中心迁至五华区教委。五华区教委则迁往大观河旁的东陆桥，后又迁至人民中路原昆明三十二中内。翠湖南路的后路在陆公馆处，是黄公东街的尽头。2022年，有关单位又把翠湖南路的后路，划为黄公东街。

华山西路：位于五华山西侧，北起圆通街（大兴坡），与青云街相对；南方原至武成路东口，与民权街相接，经1998年大改造后，民权街也改为华山西路，故当今的华山西路南面直接与人民中路西段相接。华山西路原长650米，宽11米。经改造后，长约750米，宽20米以上。形成于明代。明清时，由南至北分为三段，南为"卖线街"（又称"卖箭街"），因卖线和箭而得名；中为瞻华街，取瞻仰五华山之意；北为"篦子坡"（又名"升平坡"），坊间叫"逼死坡"，因这一带原先是集中卖篦子的市场，后因吴三桂在坡上的利昆巷金禅寺内逼死永历帝而得名。原坡大且陡，又是石条路，很滑，骑自行车至此，无论上下都只能推行。20世纪90年代，改造为水泥路，坡度也平缓了许多，但仍很陡，仍是昆明老城内又长又陡的大坡。路南是五华区人民政府新址，路中西侧的坡头有"明永历帝殉难处"碑亭，还有昆明市妇幼保健院等单位。

人民中路西段（原武成路）：这是一条建筑在山梁上的大路，此山叫"磨盘山。古代，磨盘山从今小西门由西向东蜿蜒而上，东接五华山。路的形成应始于唐代，因路东端的"土主庙古为大灵庙，神为摩诃迦罗，庙建于蒙氏拓东城时。"（罗养儒撰《纪我所知集·云南掌故全本》第213页。云南人民出版社，2015年3月第一版）由于建了庙，拜佛之人必然在森林茂密的山中开辟道路，前来祭神。本来无路的磨盘山，在山梁及南北两侧，自然被人走出路来了。由唐而经五代十国、宋、元、明、清历代的开发，这座山顶上的大路便兴旺起来了。磨盘山上的茂密森林，也就变成了路两侧密密麻麻的民居和一些庙宇。此路在"明清时分段称土主庙街、城隍庙街、武庙街、史皇庙和小西门正街。"云南解放后，统称武成路（昆明市人民政府编《昆明市地名志》，第293页。1986年12月印）。

今人民中路西段（原武成路）

　　武成路又是怎样变身为人民中路的呢？"1979 年，人民东路和人民西路正式定名后，它们之间却隔着一段长达 1740 米的老街，相互隔街相望，犹如天上的'牛郎''织女'，隔着'银河'相望一样"。这条"银河"，由几条老街组成。它们分别是东边的长春路、西边的武成路和中间的文庙横街等。对这些老街，"是拆除，还是保留？各方争论不休，各持己见，相关部门举棋不定，只好搁置争议。一年，两年……一搁置就是将近 10 年，还在搁置。""昆明市即将举办 1999 年世界园艺博览会的春风，以雷霆万钧之势，扫荡着昆明市许多悬而未决之事。这几条老街拆与不拆的争议也在其中。"为迎接世界园艺博览会，昆明全城大改造，争论停止，人民中路终于在 1998 年命名，1999 年筑成（李永顺编著《昆明的前世今生》第92-94 页。云南美术出版社，2005 年 4 月第一版）。

　　作为人民中路西段的原武成路，不仅是一条繁华的商业大街，而且还是昆明市巷道最多的老街。据粗略统计，仅老武成路靠翠湖一边的北部就有 30 多条街巷。

　　接下来，介绍翠湖南路两大片中的街巷情况。

1. 华山西路、原武成路东段与翠湖南路片区的街巷。

这一片区，东起大兴坡（圆通街），西至景虹街。

华山西路与翠湖南路之间原有街巷如下：

青莲街： 东起华山西路，西至翠湖南路。长 100 米，宽 10 米。形成于民国时期，1915 年建路时，因东连青云街（今华山西路北端），南至翠湖，当时的翠湖又称"莲湖"，故取名"青莲街"。街的东边是卢汉公馆，街的西边有翠湖宾馆。街北口不远处是翠湖东门。

学士巷： 南通青莲街，北阻。长 60 米，宽 2~3 米。因此地在清末建有"钱公祠"（俗称"草公馆"）而得名，钱公指昆明人钱南园（名沣）。他是清朝大臣，敢于与乾隆时的贪官和珅斗争，病逝于北京。清末，状元袁嘉谷等建议为纪念钱沣而建此祠堂。民国初年，这里房舍增多，形成巷道，遂命名为学士巷。

利昆巷： 位于五华山西侧。东起华山西路，西阻。长 90 米，宽 3 米。形成于明代，原无巷名，巷内有金禅寺，人们以寺呼其地。此巷在昆明历史上曾发生过两件大事。一是清初吴三桂将南明永历帝从缅甸押回昆明时，将他囚禁于金禅寺，并在寺内逼其自缢而死。二是清末（1910 年）在昆明石龙坝建筑中国第一座水电站时，设置的"商办耀龙电灯股份有限公司"，就在巷内。耀龙电灯公司利用水力发电，在云南历史甚至中国历史上，是一个创新，对昆明的建设，人民生活的改善，都是一大贡献。故于 1949 年，将此巷取名为利昆巷，取"有利于昆"之意

华西巷： 位于五华山之西。东起华山西路南段西侧，西阻。长 20 米，宽 2 米。原叫"纸马巷"，因巷内有一个彭姓人家专门制作出售求神拜佛的钱纸和纸马而得名。为破除迷信，1983 年以巷的方位更名为华西巷，即五华山西边的小巷。

竹子巷： 位于五华山西侧。南通登华街，北阻。形成于清代，因当时巷中长有茂密的修竹而得名。长 18.2 米，宽 1.9 米。

原武成路的东段与翠湖南路之间有九兴巷、华山巷、保和巷、登华街、

黄公东街、尽忠寺坡、黄公西街、铁局巷、一丘田、磨盘山、小井巷等。

九兴巷：南起武成路东段北侧，北阻。原来，巷口有"久新服装店"，故名"久新巷"。1976年后，以谐音讹传为"九兴巷"。长44.7米，宽1.2米。巷内民宅均为土木结构建筑。原有武成文化站等单位。

华山巷：南起原武成路（今人民中路东段）东头北侧，北阻。原叫"土主庙巷"，因巷底有始建于唐（南诏）时的土主庙（原称"大灵庙"）而得名。1940年，在土主庙旧址上建华山小学，遂改称"华山巷"。1966年后，并入武成路。1983年又分开并复名。原巷内有华山小学和市电器材厂。今为昆二中华山分校所在地。

保和巷：形成于清初。南起原武成路东段（今人民中路东段）北侧，北阻。长109.5米，宽1.6至4.3米。巷名取"保平安，邻里和睦相处"之意。

登华街：形成于清代。原街东起华山西路，西至黄公东街北口。长223米，宽4至6米，东高西低。今该街在黄公东街北口留有一段石板路，作为文物加以保护。有昆明市第二幼儿园等单位。登华街22号小四合院为"登华街"酒店（昆明市文山商会会员单位）。登华街通往华山西路的中段已不再通路，形成断头路，成为居民住宅小区。有关单位将登华街改在黄公东街南口（此路曾一度立指示牌叫"瞻华街"）。

一丘田：形成于清代。与原登华街北段相连，呈"△"形。长48米，宽4米。原是翠湖南边的一块坡地，因种植水稻而得名。后来，在此建盖民居，形成小巷，沿用"一丘田"地名。民国时期，龙云的一些幕僚在此建四合院定居。解放前后，爱国民主人士、求实中学创始人、省政协副主席苏鸿钢先生，也曾在一丘田13号居住过。现其小院已建成市医药公司6层的单元住宅楼。

铁局巷·铁局路：铁局巷形成于清初，因在此设置炼铁局炼铁，后逐渐形成巷道而得名。原来的铁局巷南起原武成路（今人民中路东段）东段北侧，北通登华街，西连黄公东街。长296米，宽2米。进入21世纪后，五华区人民政府决定按新规划迁址人民中路铁局巷。2006年设计巧妙的五华区人民政府大楼竣工，区政府从崇仁街迁到这里办公。铁局巷消失。大楼前的广场成了周围群众健身或跳舞的地方，叫"五华广场"，但坊间仍叫它"铁局巷"。考虑到铁局巷在群众中的影响，于是便将五华区人民政府北侧，由五一路通往华山西路的这一段新筑之路，取名为"铁局路"。后又将该路延伸到人民中路东段的原中和巷的南段。

黄公东街·尽忠寺坡：形成于清代。黄公东街原位于城隍庙（原五一电影院）东侧，坊间亦称之为"城隍庙街"。民国初年，在电影院前建劝业场，故又称此街为"劝业场后街"。1918年，为纪念在云南"重九"起义中做出贡献的黄毓英（会泽人），便将街西的尽忠寺改建为"黄公祠"，同时将"劝业场后街"改名为"黄公东街"。此街南起五一路，北接尽忠寺坡。长150米，宽9米。黄公祠后来改为"毓英小学"，再后又改称"东风小学"和"武成小学分校"。今成了居民住宅小区。

尽忠寺坡北起翠湖南路的后路东段西侧，南接黄公东街和老登华街街口。长53米，宽3.4米。原为石条路面坡道。形成于清代。清嘉庆9年（1804年）在坡头西侧建尽忠寺，街因寺得名，叫"尽忠寺坡"。

20世纪90年代，改造旧城时，将黄公东街与尽忠寺坡合并为一条街，统称"黄公东街"。南起铁局路，北至翠湖南路（后路），长203米，宽10至15米。尽忠寺坡名则不复存在。2022年，又将翠湖南路后路划归黄公东街。

黄公西街：南起景虹街，北至磨盘山，与黄公东街平行。长173米，宽9米。因地处黄公祠西侧而得名。此街今已不复存在，变成了建行住宅、城市花园、翠康园等小区。

磨盘山：磨盘山是条东西向的小道。东起黄公东街，西至景虹街。长148米，宽3.4米。形成于明代。初将此地视为五华山的一部分，因山形似"磨盘"，故名。后形成巷道，便以山名为巷名。其实，这里是有别于五华山的另一山脉，即由小西门蜿蜒东上的磨盘山。

小井巷：位于翠湖公园西南方。东起翠湖南路，西至景虹街。长149米，宽1至2.6米。因巷内4号有一小水井而得名。

昔日翠湖南边（东段）街道示意图

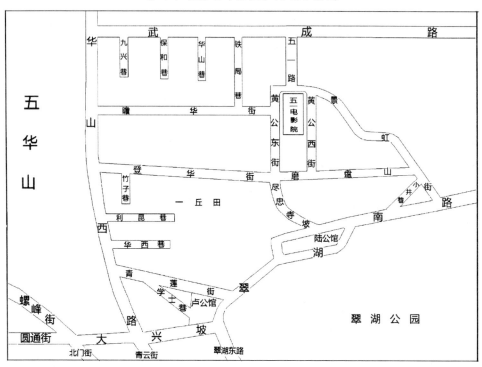

今日翠湖南边（东段）街道示意图

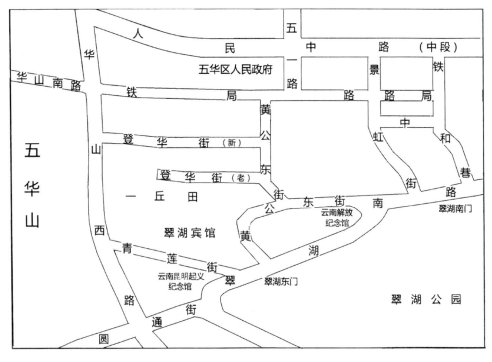

2. 原武成路（今人民中路）西段与翠湖南路西段片区的街巷：

这一片区的街巷,有景虹街、桑梓巷、清泉巷、中和巷(沈官坡·升官坡)、吉云巷、饮甘巷、里仁巷、新滇巷、上马巷、下马巷、静安里巷、海源巷、洪化桥、三阳巷、花红巷、佘家巷、经常巷、前进巷、咸阳巷、通交巷、葵花巷、福寿巷、肴美巷、打碑巷等。现分别介绍于下。

景虹街：形成于清代,当时便是由昆明古城通往九龙池(翠湖)的主要通道,因街道弯曲如虹而得名。南起五一路北口尽头(原五一电影院门口),

景虹街

北至翠湖南路。长 266 米,原宽 5 米,今宽约 10 至 15 米。昆明老城几经改造后,景虹街仍是通往翠湖的主要通道,经 2017 至 2018 年的精心打造后,景虹街变得更宽更美。

桑梓巷：位于翠湖公园南侧。东北起景虹街,西南接中和巷,是一条连通两者的横巷。长 78.6 米,宽 4 米。形成于清代。因巷中有 3 棵大桑树,先叫"大桑子巷",后由谐音演化为"桑梓巷"。

清泉巷：北通中和巷,南阻。长 50 米,宽 1.8 米。形成于清末。因巷内有一眼水井,泉水清澈透底,故称"清泉巷"。

中和巷·沈官坡（升官坡）：这是一条昆明老城的名巷。位于翠湖公园南侧。南起武成路（今人民中路），中通桑梓巷、景虹街，北至翠湖南路。长368米，原宽3至8米。原北段（桑梓巷口至翠湖南路），称"沈官坡"（后叫升官坡），南段叫"中和巷"。1949年后，统称中和巷。

关于"沈官坡"还有一段鲜为人知的故事。"沈官"是指明初的"江南首富"沈万三。此人系今江苏昆山市著名古镇周庄人士。他很有钱，富得不知天高地厚，竟以其雄厚的财富与明朝开国皇帝朱元璋较劲、比富，得罪了皇帝，被充军到云南。

沐英将沈安置在今中和巷北段居住，坊间不知沈万三是因犯，还以为他是沐英请来的官，故将其住地叫"沈官坡"。后来，坊间又将其改成"升官坡"。

中和巷以儒家思想"致中和"而得名。《礼记·中庸》："喜怒哀乐之未发，谓之中；发而皆中节，谓之和。"据说原来是昆明最长的一条巷，由桑梓巷、吉星巷、清泉巷和中和巷等构成。如今内有石屏会馆、昆明二幼等单位。经2018年至2019年的新建后，中和巷既宽阔又漂亮。

吉云巷：位于石屏会馆西侧。北接中和巷，南阻，北低南高。形成于清末，因内有"吉云庵"而得名。巷口有昆明市第二幼儿园分园。

饮甘巷：位于原武成路（今人民中路）北侧靠翠湖一方。南通武成路，北阻。长48.2米，宽2米。形成于清代。因巷内有一眼井味甘而得名。每当武庙（今武成小学）或城隍庙（原五一电影院，今空置）举行祭典时，乘马来参加祭典的文武官员在下马巷下马，马夫牵马到此让马饮水，故叫"饮甘巷"。巷东侧为天主教三一圣堂。

里仁巷：位于翠湖公园南侧。南通景虹街，北阻。长37.8米，宽4米。形成于清代。初叫"静云庵巷"，因巷中有"静云庵"而得名。后改称"里仁巷"，取《论语》中"里仁之美"之意。

新滇巷：位于翠湖公园南面。南起武成路（今人民中路）中段北侧，北阻。长42.5米，宽3米。形成于清代。原称"普天寺巷"，因巷底有普天寺得名。清末，将寺改为"丝行会馆"。民国年间，富豪何干成将会馆改为"新滇戏院"。1949年,又将戏院改为"新滇电影院",巷子也改名为"新滇巷"。新滇电影院以放映旧片为主,票价便宜,是当时昆明大中学校组织学生集体观影的电影院。巷内原来还有五华区教育局招待所等单位。1965年,因年久失修,新滇电影院成为危险建筑物被拆除。巷子在20世纪90年代的武成路大改造中消失。

上马巷: 位于原武庙东侧,今武成小学内。南起武成路(今人民中路)中段北侧,北阻。长33米,宽2.5米。形成于清代。这里原是一片空地。后来,这一带房屋增多,发展成巷道。当时,文武官员到城隍庙(原五一电影院,今为空地)或武庙(今武成小学)参加祭典。完毕后,必须到此巷才能骑马返回府邸,故称"上马巷"。民国初年,曾改称"上马庄巷"。再后,又复名"上马巷"。

下马巷: 位于原上马巷西边,今武成小学西侧。南起武成路(今人民中路)中段北侧,北阻。长92米,宽2.5米。形成于清代。与上马巷一样,这里原是一片空地。清代文武官员到城隍庙、武庙参加祭典时,从小西门方向进城,乘马者到此必须下马步行前往。后来,这里建屋成巷,故称"下马巷"。笔者在走访中,遇到曾住过佘家巷80岁高龄的杨本亮先生说:1950年2月20日,人民解放军进驻昆明。在拓东体育场举行欢迎大会后,举行入城仪式。当解放军从小西门前往北教场驻地,路过武成路下马巷时,解放军中凡是骑兵或驾驶马车载运大炮的人员,也都一律下马步行。到上马巷时,又才上马前进。

静安里巷: 南起武成路(今人民中路)中段北侧,北阻。长47.8米,宽1.9米。形成于清代,因巷内有静安庵而得名"静安庵巷"。后曾改称为"静安里"。1949年,命名为"静安里巷"。

海源巷: 位于翠湖公园南侧。北通翠湖南路,南阻。长38.4米,宽1.5米。形成于清代。因地近翠湖,不断有泉水涌出,流入翠湖,成为菜海子(翠海)源头之一。后来,这一带民舍增多,形成巷道,便取名为"海源巷"。

如果说原武成路是闹市的话,其中段更是闹市中的闹市。因为这里地处武成路与五一路（原劝业场、福照街）交会的十字路口，店铺林立，商业发达，街巷也很热闹。经过全城大改造后，这里虽为林立的高楼大厦，商业兴旺依旧，但很多小巷没有了，只剩下景虹街、中和巷两条巷子。原武成路上的江苏浴室、天津包子店、"培养正气"汽锅鸡、豆花米线店、丝绸庄、百货店、药铺、钟表店……都成了老昆明人的美好记忆。它们已被今日的单位、现代商店、餐馆、省人才市场代替。旧的回不来，新的在发展，这是规律。

接下来，将原武成路最西段北边到翠湖南路的街巷作些简介。

洪化桥： 位于翠湖西南部。南起武成路（今人民中路），北至翠湖南路。长171米，原宽12米，今宽近20米。形成于清初，原是承华圃前的通道。其街名的来历，有个由桥名演变为地名，又由地名改为街名的故事。清初，吴三桂镇守云南，除了以五华山为王府外，又在原明代"柳营"的基础上，在翠湖边建"别苑"。清康熙十二年（1673），吴三桂叛清；康熙十七年（1678），吴在湖南衡阳称帝，国号周，年号"昭武"。同年8月，吴死于衡阳。吴三桂死后，其孙吴世璠继位，改元"洪化"，"别苑"（王府）亦称"洪化府"。府前的洗马河上，原有座石桥也改名洪化桥。当时，人们把这一带亦叫"洪化桥"。原承华圃的通道，后来发展成了大街，仍叫作"洪化桥"。清兵歼灭吴世璠叛军后，未废除此地名、街名。云南解放后，洗马河和洪化桥都被填为路，桥不复存在。但地名依旧，原来承华圃前的大道，也仍被称为"洪化桥"。

三阳巷： 西起洪化桥，东阻。形成于清代，以"三阳开泰"为吉利，故名。长42米，宽2.3米。1986年初，因城市建设需要，旧房大部分拆除重建，巷子、巷名消失。

花红巷： 位于翠湖公园西南侧。西通洪化桥，东阻。长39.5米，宽2.2米。形成于清末，因巷内4号住宅内有一眼井，井旁有一棵花红树，故名"花红井巷"。1949年后，简称为"花红巷"。

佘家巷： 位于翠湖公园的西南侧。西通洪化桥，东阻。长37米，宽1.3

米。形成于清代，因巷内有一余姓人家开染房而得名。

经常巷： 位于翠湖西南侧。东通洪化桥，西阻。长 34.4 米，宽 1.7 米。形成于清代。原叫"豆浆巷"，因巷内有一住户经营豆腐、豆浆而得名。1935 年前后，改为"经常巷"。

前进巷： 南通武成路（今人民中路）西头北侧，北阻。长 21.4 米，宽 2.7 米。形成于清代，初称"清涧巷"，因有清澈的溪水流入洗马河而得名。后因洗马河被填，改称"清明巷"，有纪念清明节之意。1979 年，更名为"前进巷"。

咸阳巷： 位于翠湖西南侧。东通洪化桥，西阻。长 24.4 米，宽 2.1 米。取此巷名，是为了纪念赛典赤·赡思丁。元初，赛氏为云南首任行中书省平章政事（省长）。他大力推行地方行政改革，发展生产，发展教育、文化和商业，促进了云南社会、经济、文化、教育、外交的发展，深受云南各族人民爱戴。他死后，被追封为"咸阳王"。为了缅怀他的历史功勋，将此巷命名为"咸阳王巷"。1911 年，简称为"咸阳巷"。

通交巷： 位于翠湖西南侧。东起洪化桥，西至蒲草田。长 90.8 米，宽 2 米。民国初年，是通往小西门的一条巷道，叫"交通巷"。后改称为"通城巷"。1935 年前后，又改名"通交巷"，将原巷名两字颠倒过来，成为新名。之所以去"通城"之名，因在市中心近日楼附近早有于清末就命名的"通城巷"，南起万钟街，北至景星街。

葵花巷： 位于小西门北侧。南通武成路（今人民中路）西头北侧，北阻。长 30 米，宽 1~2 米。1966 年，以"葵花向太阳"之意，取名"葵花巷"。1979 年，误为"蔡花巷"。1983 年，更正为原名。

福寿巷： 南起武成路西段北侧，北阻。长 66.1 米，宽 2.3 米。形成于清末，初名"碑巷"，因巷内住有专门打制销售墓碑的石匠而得名。1926 年，有一姓姚的医生（姚贞白之父），在巷内购地建房行医，认为此巷名不吉利，便以嘉言吉语改为"福寿巷"。

肴美巷： 位于翠湖公园西南侧。北起翠湖南路，南至巷底，长 48.3 米，宽 3.8 米。民国初年，巷内开有"长美居餐馆"，故称"长美居巷"，后改称此名。原二机部云南 209 地质大队曾住巷内。

打碑巷：位于翠湖西南面。北起翠湖南路，南阻。长31.2米，宽1.6米。清末，巷内有几户打碑为业的石匠，故名。1986年，巷内两侧旧房全部拆除，改建高层楼房。

原武成路（今人民中路）北边至翠湖南路西段的地名、街名的演变大体如此。经全城大改造后，这一段的街巷发生了巨变。只有"洪化桥"一带，仍保留下来，并扩展了。其他的街巷都"俱往矣"，成了过去式。在这些旧街巷和居民区建立起来的是翠怡大厦、丰园大厦、君乐酒店等高楼大厦。只是在翠怡与丰园两大厦之间，新辟了一条巷道，以丰园大厦之名取名"丰园巷"，南连人民中路，北接钱局街。长约100米，双向两车道。此巷成为翠湖西南部转向人民中路小西门方向的主要通道。此巷内的主要单位，东边有君乐酒店、丰园大厦，西边有省监狱管理局、翠怡酒店等。

总的说来，翠湖南边的街道变化很大，东西向的横向街道保留下来的只有登华街。登华街（老街已阻，移至南边，将原瞻华街改名为登华街）南北向的纵向街道保留和新建的有：翠湖南路至华山西路段有青莲街、黄公东街和一丘田；翠湖南路至人民中路段有景虹街、中和巷、洪化桥和丰园巷。

由于年代久远，街道变化太大，加之人们记忆模糊，笔者在写这部分，

今中和巷

旧沈官坡

特别是绘制示意图时，困难很大。虽然通过走访调研，线上线下，多方征求意见，反复核实论证，写就了此稿。但其中错误肯定存在，故盼知情者指正，待今后设法更正。

昔日翠湖南边（西段）街道示意图

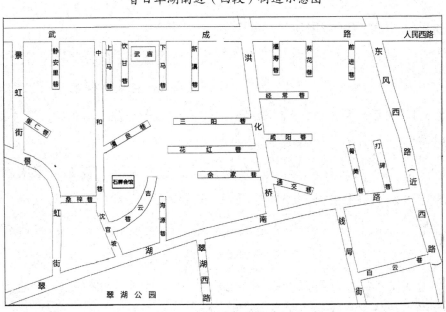

今日翠湖南边（西段）街道示意图

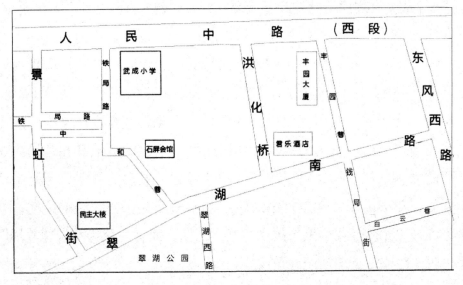

翠湖周边的名人故（旧）居

翠湖周边历史建筑众多。来翠湖游玩的人，都想看看。

这些历史建筑可称之为"故居"或"旧居"。

在中国传统文化中，"故居"和"旧居"的概念，是有着严格界定的。"故居"只有一处，即故乡的老宅，或称"衣胞之地"，也就是母亲生自己的地方。因为这样的地方只有一处，故"故居"也就只能有一处。"旧居"就不同了，它可以有多处，凡是人一生中住过的住宅，均可叫"旧居"。

但是，到了近现代，这一传统观念似乎被突破了。譬如，宋庆龄出生于上海，可她曾住过的北京西城区后海北沿 46 号，却成了大名鼎鼎的"宋庆龄故居"。而且，这种情况还很多，如"鲁迅故居"、"郭沫若故居"等等，在北京比比皆是。北京尚且如此，何况他地。于是，便"故居"、"旧居"不分了。我想，这种变化，可能是基于以下一些缘故吧。一是步入近现代以后，"故乡"的观念也在更新，有了"第二故乡"、"第三故乡"，甚至"N 个故乡"之说。二是到了近现代，人们的"衣胞之地"不再是家里，而是在医院里了。那生你的医院，可能在故乡，也可能在他乡，甚至在国外。这样一来，"衣胞之地"即"故乡"的观念，就得要改了。因而"故居"也就可以有多处，凡是你住过的住宅，便都可以叫"故居"。

不过，为了统一表述，也为了尊重传统文化，笔者在本文中，还是把"故居"与"旧居"，用传统观念加以区别。幸运的是笔者在走访中，发现昆明的大多数纪念馆，对"故居"和"旧居"概念的界定，还是很清楚的。譬如，在华山西路水晶宫中红花巷和小梅园巷朱德曾经的住宅，并未因朱德说过"云南是我的第二故乡"这样的话，而将之称为"朱德故居"，而是仍叫"昆明朱德旧居纪念馆"。

如果说昆明这个城市地灵人杰，那么翠湖周边则更是藏龙卧虎之地。也就是说，居住在翠湖周边的名人太多了。本文不能一一讲述，只能是选择各方面的代表人物，按东南西北的方位，作些简介，敬请读者和有关人士多多见谅。

翠湖西边的名人故（旧）居

这一片区指的是从翠湖西路至东风西路，以及文林街西段一带，包括当今的钱局街、白云巷、染布巷、文林街西段、文化巷、光宗巷等街道。涉及的人物有沐英、吴三桂、陈一得、缪嘉铭（云台）、朱培德、毕近斗、朱虹、冯至等。

沐英家族旧（故）居

翠湖周边最早的名人旧居，当数明朝初年的沐英居所。当时的沐英居所有两处，一是翠湖西边的"柳营别业"，另一是"西平侯府"（后叫"黔国公府"）；前者是当今的"云南陆军讲武堂"（翠湖西路22号），后者是当今的"抗战胜利纪念堂"。

1381年，沐英与傅友德、蓝玉率明军攻占昆明，剿灭元朝在云南的残余势力。1383年，傅、蓝奉命班师回京，朱元璋留下沐英镇守云南。

1386年，沐英在建昆明砖城的同时，建造"西平侯府"。1390年，沐英仿西汉名将周亚夫治军细柳营的故事，在翠湖西岸建"柳营别业"。

西平侯府（黔国公府）与柳营别业（别墅）既是沐英的私人住宅，也是当时云南的最高首脑机关。明朝在地方上废行省，设"三司"，名义上没有"平章政事"（省长），实际上沐英这个"西平侯"却是个不是省长的省长。

沐英、傅友德、蓝玉三位将领，可称是明朝初年高级将领中的"三剑客"。

傅友德、蓝玉两人均在后来的杀功臣运动中，被朱元璋杀了，蓝玉死得更惨，被剥皮而死。只有沐英的命运好，他不仅未遭杀戮，完好地活了下来，还在云南昆明落户生根，家族延续十几代。有封号的分别是沐英、沐春、沐晟、沐斌、沐璘、沐瓒、沐琮、沐昆、沐绍勋、沐朝辅、沐融、沐巩、沐朝弼、沐昌祚、沐睿、沐启元、沐天波。其中，沐英、沐春、沐晟被封为"西平侯"，后面的人均被封为"黔国公"。沐英也被追认为"黔国公"。

沐氏家族从1381年起主政云南，直到1659年吴三桂率清军攻下昆明，沐天波随永历帝逃往缅甸，后被俘处死为止，长达278年之久。1644年，李自成农民起义军攻占北京，崇祯帝在煤山（今景山公园）上吊身亡，宣告明朝统治结束。即使在明朝灭亡后，沐氏家族在云南又延续了15年。

这近280年的时光中，沐氏家族一直都是以黔国公府和柳营别业为其居所的。这两处居所，对沐英、沐春来说是"旧居"，但对沐氏后人来说，可算是"故居"了，因为昆明已经成了他们"衣胞之地"、故乡。只是，在1656—1659年之间，沐天波为了联合农民起义军共同抗清，将"柳营别业"让给了起义军将领刘文秀作"蜀王府"。

沐英（1345—1392），字文英，安徽凤阳人。朱元璋义子（一说私生子），明朝开国功臣，重要军事将领，封"西平侯"。1345年生于安徽凤阳，1392年卒于云南昆明，享年48岁。死后葬于今江苏南京殷巷乡将军山。从1381年至1392年的这11年间，也就是沐英从36岁至48岁时，他基本上都是在昆明这两个居所里生活和工作。在"柳营别业"，他仅待了两年左右的时光。沐英治滇时，做了几件大事，如筑昆明砖城，平定诸地土司叛乱，请求朱元璋批准移民屯田等等。在屯田问题上，除了军屯外，还搞民屯、商屯。至今在昆明，乃至云南全省留下的以"营"为称谓的地名，大多数是在沐英手上实行屯田制而形成的。而这些"营"，对发展云南经济、巩固边防，都起过很大的作用。沐英完成这些事业的指令和部署，应都是在他的旧居——当今的云南陆军讲武堂和抗战胜利纪念堂所在地发出的。

吴三桂旧居

翠湖南路 141 号这是今日的省图书馆门牌号。古为"洪化府"，是吴三桂旧居。

吴三桂在昆明的旧居有三处，一是五华山的永历帝宫，二是翠湖西的平西王府（后称"洪化府"），三是在莲花池为陈圆圆专建的"安阜园"。

吴三桂（1612—1678），字长伯，辽宁绥中县人。出身将门，其父吴襄、舅父祖大寿均系明朝将领。他本人官至总兵，镇守宁远山海关一线，严防清兵南下。1644 年，李自成起义军攻占北京，崇祯帝在煤山（今景山公园）自缢身亡，宣告明朝结束。此时，吴三桂带兵前往北京，打算归顺李自成"大顺"政权。途中，听说其父被起义军侮辱，爱妾陈圆圆被起义军将领刘宗敏占有。他便"冲冠一怒为红颜"，折回辽东引清兵入关，直捣北京，打败李自成。此后，又率兵追剿陕西、湖北、四川、贵州一带的李自成、张献忠起义军，并将其消灭。张献忠"大西"军余部李定国等退至云南，在昆明与南明永历帝联合抗清。吴三桂又率兵追杀至云南，攻占昆明。永历帝、"黔国公"沐天波等逃往缅甸，吴三桂又追至缅甸，逼缅王交出永历帝，并处死沐天波等。将永历帝押至昆明后，又逼其自缢。至此，南明抗清势力被彻底消灭干净，确立了清朝在全国的统治。

由于吴三桂战功显著，清顺治帝封其为"平西王"，晋爵亲王。他与靖南王耿精忠、平南王尚可喜，并称"三藩"。

战事结束后，顺治帝令吴三桂留下镇守云南。此时，他将永历帝原五华山皇宫改作"平西王府"。吴三桂自恃功高，应该享乐。于是，便大兴土木，把五华山的"平西王府"修得富丽堂皇。

但是，吴三桂并不满足这一居所，觉得不理想。何况他一心想做"清朝的沐英"，世代统治云南。于是，他决定在原沐英"柳营别业"的基础上，再填"菜海子"之半，修建新的"平西王"府。

吴三桂翠湖西边的"平西王府"，范围很大。南起翠湖南路，北至造币厂，东达翠湖西路，西抵钱局街，包括当今的云南陆军讲武堂、省科技馆、省图书馆等地。导致后来新建设电影院一带的一条小巷，因听得到吴家王府鸡鸣之声，而取名"金鸡巷"。其建筑规模之宏大，被罗养儒形容为"平西府千门万户，土木之盛，拟于帝居"（《纪我所知集·云南掌故全本》）。史书还记载说：吴三桂的新所，"皆珍馆崇台"，"花木扶疏，回廊垒石"。新府的石栏杆均为大理石浮雕，极尽奢华。

除了上述两处居所外，吴三桂还在莲花池畔为爱妾陈圆圆专门修了一幢别墅，取名为"安阜园"。为了使五华山、平西王府与莲花池安阜园之间往来方便，吴三桂还下令修了一条特别通道，名曰"复道"。安阜园中除了陈圆圆的豪华居所外，还有座"万卷楼"，藏有"古今典籍"。安阜园的花园西临莲花池，范围很大，"园中花木，多至千种。有神女花一株，类似芙蓉，一日能六变其色。子、丑时色白，寅、卯时色绿，巳时色又变白，午、未时色红，申、酉时色复白，戌、亥时色紫。开至十数日后，其英始落，三桂极宝之。"（罗养儒语）

1673年，吴三桂联合耿、尚两藩一道起兵反清，史称"三藩之乱"。开始声势浩大，乱及半个中国。年轻的康熙帝决心平叛，调兵遣将，迎头痛击。1677年，吴三桂兵败洞庭；1678年3月，在湖南衡阳称帝，立国号为"周"；8月，吴病死衡阳。其孙吴世璠继位，改元"洪化"。1677年，吴世璠14万兵马被灭于湖南。1680年，吴世璠败退云南，居翠湖新府，改称为"洪化府"。1861年，清军攻入昆明，灭"吴周"，吴世璠自杀身亡。清廷改"洪化府"为"承华圃"。

平定"三藩"叛乱后，康熙对吴氏家族采取了严厉的镇压手段。

1688年，云贵总督奉命拆除"洪化府"，将其木石材料用来重修西山太华寺。据传，今太华寺大雄宝殿、缥缈楼前，还保留着洪化府大理石浮雕栏杆。

康熙下令对吴氏家族斩草除根。吴三桂子孙从此销声匿迹。陈圆圆自知在劫难逃，也自我了断。一说她投莲花池自尽，尸体被村民发现加以掩埋；

一说她出家当了尼姑，远走高飞，不知所终。

2010年，传说在贵州黔东南岑巩县马家寨发现了陈圆圆墓地和吴氏后裔。吴氏后裔在此已住了十几代人。并传，经清史专家滕绍箴、李治亭等考证，认为可信。但学界对此说存疑。大概是说，吴三桂在衡阳病死后，其大将马宝将其遗体秘密运到黔东南一个山洞里藏起来。后来，又运至岑巩县的深山中安葬。吴三桂之子吴应麟（一说吴应麒）与马宝等在吴周王朝行将就木时，护送陈圆圆等人躲避到此地隐居。吴家为了感激马宝，就将山寨取名"马家寨"。马家寨如今所有村民皆姓吴，自称是吴三桂后裔。

陈一得旧居

昆明钱局街原53号（还有83号或65号之说）。

陈一得（1886—1958），云南盐津人，原名秉仁，字彝德，号一得。云南近代天文学家、地震学家、气象学家、教育家。是云南近代天文、气象、地震学的奠基人、拓荒者。

陈一得曾就读于昆明高等学堂。清末，应考公费留学生，以第一名的优秀成绩被录取，准备赴比利时选修铁路专业。后因参加反对清政府出卖云南七府矿权运动，被取消公费留学资格。改为自费留学，至上海时逢辛亥革命爆发，参加起义军，留学未成。后返滇考入优级师范数理化专科。毕业后，从事中小学教育40年。曾任过昆明市第五小学校长。这期间，他潜心研究云南天文、气象、地质，成为专家。

1927年，陈一得和夫人刘德芬，在钱局街自家屋顶上架起百叶箱，支起风向标，建立了云南第一个（全国第三个）私立气象测候所。1936年（一说1937年），云南省政府在西山顶盖砖木结构屋一幢，命名为"云南省立气象台"，请陈一得任台长。

解放后，陈一得任过云南省人民政府监察委员，省博物馆馆长，全国科协委员、理事，省自然科学联合会主任，省气象学会理事长，省天文学会理事长，省中苏友好协会副会长，省政协第一届委员，昆明市政协第二届副主席。

他曾参编《新纂云南通志》，编纂《盐津县志》。

1958年10月27日，病逝于昆明。享年72岁。

缪云台故居

今钱局街88号中国银行职工宿舍，是缪云台故居。

缪云台（1894—1988），本名缪嘉铭，字云台。昆明人。云南实业巨子，著名企业家，著名爱国民主人士，政治活动家。

年轻时，他留学美国，先后就读于康萨斯州西南大学、伊利诺大学等，1919年毕业于明尼苏达大学矿冶专业。回国后，曾任个旧云锡公司董事长兼总经理，省政府委员兼农矿厅厅长。是云纺创始人，富滇新银行行长。

1946年，以"社会贤达"身份参加重庆政治协商会议（旧）。1947年，任国民政府行政院政务委员、国大代表、立法委员。

1950年，赴美国居住。台湾当局特意邀请他去台，被他拒绝。

1979年，回国定居。曾任对外经济贸易部特邀顾问，中国国际信托投资公司董事。曾任第五届全国人大常委，第五届全国政协常委。以无党派人士身份，任第六、七届全国政协副主席。

1988年，在北京辞世，享年94岁。

朱培德旧居

朱培德旧居，位于钱局街与文林街之间，更靠文林街西端的金鸡巷，与原昆明砖城的大西门为邻。据说，旧居院子很大，被拆除后开办了一家塑料厂。今天的新建设电影院，原来是朱培德家的后花园。

朱培德（1888—1937），字益之，云南楚雄禄丰县人。出身仕宦之家，书香之门。云南陆军讲武堂毕业，参加过云南重九起义，讨袁护国、护法战争。历任排长、连长、营长、团长、师长，江西省主席，国民革命军参谋总长、代理总司令、军委办公厅主任，陆军一级上将。

朱培德与朱德系云南讲武堂同窗学友，均为"学霸"，被称为"模范二朱"。在护国战争中，朱德随蔡锷第一军攻四川；朱培德随李烈钧第二军攻两广。后来，二人分道扬镳，朱德赴德求学，参加共产党，成为中国人民解放军总司令，朱培德成为国民党高级将领。当年同窗，成为对手。

1937 年 2 月 17 日，朱培德生病在南京鼓楼医院住院时，因注射引起血液中毒身亡，终年 49 岁。

毕近斗故居

毕氏故居位于昆明钱局街敬节堂巷，共有南、中、北三院。南院 5 号是花园楼房，毕氏居所；中院 6 号是平房，为佣人住所；北院 7 号是三坊一照壁老建筑。抗日战争时期，植物学家蔡希陶曾寄居南院。西南联大教授、化学家曾昭抡寄寓北院。北院为敬节堂巷 7 号。这是一个三坊一照壁，走马转角楼的小院，坐北朝南，门却开在东边。正房两层楼，楼上楼下各三大间，东西两侧的厢房也是两层，但要矮小些，东厢房一楼的一半为出进大门。小小天井南边的照壁下，还有一个花台，种有茶花一株。这么一个小院，几经辗转，几易其主。到了抗战胜利后，毕家将 6 号、7 号出售。7 号正房楼上三间房东改姓为赵。他孤身一人，将此小院正房楼上租给他人居住，他自己蜗居正房楼上的中间那间。到了 20 世纪 80 年代，小院已破败不堪，作为山墙的土基多处塌落，成为危房。穷房东老赵，根本无力修缮。1998 年，烟草公司将这一片买下，拆除后建为烟草大楼和职工住宅小区。至此，不仅敬节堂 7 号，整个敬节堂巷、金鸡巷等都不复存在，成为历史，是昆明老街老巷拆除建新楼的一个缩影。

毕近斗（1884—1981），昆明人，云南著名教育家、建筑学家。1920

年，毕业于香港大学，获土木工程学士学位。学成回昆后，参加东陆大学（今云南大学）筹建工作，并任该校土木系教授兼系主任。

1925 年，毕近斗以公方身份参与中国第一座水电站——昆明石龙坝水电站第二期扩建工程。1930 年，他受云南省主席龙云委托，在昆明龙翔街创建省立昆华工业学校（云南工学院前身，现为昆明理工大学新迎校区），并任校长。昆华工校为云南、为国家培养了许多优秀人才。如西南联大机械系毕业的中国空间返回技术专家、中科院院士王希季（大理人，白族），就是毕先生的弟子。

毕近斗一家堪称"教育世家"。他的 8 个子女中，有 6 人是教育工作者，其女儿毕婉曾任云南教育学院（后并入云南师大）党委书记。

朱虹故居·冯至旧居

昆明市钱局街原敬节堂 19 号朱家大院，是香港明星朱虹的故居。同时，也是西南联大外语系教授、著名诗人冯至的旧居。

朱家大院分前后两院，住着朱文高、朱志高兄弟二人，哥哥朱文高住前院，弟弟朱志高住后院。朱虹是朱志高的女儿。朱虹出生后一个月，西南联大教授冯至经友人介绍，从昆明金殿后山的杨家山林场，搬到了朱家大院寄居。

朱家大院与整条敬节堂巷民居，都在 20 世纪 90 年代末的城市大改造中拆除。在其原址上（钱局街口）建立起来的是烟草大楼。

朱虹，昆明人，香港著名演员。原名朱圆圆，1941 年 10 月 20 日生于云南昆明市。1951 年，随父移居香港。香岛中学毕业后，入凤凰影业公司任演员，才出道便担任女主角。1957 年，因主演喜剧片《情窦初开》而出名。后来，在《小月亮》《屈原》《风头人物》等影片中，均扮演主角。1981 年，拍完《父子情》后息影，担任香港华南影业工作者联合会理事，银都机构行政公关、执行监制，康文署电影组顾问及云南省政协委员。

朱虹一家是昆明数一数二的名门望族。其父朱志高（希贤）毕业于黄埔军校，是龙云的上校副官；1945年"十月兵变"，随龙云赴重庆时被蒋介石软禁，蒋还给他封了个"军事参议院少将高参"的头衔。伯父朱文高是当年光华街（正义路口）"老福源金店"的老板，在同行业中地位首屈一指。舅公是近代云南著名实业家缪云台。母亲杨美云是昆女中校花。

冯至（1905—1993），河北省涿州人。原名冯承植，西南联大教授、现代诗人、学者。抗日战争时曾于1941年11月至1946年下半年，经友人介绍，寄居于钱局街敬节堂巷19号朱家大院。联大八年中，冯至在朱家大院住了5年，这里当然应是其旧居。

由于有冯至与朱家的这层关系，1943年，西南联大的老师们在朱家大院组织了"十一学会"，在此谈学论道。闻一多、朱自清、潘光旦、曾昭抡、杨振声、雷海宗、沈从文、吴晗、闻家驷、卞之琳、李广田、孙毓棠、吴宓、陈铨、冯至等教授，以及王佐良、丁则良、王瑶、吴征镒、何炳棣等青年教师，都曾在此参加过"十一学会"的活动。

1945年"一二·一"惨案发生后，冯至在朱家大院以无比愤怒而又坚定的心情，写下了著名的十四行诗《招魂》：

"死者，你们什么时候回来？"
我们从来没有离开这里。
"死者，你们怎么走不出来？"
我们在这里，你们不要悲哀。
我们在这里，你们抬起头来——

哪一个爱正义者的心上没有我们？
哪一个爱自由者的脑里忘却我们？
哪一个爱光明者的眼前看不见我们？
你们不要呼唤我们回来，
我们从来没有离开你们，

咱们合在一起呼唤吧——

"正义，快快地到来！
自由，快快地到来！
光明，快快地到来！"

这首诗，至今还镌刻在云南师大校园里四烈士墓和闻一多先生衣冠冢后面的烈士纪念碑上。

翠湖西边的名人故（旧）居，就写这么多。下面，让笔者以顺时针方向，去介绍翠湖北边的名人故（旧）居吧。

翠湖北边的名人故（旧）居

这里所说的翠湖北边，指的是翠湖北路至一二一大街这一片区。这里的主要街道，除翠湖北路、一二一大街外，还有文林街东段，以及西仓坡、先生坡、小吉坡、贡院坡、天君殿巷，以及丁字坡西侧等。这一片区的名人故（旧）居有：梅贻琦旧居、闻一多旧居、周善甫旧居、袁晓岑旧居、袁嘉谷旧居、周钟岳旧居、熊庆来和李广田旧居、王九龄旧居等。

梅贻琦旧居

1938—1946 年，西南联大在昆八年，作为西南联大的主要负责人之一的梅贻琦，在昆明有多处居所。刚到昆明时，住东寺街花椒巷 6 号。一年后，迁往翠湖边的西仓坡 5 号。日机轰炸昆明时，为避难又曾住过昆明西郊龙院村的李家大院和惠家大院。其中，在西仓坡 5 号居住的时间较长。

西仓坡 5 号，位于翠湖北路西仓坡刚爬到坡顶与府甬道尽头交会处的右侧。主楼是一幢两层楼的洋房。据说，一楼是清华大学办事处，二楼为梅先生一家的住宅。楼外，有个小院，围墙靠西仓坡的一面有大门可通小轿车。20世纪50年代，该楼成为昆明师范学院院长方章的住宅。1990年代在昆明城市建设大改造中被拆除，现为云南师大的教职工宿舍。

抗日战争时期日机轰炸昆明时，梅贻琦一家迁至昆明西郊龙院村避难。先住龙院村龙普路90号李家大院，后又搬至龙院村龙普路133号的惠家大院。

李家大院是当时任云南教育司、外交司司长，广州军政府参议的李适生住宅，建于1938年左右。这是一个占地约1000平方米的院子，主楼为两层楼房，楼上楼下各3间，坐西向东。两边的厢房各两间。大院的西边有个后花园。1940年，李适生邀请梅贻琦先生来此居住。同时住进大院的还有清华办事处的几位教职员。1941年5月15日，梅贻琦一家搬至同村的惠家大院，清华办事处的其他教职员仍住李家大院。

惠家大院是云南著名报人、云南陆军讲武堂教员惠我春的老宅。大院分为东西两个部分，其中西部有两个院落，是原主人惠我春一家的居所；东部是一个大院，建有两座二层楼房和几间平房，是供长工居住和堆放粮食和农具的地方。大院西南端为出进的大门。

当时，在惠家大院居住的，除了梅贻琦一家外，还有联大教授朱自清、杨武之（杨振宁之父）、吴有训、赵忠尧、赵九章、任之恭、范绪筠、叶楷、余瑞璜、赵访熊、姜立夫、吴元达、杨业治等14家，共50多人。

新中国成立后，惠家大院被分给多户农民居住。但年久失修，原

昆明西郊龙院村惠家大院·梅贻琦旧居

屋已所存不多。经考证，证实大院门楼，以及门楼一侧的一栋两层楼房，是当年联大教授们的住房。

2003 年，西山区人民政府将惠家大院梅贻琦旧居公布为区级文物保护单位。2011 年，又公布为市级文物保护单位。

由于昆明城市在 21 世纪发展飞快，当年的郊区，现在已成了市区。梅贻琦旧居位于今西三环春城慧谷小区二期内。现保留了原惠家大院老房子的外观（门楼），两层楼院子。院内用照片等文物展示了梅先生的一生。同时，此院也是个茶楼。小院是一家餐馆，经营过桥米线和私房菜。

梅贻琦（1889—1962），字月涵，天津人。

第一批庚款留美学生，就读于美国伍斯特工学院电机工程学专业。学成回国后，在清华任物理教授、校长。1938—1946 年间，为西南联合大学三常委之一。西南联大不设校长，由三常委（梅贻琦—清华校长、蒋梦麟—北大校长、张伯苓—南开校长）主持工作。三常委中，张伯苓一直在重庆，蒋梦麟在昆时间也较少，故西南联大的工作主要由梅贻琦主持，可以说他是西南联大不是校长的校长。抗战胜利后，清华、北大、南开北归，梅贻琦仍任清华大学校长。

新中国成立后，梅贻琦赴台湾，后任台湾新竹清华大学校长。1962 年5 月 19 日病故于台北，享年 73 岁。

闻一多旧居

西仓坡 6 号。

在西南联大教授中，八年时间里居所搬迁最多的当数闻一多，他先后住过原武成路（今人民中路西段）姚家大院、晋宁晋城、节孝巷周钟岳公馆偏院、大普吉陈家营、龙头街司家营、昆一中和翠湖北路西仓坡 6 号。

西仓坡本是翠湖边上的一个大坡。明清时期，在这里建有一个大粮仓。由滇池用船运来的征粮，经大观河、洗马河运至翠湖，再由人力搬运至此，储存起来，以供军需民用。因此大粮仓位于昆明砖城西部，故叫"大西仓"。大西仓的西北边有个祠堂，叫"岑公祠"。民国初年，兴办新式学堂，将此祠堂改为"省立昆明第五中学"。之后，昆五中并入昆一中，这里又成了昆一中的"南院"。1941年，昆一中整体迁至潘家湾新校舍。云南省教育厅将原昆一中的南、北院都拨给了西南联大，西南联大将其附属中学（今云南师大附中）由北门街中法大学（原为南菁中学）安置在南院。1944年在南院靠近大西仓的一角，建成西南联大教授宿舍，安排了闻一多等33户教授及家属住此。这就是西仓坡6号的由来。西仓坡是一条由翠湖北路通往钱局街的小巷。

闻一多家位于教授宿舍靠大西仓的一侧，邻居是冯友兰，对门是吴晗。这些教授宿舍均为平房，每户有正房一幢，分为4间，做起居室、客厅和书房；正房外有个小天井，天井的两侧各有一间小屋，一为厨房，一为保姆房。天井靠大西仓的一侧有围墙。

1946年7月15日，闻一多在云大至公堂李公朴纪念大会上，作了《最后一次的讲演》。下午，由儿子闻立鹤陪同回家时，在家门口被国民党特务暗杀，年仅48岁。其子也受伤致残。

1946年5月4日，西南联大宣布解散，清华、北大、南开三校复员北归后，西仓坡6号变成了昆明师范学院教授的宿舍。1990年代，西南联大教授宿舍被拆除，建成了云南师大幼儿园。

1987年，在闻一多牺牲处，立"闻一多殉难处纪念碑"一块，列为昆明市文物保护单位。

闻一多是西南联大教授中在昆明为中华民族的解放事业，为新中国的诞生而英勇献身的唯一高级知识分子，大学教授，影响深远。西仓坡6号，不应只有一块纪念碑，应该恢复其原貌，并在此建立"闻一多纪念馆"，供后人瞻仰。

闻一多（1899—1946），原名闻家骅，字友三，湖北浠水人。教授、诗人、古典文学家，爱国民主人士。1912年，考入北京清华学校留美预备学校。1922年7月，赴美留学，先后就读于美国芝加哥美术学院、科罗拉多大学和纽约艺术学院。学成回国后，在北京、南京、武汉、青岛等地任教。1932年起，任清华大学中文系教授。抗战时期，随清华南下，任西南联大教授。

闻一多学识渊博，讲课精彩，深受学生喜爱。本想一心做学问的他，被国民党的反动统治所激怒，从门都不想出的"何妨一下楼"先生，变成了"拍案而起"的民主斗士。他参加中国民主同盟，并任中执委。他积极投身学生的爱国民主运动，在"反内战，争民主"的"一二·一"运动中，站在斗争的最前列。当李公朴被国民党特务暗杀后，有友人告知：国民党的黑名单上，继李公朴之后就是他时，他横眉冷对，视死如归，他怒吼："我们不怕死，我们有牺牲的精神……前脚跨出大门，后脚就不准备再跨进大门！"

闻一多、李公朴被国民党反动派杀害了，但他们的精神永垂不朽！

周善甫旧居

原翠湖北路31号后院，旧称"六松堂"。

今为翠湖北路70号"大益茶"楼、"吉人茶楼"（大益飞虎文化体验

周善甫旧居碑　　　　　　　　周善甫旧居今貌

馆——飞虎后裔俱乐部）。

屋前路旁有五华区人民政府于 2014 年 12 月 6 日建造的，纪念周善甫 100 周年诞辰纪念碑一块。

石碑正面（南面）刻有"一代哲人周善甫旧居——黄枬森时年八十九岁"。

石碑东面刻有"天雨流芳"四字。

石碑西面刻有介绍周善甫生平的《碑记》，全文如下：

"周樊（1914—1998），又名凡，字善甫，纳西族，云南丽江人。云南文史研究馆馆员、云南省民族学顾问、云南省诗词学顾问、中国书法家协会会员。系我国现代文化史上著名学者、教育家、书法家。

善甫先生是一位生活在祖国西南边疆，却为中华民族核心精神文化做出了杰出贡献的老人，先后出版了《简草谱》、《春城赋》、《善甫文存》、《大道之行》、《老子意会》等百万字论著，其中《大道之行》被认为是中国哲学思想史上具有里程碑意义的著作，也是当代儒学研究的重要成果。

昆明翠湖北路原 31 号后院，是周先生旧居'六松堂'，兹逢先生百年诞辰，立碑以纪念。

昆明市五华区人民政府

2014 年 12 月 6 日"

说明：周善甫旧居今已不存。

袁晓岑旧居

袁晓岑旧居位于翠湖北路先生坡与文林街府甬道之间，门牌有两个：先生坡 9 号、文林街 40 号"文林雅居"内。

袁晓岑旧居是一座由红砖房组成的小院，主楼二层，坐北朝南；副楼一坐北朝南，副楼二坐东朝西，均为一层。坐东朝西的副楼顶上是一大露台，与主楼二楼相通。东边靠先生坡的山墙上，有"袁晓岑故居"几个大字。

主楼、副楼和围墙之间，有个小小的庭院。院子里修竹海棠，黑藤白沙，绿草红花点缀其间，环境幽静高雅。

目前，袁晓岑旧居开起了"竹隐岑今"咖啡屋，将展厅与餐饮融为一体。旧居十几个厅室及露台，既是袁晓岑作品展厅，又是咖啡小店。旧居共展出了袁先生的中国画5件，雕塑5件，以及其生平简介、部分早期雕塑照片、艺术创作年表等。

袁晓岑旧居是经过修整后，于2020年12月20日纪念袁先生诞辰105周年时开放的。据说袁晓岑在此生活、工作的时间，长达70余年。

袁晓岑（1915—2008），贵州普定人，著名雕塑家、中国画画家。中国美术家协会云南分会第一、二、三任主席，中国美术家协会理事，云南艺术学院副院长，终身教授。1938年在昆明举办第一次个人画展。1958年参加北京十大建筑的雕塑创作，主持民族文化宫门厅西南面的大型浮雕创作。1959年参加苏联举办的"社会主义国家造型艺术展览"。1964年在中国美术馆举办"袁晓岑个人雕塑作品展览"，这是新中国官方举办的第一个个人雕塑作品展，也是中国美术馆举办的第一个雕塑展。20世纪70年代末至90年代初期，多次应邀赴日本、瑞士、美国等国家举行个人作品展览，1992年被美国雕塑家协会吸收为第一位中国籍会员。作品被人民大会堂、中国美术馆及美国、日本、瑞士等国艺术馆收藏。

袁晓岑旧居

2006年昆明市政府在滇池之畔兴建了袁晓岑艺术园，并对公众免费开放。（资料来源：袁晓岑旧居展板）

袁嘉谷旧居

翠湖北路 51 号（原为玉龙堆 5 号）。

袁嘉谷中状元后，名享海内，在外为官。辛亥革命后，荣归故里，但却无一椽之屋，辗转租屋居住。经多方筹集，加之友人相助，于 1920 年，在翠湖北岸玉龙堆建成今日的旧居，举家由石屏迁至昆明。

袁嘉谷旧居占地面积 510 平方米，建筑面积 756 平方米（一说占地面积 695.8 平方米，建筑面积 875.9 平方米）。

现在的袁嘉谷旧居，由两个四合院组成，进大门后，有个小天井，将东西两院连接。西院是典型的"一颗印""走马转角楼"式建筑，坐北朝南，土木结构。正房为三层建筑，一、二层面阔5间；三楼系袁嘉谷书房，题名"颐寿楼"。东、西、南厢房均为二层，楼上楼下，各面阔三间。东院地势较高，小天井边有石级登上，属三坊一照壁式建筑。北边正房和东、西两厢房，均为二层。始建时，东边还有一个小花园，取名"澎园"（一说"澍园"）。园中堆土为山，名"金钟山"，建有一亭，名"课经

袁嘉谷旧居大门

袁嘉谷旧居西院后墙

亭"。花园今也无存，楼房保护完好。

1920 年建成时，袁嘉谷已 48 岁。他在此居住了 18 年。

中华人民共和国成立后，袁嘉谷旧居被云南大学收购，作为教职工和学生宿舍。从此，成了大杂院。

改革开放后，为恢复袁嘉谷旧居，并将之建成"袁嘉谷纪念馆"，数十家云大教职员工及家属搬走。时至 2022 年 1 月，笔者写此文时，"袁嘉谷纪念馆"，尚在筹建中。

2003 年，五华区人民政府将其公布为区级文物保护单位。2011 年，昆明市人民政府将其公布为市级文物保护单位。后列为省级文物保护单位。

袁嘉谷，主要生平见本书第 45 页。

1937 年，袁嘉谷病故于昆明，享年 65 岁。

周钟岳旧居

翠湖北路 18 号。

始建于民国初年，为民国时期中西合璧风格的民居建筑。原屋由周钟岳购自张家。抗日战争前，周钟岳一家在此居住多年。抗日战争期间，周到重庆任职。1939 年底至 1940 年 10 月，西南联大物理系教授吴大猷和数学系教授程毓淮两家曾借住于一楼。这段时间里，一楼也就成了西南联大教授们经常聚会的场所。

1940 年 10 月 13 日，周钟岳旧居原屋被日机炸毁。现旧居是抗战胜利后重建的。

周钟岳旧居共 3 层，高 12 米。平面呈"凹"字形，中间 3 间设外走廊，硬山顶建筑两侧突出部分正面为三面体，半圆攒尖顶。全屋为砖木结构，中西合璧，美观简洁，亦显典雅。（资料来源：周钟岳旧居简介）

周钟岳旧居现为"云南文化艺术中心"办公室。

2011 年，周钟岳旧居被昆明市人民政府公布为市级文物保护单位。

翠湖北路周钟岳旧居

周钟岳，主要生平见本书第 65 页。

王九龄旧居

王九龄旧居在翠湖北岸、云南大学大门斜对面。其围墙上开有向北、向东两道大门。因而其门牌有两个：翠湖北路 3 号和翠湖东路 25 号；常用的是翠湖北路 3 号。

王九龄旧居建于 1920 年（一说 1925 年），面积很大，由住宅和花园两部分组成。住宅占地 400 平方米，建筑面积为 552 平方米。是老昆明典型的"一颗印""走马转角楼"式建筑，是民国时期昆明地区的优秀民居之一。此屋坐北朝南，土木结构，硬山顶。北面的正房为两层楼，上下各面阔 5 间，进深 2 间；东、西两侧的厢房亦为两层楼，上下各面阔 3 间，进深 2 间；南边的厢房为 1 层，并开有大门，大门两侧有边长 1 米多的外方内圆石砌为装饰。此屋南面的墙角为石嵌。

这座建筑的设计很有其特殊性。那就是既有传统的昆明"一颗印"的建筑风格，又吸收了江南苏州沧浪亭的建筑特点，集中表现在南厢房只建一层而不是两层上。这种建筑设计，在当时周边还没有高楼大厦的情况下，人们站在正、厢房的二楼上，向南可观赏翠湖风光，向东可仰望巍峨五华山，向西南可远眺西山睡美人。在此房二楼上，便可将昆明大部分美景尽收眼底。其建筑风格，是昆明建筑史上，既保持传统，又因地制宜的一个范例，非常独具特色，又有创新。

王九龄旧居屋外是个有围墙的大花园。花园里小桥流水，假山竹林，鲜花盛开，十分开阔幽静。

1930年至1935年间，王九龄一家迁往北平。此屋曾一度为法国驻昆明领事馆。

抗日战争时期，吴晗、施蛰存、王士魁等文化名人，曾租住此宅。

1952年，云南大学购买了王九龄旧居。先后用作"刘文典研究室"、马列主义教研室和幼儿园。

改革开放初期，王九龄故居被出租，成为"翠湖1923"文化会所餐厅。

2003年，王九龄旧居被公布为区级文物保护单位。2009年，被昆明市人民政府列为第一批历史文化遗产保护建筑。2011年，公布为市级文物保护单位。2019年2月，公布为云南省第八批省级文物保护单位。

目前，正在原址筹建"王九龄旧居纪念馆"。

王九龄（1880—1951），字竹村，号梦菊，云南云龙县人。年轻时，就读于云南高等学堂。后留学日本，就读于东京政法大学。在日本参加同盟会，追随孙中山革命，参加反帝反清斗争。辛亥革命后，历任呈贡、景东县县长，云南造币厂厂长，靖国联军总司令部军事参议、军法处长，云南督军法课长，省财政司副司长，云南省省务委员，省参议会议员、检察厅总裁委员，云南盐运使，蒙自海关监督，东陆大学筹备员及名誉校长、董事。

1935年3月，被北洋政府任命为教育总长，4月辞职。

晚年，对从政不感兴趣，潜心研究佛学。曾任云南省佛教会理事长，云南佛学院董事会院董，云南佛教会监委等职。

1951 年病逝，享年 71 岁。

熊庆来、李广田旧居

翠湖北路 2 号云南大学校本部会泽院和至公堂东侧，考棚前。是一座两层楼房，面积 308 平方米，坐北朝南。建于 1937 年。

1937 年，此房建好后，时任云南大学校长的熊庆来由钱局街敬节堂巷迁来此处居住。1957 年，李广田任云大校长时，亦曾住此房。

1958 年，此楼为云大中文系、历史系办公室。一楼历史系，二楼中文系。

1968 年，此楼为云大马列部办公室。

1999 年 7 月，云大有关单位决定拆除此楼。校文物办根据多数教授、专家意见，请示校领导将该楼作为文物保留，获准。

2000 年 4 月 11 日，杨振宁访问云大，特意来此参观。回忆其与熊庆来之子熊秉明在此楼一起学习、玩耍和看到严济慈、陈省身、朱德祥等老一辈科学家在此切磋学术的情景。

2001 年 10 月，被列为区级文物保护单位。

2003 年，云大 80 周年校庆时，正式对外开放。至 2020 年，已接待国内外嘉宾 4000 多人次。

2004 年 8 月，定为省级重点文物保护单位。

2006 年，在中国人文地理杂志中国高校最美地方排行榜评选活动中，熊庆来、李广田旧居被选为中国高校八座大师旧居之一。

熊庆来（1893—1969），字迪之，云南弥勒人。著名数学家、教育家、中科院院士，无党派人士。

年轻时，就读于昆明方言学堂、省外文专修班学法语。之后，先后留学比利时包芒学院、法国格伦诺布尔大学、蒙彼利埃大学和马赛大学。1920 年，学成回国。1921 年至 1931 年，先后在云南甲种工业学校、云南路政学校、南京东南大学、陕西西北大学、北平清华大学任教授。

1932年至1934年，第二次赴欧访问。1933年，获法国国家理科博士学位。1934年回国，继续在清华任教。

1937年至1949年，任云南大学校长。创造了云大历史上的第一波辉煌，使云大跃入全国名牌大学之列，被称为"小清华"，被英国大不列颠《大英百科全书》评为中国著名15所大学之一。

1949年，出席在巴黎召开的联合国教科文组织会议。后留在法国从事数学研究。期间，台湾当局陈立夫邀请他去台湾任职，被熊庆来拒绝。

1957年，在周恩来总理关怀下回国，任中国科学院数学研究所研究员、学术委员、函数论研究室主任。

在1966年"文革"中受到冲击，1969年含冤逝世于北京，享年76岁。1978年，国务院为熊先生平反昭雪。

熊庆来成就卓著，是中国现代数学先驱，中国函数论的主要开拓者之一，以"熊氏无穷数"理论载入世界数学史册。培养了众多的科学家，华罗庚、严济慈、钱三强、许宝騄、钱伟长、陈省身等，均系其弟子。他所定义的"无

熊庆来、李广田旧居

穷级函数"，被国际上称为"熊氏无穷数"。

李广田（1906—1968），号洗岑，山东邹平人。著名作家、教育家、教授。

1935年，毕业于北京大学。1941年，在昆明西南联大任教。1946年后，先后在天津南开大学、北平清华大学任教。1948年加入中国共产党。

新中国成立后，任清华大学中文系主任、副教务长。

1952年，院系调整时，被任命为云南大学副校长，主持日常工作（云大校长当时由省政府副主席周保中兼）。同时，担任云南省作家协会副主席，中科院云南分院文学研究所所长。1957年至1959年，任云南大学校长。期间，与党委书记高治国密切配合，将云大推向又一波发展高潮。

1959年，被错划为"右倾机会主义分子"。1962年平反，继任云大校长。

1966年"文革"期间受到批判，失去人身自由。1968年逝世，享年62岁。1978年秋平反。1982年5月，骨灰安放于北京八宝山革命公墓。

作为作家，李广田作品甚丰。代表作有：《雀蓑集》《圈外》《回声》《日边随笔》等，其描写昆明圆通山的散文《花潮》，在昆明广为流传，家喻户晓。

陈古逸旧居

翠湖北路50号。

为中式土木结构的四合院中式建筑，上下两层，每层正房面阔3间、厢房面阔两间，坐北朝南。陈古逸将其称之为"琴禅精舍"。

1995年，因旧城改造而拆除，建为单元楼和商铺。

陈古逸（1865—1941），名度，号"琴禅居士"，古逸为字。云南泸西人。云南著名书画家，被编入《全国艺术家大辞典》。云南"重九"起义后，在云南军都督府中担任过军政工作。（资料来源：《文物五华》）

翠湖东边的名人故（旧）居

这一片区的范围，指的是翠湖东路、青云街、北门街，以及丁字坡东侧至大兴坡（今圆通街）这一带。

这一片区的名人故（旧）居，涉及的人物有蔡锷、唐继尧、龙云、李公朴等。人数虽少，但却都是云南历史上的重量级人物。

蔡锷旧居

北门街 45 号。

据 2020 年 10 月 19 日的《云南楼市观察网》报道："得意居"——蔡锷将军故居，欲以一亿元出售，公开寻找买家。

"得意居"位于昆明市金马碧鸡坊街区商业步行街西南角，是该区唯一完整保留的古建筑。有关介绍称这是一座清末老宅，昆明传统"四合院"，"一颗印"，坐北朝南，主房及东西两边厢房为三层，南房为二层，构成"走马转角楼"的建筑形式，是典型的"天井"布局。也是目前昆明唯一一座三层楼的"走马转角"建筑，显得尤为珍贵。

又称："得意居"三字是罗哲文题写。罗哲文系梁思成的弟子，也是中国著名的古建筑专家。

还说：这里是有据可查的蔡锷在昆明的"故居"。护国运动之后，在蔡锷远赴日本治病时，其妻儿还长期在此居住。蔡锷是"民国国葬第一人"。

更有甚者，此建筑物大门旁还挂有"蔡锷将军故居"的铜牌，以及昆明市政府和市规划局 2002 年所立的"历史文化遗产保护建筑"铜牌。还有一铜牌称此屋"系全国重点文物保护单位。云南省人民政府 2008 年立碑。"

消息一出，引得无数人来参观、就餐，还吸引了不少旅游者和旅游媒体大力报道。

这是真的吗？假的！！！

有关报道说，昆明市文物局回应：昆明历史上根本就没有蔡锷将军故居，"得意居"甚至连文物保护单位都不是——它不过是20年前的仿古建筑。2019年，西山区文物管理所还对"得意居"以文物名义进行虚假宣传进行过警告。

昆明历史上没有蔡锷故居，但确有蔡锷旧居。

据余斌在《西南联大·昆明记忆》中介绍西南联大教授沈从文在昆明的活动时，谈及其居所，就曾多次提到是"蔡锷旧居"。地点位于北门街45号。

该书《在昆明寻访名人旧居》一文中，余教授说："北门街45号，那里是蔡锷寓所，唐继尧公馆对面，从小晒台上可以望见北城门上'望京楼'的匾额。……黄毓成将军的哲嗣黄清先生……是我读昆一中时的老师。1995年领我去北门街实地考察，指认蔡锷寓所，原来在北门街与丁字坡的夹角内。沈从文一家住过蔡锷寓所。"

在《沈从文为什么有自卑感》一文中，又提到蔡锷旧居一事。该书第55页有张民居一角的照片，其文字说明是："北门街45号蔡锷旧居。抗战时期，作家沈从文一家及姨妹张充和，联大教授杨振声一家，都住在这里。"

由此看来，北门街45号是蔡锷旧居应是肯定的。只是蔡锷住昆时间有两段（1911—1913、1915—1916），不知此屋是他在哪一段时间住过，或是两段时间都在此住。待考。

蔡锷北门街45号旧居，在昆明城市建设大改造中与北门街及青云街之间的很多民居均被拆除。

蔡锷（1882—1916），原名艮寅，字松坡，湖南邵阳人。著名政治家、军事家、民主革命家。

年轻时，就读于长沙时务学堂，师从梁启超、谭嗣同。后赴上海南洋公学（今上海交大和西安交大前身）学习。1899年赴日本留学，先后就读于东京大同高等学校、横滨东亚商业学校，以及东京陆军士官学校。1904

年回国后，先后在湖南、广西、云南等省教练新军。

1911年初，应云贵总督李经羲聘请，从广西到云南担任新军第19镇第37协协统。蔡锷到云南后，干了两件大事。一是1911年10月30日（农历九月初九）响应武昌起义，与云南革命党人李根源等领导和发动了"重九"起义，推翻了清王朝在云南的统治。在辛亥"重九"起义中，蔡锷被推为临时革命军总司令，起义胜利建立云南军都督府时，任都督。1913年，蔡锷被袁世凯调往北京任职。二是1915年12月25日，与唐继尧、李烈钧等在云南首先发动和领导了"护国战争"，迫使袁世凯取消帝制，维护了共和。

1916年，蔡锷赴日本治疗喉癌，病逝于日本福冈。享年34岁。1917年，魂归故里，葬于长沙岳麓山。北洋政府为其举行了国葬。

唐继尧旧居

原为北门街51号，现为北门街66号。

始建于民国初年，称"唐公馆"。坊间还有多种叫法，如"唐家花园"、"北门花园"、"唐园"、"梅园别墅"、"红楼"等等。面积很大，《文物五华》称占地2629平方米。分为主建筑、辅建筑、水池、假山、花园，还有唐家戏院等几部分。

据相关资料和有关人士回忆，唐公馆很大、很漂亮，是当时昆明园林花园豪宅之首。如状元袁嘉谷就曾写道："昆明园林，至大以唐公所有为第一，至小以我所有为第一，丰俭顿殊，均不失位为第一。"袁嘉谷旧居在翠湖边上，今日看来不算"很小"，可袁说把它与唐公馆相比，为最小，由此可见唐公馆规模之大。大体上说来，其范围应包括今日的北门街66号三十中教工宿舍，圆通山公园孔雀园，省歌舞剧院后院，以及唐坟等地。今省歌舞剧院后院，就是原唐家戏院。

关于唐公馆，综合相关资料，大概情况是这样的。

北门街的地势北高南低，公馆大门在北边的高坎上，显得雄伟、气派。

那是一道牌坊式的石雕建筑，共有4柱3门。门头的横牌上，塑有金光灿灿的"唐公馆"三个大字。顶为一等腰三角形，中为顶尖，有点希腊式建筑风格味道。大门两侧的石柱上，各雕有石狮一头，这又是典型的中式建筑风格。因而，这唐公馆大门，亦可算是中西合璧的建筑物吧。

入门后，是个大花园。在硕大的花园里，有一个宽广的水池。池中伫立着两个瓷质西洋女人像，其中一人手抱花瓶，瓶中不断有水注入池内。当时的昆明，刚刚流行喷泉，唐公馆的这个喷泉，也算是当时昆明的一大稀罕物。水池里还有座假山。水池周边是精美的石栏杆，栏杆上的石狮美轮美奂，栏杆下部的每块石板上都刻有诗词书画。

大花园之中，主楼是一座中西结合的"走马转角楼"，木结构建筑。这主建筑呈"山"字形，坐北朝南，正房面阔3间，进深3间，厢房面阔5间，进深两间，各房之间有廊楼相连。

主楼临水池这面，唐继尧设计了一个大花厅，用来欣赏花园美景。主楼居中，两侧有东、西厢房；厢房与主楼之间，楼上楼下均有长廊相连。

俊园·翠明园走廊顶上的原唐公馆大门

房内处处精雕细刻，很有特色。房内的楼板很薄，大约只有1厘米左右，但地板下的木杵密集。在这样的房子里走动，这边稍有点响动，那边都能听到。据说，这种设计是为了防刺客。这些木板质地优良，经几十年风雨，都既不变形，也未被虫蛀。

唐继尧收藏颇丰的书房，也建在花园里。这屋里藏书很多。后来，这书房变成了"东陆图书馆"，聘请袁嘉谷做馆长。

大花园里到处鲜花盛开，芳草茵茵，梅花特别多。一些建筑物的墙壁，被粉刷为土红色。因而，唐公馆又被人们称之为"梅园别墅"或"红楼"。

在大花园的西北边，今云南歌舞剧院后院一带，唐公馆内还建有一个戏院。供唐继尧一家和客人们观看戏剧演出。抗日战争时，西南联大的一些老师就曾寄宿在其戏台上。

1925年以后，唐继尧因政事繁忙，一度迁往五华山。这期间，唐公馆曾每周六开放，任人参观。公馆大门白昼敞开，听凭市民入内游赏。人们可以在园中自由徜徉，亦可到客厅息足。只是书房和卧室不能进入，但也窗户大开，让游客在室外观看室内陈设。

1927年失势后，唐继尧又由五华山回到唐公馆居住。同年5月23日，唐继尧病逝于唐公馆，并葬于其后花园。

抗日战争时期，中共南方局先后派周新民、华岗来昆做统战工作，并帮助建立云南民盟支部。1943年12月，成立"西南文化研究会"，以轮流请客吃饭的名义秘密集会、讨论时局。经唐继尧之子唐筱蓂认可，活动地点，就设在唐公馆。其成员有云大的华岗、周新民、楚图南、潘大逵、尚钺，西南联大的罗隆基、潘光旦、曾昭抡、闻一多、闻家驷、吴晗、费孝通等教授。此后，唐公馆曾开过医院，做过美国领事馆。1948年，唐筱蓂由香港回昆，把公馆卖给了保山人舒子连。

新中国成立后，1950年时，云南边防公安局的办公室设在唐公馆内。后来，唐公馆又成了云南省轻工业厅的幼儿园，还办过公司。

1960年前后，省委将唐公馆给了三十中。学校将教工宿舍、音乐教室、图书馆都搬了进来。从此，唐公馆的一部分成了昆三十中的地产。

1987年，三十中拆除了唐公馆内的部分建筑，建盖了32套教工住房。至此，公馆面目全非，仅剩下大门、侧门和"红楼"。1996年，三十中又盖了一栋楼房，曾经是昆明园林豪宅之首的唐公馆不见了。20世纪60年代，拆下来的那些水池周围的各种精美石雕，如石狮、须弥座等，曾堆放在三十中一个无人问津的角落里，上面落满了枯叶。

20世纪90年代，北门街扩路，唐公馆大门也被拆除保存。

唐公馆的其他部分，划归圆通公园。1981年7月，为了扩建茶花园，将园内两层木结构的"红楼"拆除。1998年5月至1999年1月，为了迎接世界园艺博览会在昆明举办，公园在原茶花园的基础上，建成了占地面积1.4公顷的孔雀园。原来唐家花园中的戏院，后来也变成了云南省歌舞剧院的一部分。

至此，唐公馆除了原后花园的"唐坟"外，便什么都没有了。

所幸的是，某房地产商将唐公馆大门的石柱和门牌一起收购下来，在由青云街通往北门街的山坡上，留下一段宽宽的走廊，并将"唐公馆"大门重建于走廊尽头，即坡顶的北门街南边。当人们走到北门街中段，就能看到"唐公馆"大门的原样。所不同的是"大门"已经不在原址，但总算保留了一点点"唐公馆"的遗物，目前，这个走廊成了停车场。

唐继尧（1883—1927），又名荣昌，字蓂赓，云南会泽人。中国近代政治家、军事家，滇军创始人与领导者、滇系军阀首领。曾任云南都督、护国军云南督军兼省长、滇川黔鄂豫陕湘闽八省联军总司令、护法军总裁之一、云南省省长等职。

年轻时留学日本，就读于东京振武学校和陆军士官学校，并参加同盟会，开展反清活动。学成回国后，在云南陆军讲武堂任教官，并在云南新军中任职（管带），从事革命活动。1911年参加蔡锷、李根源等领导的云南"重九"起义，推翻了清王朝在云南的统治。1913年，蔡锷奉调进京后，唐继尧继蔡锷出任云南都督（省长）。

唐继尧治滇14年，做了几件大事：一是1915年12月25日，联合蔡锷、李烈钧等发动了护国首义，迫使袁世凯取消帝制，再造共和。二是兴办教育，创办东陆大学（云南大学前身）。三是筹办市政，发展实业。这些事利民兴滇，为云南的近代化事业作出了很大的贡献，功不可没。

但随着时代的发展和中国历史的演变，唐继尧与中国各地的"山大王"们，如张作霖、阎锡山、陈炯明等一样，由革命者蜕变为地方军阀。唐继尧成为滇系军阀首领后，为了实现其"东大陆主人"的意愿，在军阀混战中，为了争地盘，穷兵黩武，连年征战；

青云街俊园

加之生活奢靡，用人不当，处事不公等，导致省库空虚、税收加重，民心不满，部属离心离德。在护法运动中，与北洋军阀勾连，排斥孙中山，被孙中山斥之为"南与北如一丘之貉"。其部属于1921年、1927年先后两次发动兵变，赶他下台。并在后一次兵变（"二六"政变）中，让他失去了在云南的治权。

1927年5月，唐继尧病逝于昆明唐公馆，享年44岁。

1935年，国民政府感念唐继尧护国之功，明令褒扬。于1936年对唐继尧举行"国葬"，重建"唐坟"，补行仪式。同时，在昆明大观公园中竖立唐继尧骑马戎装铜像一尊，以兹纪念。唐继尧铜像在1958年大战钢铁中被拆除，去向不明。"唐坟"在"文革"中几乎被毁，幸得周恩来总理指示加以保护，才能保存至今。

唐继尧、蔡锷、李烈钧被称为"护国三杰"。

1987年，云南省人民政府公布唐继尧墓为省级文物保护单位。

李公朴旧居

北门街 68–70 号，北门书屋。

这是建于民国初年的一幢两层砖木结构建筑物。1942 年底至 1946 年 7 月，著名学者、民主人士，中国民主同盟领导人之一李公朴，曾在此建北门书屋并居住。楼上是李公朴一家的住房，楼下是书店。

此屋本是大理盐商李琢庵所建的商铺。

1941 年，李公朴至昆，1942 年以开办书店为名开展工作。1942 年 12 月，昆明商会会长李琢庵主动捐出北门街商铺一间给李公朴做书店并居住。

1944 年，李公朴、张光年、闻一多、楚图南、曾昭抡、朱自清、吴晗、赵枫等，又在北门书屋对面租了一间屋，开办"北门出版社"。

北门书屋和北门出版社，出版出售了大批进步书刊，还秘密印刷了毛泽东的《论联合政府》、朱德的《论解放区战场》等，在群众中传阅，为培养民主进步青年和中国的民族解放事业做出了应有的贡献。许多进步民主人士还常在北门书屋聚会，因而有"民主之家"之誉。

1961 年 11 月，昆明市人民政府公布北门书屋为市级重点文物保护单位。

目前，北门书屋原址已改为经营性场所。

李公朴（1902—1946），原名永祥，号仆如，又号晋祥，江苏淮安人。学者，著名民主战士，民主同盟领导，杰出的社会活动家、教育家。

年轻时，先就读于上海沪江大学，后留学美国俄勒冈州雷德大学。学成回国后，在上海创办读书生活出版社，出

李公朴旧居–北门书屋，今为广益饭店

版了许多进步书籍，宣传抗日救国。全国各界救国联合会成立后，被选为负责人之一。在1936年的著名"七君子事件"中，被国民党当局逮捕入狱。经宋庆龄、何香疑等营救，被无罪释放，仍积极投身抗日民主运动。1938年11月赴延安，拜会了中共中央领导人毛泽东等。之后，赴晋察冀边区进行抗战教育工作，并撰写了《华北敌后——晋察冀》一书，客观地宣传共产党、八路军。

1941年皖南事变后，由北平最前线转入昆明大后方。

1942年，创办北门书屋；1944年，创办北门出版社，出版发行进步书刊，宣传抗日救国，以及反内战、争民主；并任中国民主同盟中央执委兼教育委员会副主委、中国人民救国会中央委员，为中华民族的解放事业做出了巨大贡献。这也引起了国民党反动派的仇恨和迫害。在1946年2月的重庆"较场口事件"中，被国民党特务打伤住院。1946年7月11日傍晚，在昆明大兴坡旁的小歪坡遭国民党特务暗杀，受重伤后送往云大医院抢救。次日因伤重不幸逝世。享年44岁。

龙云旧居

作为"云南王"的龙云，在昆明有多处旧居。众所周知的有威远街龙公馆，太和街（今北京路中段）"震庄"，玉案山脚、海源寺旁的"灵源别墅"。但这些都是龙云执政滇省，成为"云南王"后所建的居所，并不是他执政前的住宅。那么，他早期的旧居在哪里呢？

翠湖东路15号：这里是龙云担任唐继尧侍从副官和军长时的住宅，建于20世纪20年代。在1927年"二·六"政变倒唐后，四镇守使争权，龙云曾在此住宅被胡若愚麾下将领王洁修下令开炮轰击，不仅住宅毁坏，还使龙云左眼受伤致残，并被关进铁笼。

此住宅可以说是龙云的"伤心地"。

新中国成立后，这里成为省政府办公厅宿舍。

威远街"龙公馆"：龙云执政滇省后，或许忌讳曾遭磨难的翠湖东路住宅，遂生搬迁念头。经风水先生勘察后，认为威远街财神庙这个地段风水很好，便拆庙建馆。从而有了威远街 166 号"龙公馆"。后来，财神巷亦改名为财盛巷。

此公馆占地面积约三亩（约 2000 平方米）。大门为三开间的两重檐牌楼式建筑。整个公馆是座共有前后三个院的"三坊一照壁""走马转角楼"式豪宅。总体三进院落，其中有大小院落 10 处之多，房间约 200 多间，院内还有可饮用水井 5 口。院内的建筑都是青砖青瓦的两层大房。门窗、门洞采用西式拱券，窗洞高大，窗棂隔扇都用玻璃，有的还装有百叶窗，室内采光良好。正房庭楼隔扇门窗，均为中西合璧结构，整体风格显得十分大气而又质朴。

据说，当年的龙公馆穿堂过廊，都有卫兵护卫，大气之中又显威严。

这三进院落的威远街 166 号龙公馆，分为前后两大院。前院高大气派，是省主席龙云招待宾客，处理往来公务的场所。后院静怡隐蔽，是龙云及其家人的居所。抗日战争时期，龙云将前院让给了西南联大常委蒋梦麟（北大校长）居住，并做北大驻昆办公处用，还提供了一辆福特牌轿车供蒋使用。

威远街 166 号龙公馆中，曾挂有许多楹联和匾额。前院一楼正中挂有"钺帷具美"四字的巨大匾额，大厅柱上的对联曰："大厦新成，喜翠海波平，昆华龙腾；重楼远眺，看西山雨霁，南浦云飞。"

龙云常住此公馆，直至 1945 年"十月兵变"，蒋介石将其"调"至重庆为止，但其家人一直住到 1950 年。

新中国成立后，此馆归公，分给诸多市民居住，成了大杂院。

在 20 世纪末的改革开放大潮中，于 21 世纪初时，威远街龙公馆被开发商收购，建起了一幢二十几层高的大楼，成为商住楼和商店。

"震庄"龙公馆：1936 年，"云南王"龙云看中了昆明老城外东边太和街上闲置的德国驻昆办事处（一说"领事馆"），便将其买断，修建成自己的私家花园别墅。

它由内外两个院落组成。外院是一组毗邻太和街（今北京路）的 7 栋中式小楼，以及水上餐厅、亭榭。内院的核心建筑是"乾楼"，其周边的建筑群犹如一幅八卦图。内外院之间是个大花园，绿树成荫，鲜花满园。

新中国成立后，"震庄"成为云南省人民政府接待来访的外国元首和国家领导人下榻的高级宾馆。

灵源别墅：位于昆明西郊玉案山下海源寺旁。始建于 1933 年，原占地 1.1 万平方米，现仅存主体建筑千余平方米。

主体是一个四合五天井的四合院建筑，由主院和 4 个副院构成。每个天井旁都有厢房，供人居住。过正门穿过主天井，就是当年龙云的会议室、会客室和居室，叫作"燕喜堂"。

其他的建筑因年久失修，均已破败坍塌，或变为农田。

原来的灵源别墅是龙云的郊外住宅。20 世纪 30 年代，蒋介石来昆时，曾在此住过。

现在的"灵源别墅"小之又小，并破败不堪。前些年，著名青年书法家、灵源国学馆馆长马晓鸿投入 400 多万元对其水、电、路、墙壁、地面、廊柱、门窗、屋顶等设施，作了修葺，使之焕然一新，并将之开辟为国学馆。这是昆明市引入民间资本，保护名人旧居的一种全新尝试。

龙云（1884—1962），原名登云，字志舟，彝族，彝名纳吉岬岬，云南昭通人。中国近现代政治家、军事家，滇军高级将领，国民革命军二级上将，云南省国民政府主席。

1914 年，毕业于云南陆军讲武堂，武艺高强，任云南都督唐继尧侍从副官。后来，先后任滇军第一军、第五军军长，兼滇中（昆明）镇守使等职。因对唐继尧统治不满，于 1927 年联合胡若愚、张汝骥、李选廷四镇守使，发动了"二六"政变，逼迫唐继尧下台。之后，在四镇守使争权斗争中，龙云先败后胜。1928 年，南京国民政府任命龙云为云南省政府主席，成为"云南王"。

从 1928 年至 1945 年，龙云治滇 18 年。

他主政时期，提出建设新云南的目标，从政治、军事、经济、文化、教育诸方面，实行了一系列的整顿和改革，推动了云南经济的发展。1935至 1936 年间，奉蒋介石之命，派兵追击长征途经云南的中国工农红军。抗日战争时期，派出滇军赴华北前线抗日，沉重打击了日军；将云南作为全国抗战的大后方，接纳沦陷区的工厂企业、机关单位、大中学校入滇共渡时艰，支持并保护西南联大师生；修筑滇缅、中印公路，开辟"驼峰航线"，保证全国唯一国际交通线的畅通；支持远征军赴缅作战。

抗战胜利后，在 1945 年的"十月兵变"中，被蒋介石武装逼迫下台，并扣留于重庆、南京。

1948 年 12 月 8 日，在陈纳德的帮助下逃往香港，公开宣布反蒋，并力促卢汉等发动云南起义。

新中国成立后，任中央人民政府委员、人民革命军事委员会委员，西南军政委员会委员、副主席，西南行政委员会副主席，第二、三届全国政协常委，民革中央委员、常委、副主席等职。1957 年春，被错划为右派。1959 年，复任全国政协常委。1980 年，中共中央为其平反，恢复名誉。

1962 年 6 月 27 日，病故于北京，享年 78 岁。

翠湖南边的名人故（旧）居

这一片区指的是翠湖南路以南，人民中路西段（原武成路）以北，圆通街以西，东风西路以东这一地区。因昆明古城在翠湖的南面，所以翠湖南路以南的地区将延伸到古城中。其主要街道涉及翠湖南路、圆通街、华山西路、水晶宫诸巷、华山南路、人民中路西段，青莲街、黄公东街、铁局路、景虹街、中和巷、洪化桥，以及东风西路，甚至甬道街等街道。这一地区的名人故（旧）居，有卢汉公馆、朱德旧居、孙髯旧居、张冲旧居、陆崇仁公馆、顾品珍故居、胡志明旧居、赵藩旧居、苏鸿纲旧居、姚贞白故居，以及聂耳故居等。

先讲讲曾在水晶宫居住过的孙髯、朱德、张冲的旧居。

孙髯旧居

孙髯祖籍陕西三原，因其父清朝时赴滇任武官，幼年的他随父至昆，居住于城北。

孙髯因大观楼长联而闻名天下后，人们为了纪念他，便将他曾居住过的水晶宫内的两条大小巷，分别取名为"大梅园巷"和"小梅园巷"。因为孙髯曾在水晶宫住地，自称为"万树梅花一布衣"。

孙髯具体寓居过水晶宫内的何地何屋，因年代久远，又无记载，故无法确定。

孙髯（1711—1773），字髯翁，号颐庵、万树梅花一布衣、蛟台老人。陕西三原人。清代学者，古滇名士。

年幼时，随任武官的父亲寓居昆明。自幼聪颖好学，学识渊博。因反对科举考试入场时的搜身制度而拒考，成为民间学者。年轻时，与昆明名士钱南园、李因培，以及育才书院山长（院长）苗漪等常往来酬唱。在文禁森严的清代雍乾之际，写成了留芳千古的"大观楼长联"而名扬天下。此长联被誉称为"天下第一长联""古今第一联""海内外长联第一佳者"等等。

晚年生活贫困，在昆明圆通山脚下圆通寺旁的咒蛟台以卜卦为生。自号"蛟台老人"。有一女儿，远嫁今红河州弥勒市。

1771年，孙髯与老伴由昆明去投靠出嫁至弥勒州三道桥的女儿。并应苏氏之邀，在弥勒县城授徒，门墙桃李，一时称盛。

1773年，病逝后葬于县城西郊苗氏祖茔。享年62岁。

清末，弥勒知州胡国瑞重修髯翁墓，并为之撰墓志铭。1914年，弥勒县县长杨杰，为其立"古滇名士孙髯翁之墓"石碑，名士王运谦撰碑联："古冢城西留傲骨，名士滇南有布衣"。1937年，弥勒县县长杜希贤重修其墓。1958年"大跃进"中，其墓碑被盗走。1978年党的十一届三中全会后，提倡尊师重贤，重视文物保护，髯翁墓得以修复。现列为云南省文物保护单位。

孙髯翁墓葬所在的弥勒县城西郊，今已成为弥勒市西大街。

髯翁生活虽苦，诗作不少，有《永言堂诗文集》《金沙诗草》等诗集。现仅存《孙髯翁残抄本》和《滇南诗略》中收录的十二首。

朱德旧居·朱德旧居纪念馆

朱德在华山西路的旧居有两处，分别是红花巷4号和小梅园巷3号。现已将其连为一体，称"朱德旧居纪念馆"，小梅园巷3号为上院，红花巷4号为下院，两院之间有石级相连。

红花巷4号，坐北朝南，中式建筑。小四合院，有门房、正房、东西两厢房、天井。西厢房是书房，东厢房是客厅；正房是堂屋，左右为亲属卧室。正房二层，厢房、门房均为一层。门房西边是卫兵室和厨房，东边是卫兵室和杂物间。

小院的东边，有石梯连接小梅园巷3号。石梯左侧有小平房一间。

小梅园巷3号，位于红花巷4号的东北边，地势较高。一排两层楼的建筑物，楼前、楼后有花园，楼后的花园中还有一小假山，楼前的小广场上设有两道门，将楼房一分为三，形成三部分。第一部分楼上楼下各四间；第二部分，也是两层各四间，但是两大两小。这两部分现为展厅，以往当是起居室、会议室、会客室。第三部分，当是后门，有门卫和卫生间。整排建筑共有14个大小房间。

"4号院庄重朴素，自带一股雅正之气；3号院活泼玲珑，花木山石错落有致，玲珑秀丽"——展馆介绍如是说。

小梅园巷3号，现为"朱德旧居纪念馆"展厅。

朱德旧居是1921至1922年，朱德任云南陆军宪兵司令部司令，云南省警务处处长兼云南省会警察厅厅长时的居所。朱德先寄住红花巷4号，后建盖了小梅园巷3号。小梅园3号院，是朱德一生中唯一自建的住房。他将3号院命名为"洁园"，是其洁身自重信念的表示。

1922 年，朱德离开云南，委托挚友李云谷代管其旧居。解放后，又委托李将旧居交给人民政府。

朱德（1886—1976），原名朱代珍、曾用名朱建德，字玉阶，四川仪陇人。伟大的马克思主义者，伟大的无产阶级革命家、政治家、军事家、中国人民解放军缔造者之一，中华人民共和国开国元勋。是以毛泽东同志为核心的党的第一代中央领导集体的重要成员。

出身于佃农家庭，1909 至 1911 年，就读于云南陆军讲武堂，学业优秀，与朱培德一道被称为讲武堂的"模范二朱"。加入同盟会，参加过云南"重九起义""护国战争"和"护法战争"。在护国战争的四川棉花坡战役中，战功显著，一跃为"滇军名将"。1921 年，任云南陆军宪兵司令部司令官，云南省警务处处长和云南省警务处长兼省会警察厅厅长。

在俄国十月革命和五四运动影响下，接受马克思主义。1922 年为追求革命真理，远赴德国留学考察。经张申府、周恩来介绍，加入中国共产党。1925 年 7 月，到苏联学习军事，1926 年，回国参加北伐战争。1927 年，参加八一南昌起义；后发动湘南起义。1928 年 4 月，与陈毅一道率湘南起义军与毛泽东在井冈山会师，组建工农革命军（后改称红军）第四军，任军长。1930 年 8 月，红军一、二、三军团成立总司令部，任红军总司令。9 月，在中共中央六届三中全会上，被增选为候补中央委员。1931 年 11 月任中央革命军事委员会主席。在一、二、三、四次反围剿中，与毛泽东一

朱德旧居纪念馆（红花巷 4 号）

朱德旧居纪念馆（小梅园巷 3 号）

道，总结出"敌进我退，敌驻我扰，敌疲我打，敌退我追"的十六字诀，以之为指导方针，粉碎了敌人的围剿。1934年1月的中共六届五中全会上，朱德当选为中央政治局委员。第五次反围剿失利后，与毛泽东、周恩来等一道指挥红军长征，在遵义会议上支持毛泽东的正确主张。后又坚决反对张国焘另立中央，分裂党和红军的活动，促进红军三大主力会师陕北。

抗日战争时期，任国民革命军第八路军总指挥（后改为第18集团军总司令）；解放战争时期，任中国人民解放军总司令。与毛泽东、周恩来等一道，指挥中国伟大的抗日战争和解放战争，并取得了胜利。

新中国成立后，曾先后担任中央人民政府委员会副主席，中国人民解放军总司令，中国人民革命军事委员会副主席，中共中央纪律检查委员会书记，中华人民共和国副主席、国防委员会副主席、中央政治局常委、中共中央副主席、中央军委副主席，中华人民共和国元帅，全国人大常务委员会委员长等职。

1976年7月6日，在北京逝世。享年90岁。

张冲旧居

张冲仕途生涯的起点，是从云南省会昆明开始的。从20世纪20年代至昆，到1978年迁居北京，他在昆明的生活居所，可分为两个阶段。

第一阶段：1923—1946年。

旧居一：张冲至昆原住屋失火后，卢汉将翠湖边法国领事馆旁的一幢小屋和一块闲置地赠送给张冲。张冲将全家由泸西老家迁来昆明，这里是张冲在昆明的早期居所。云南解放后，因要在此地修建省政府接待处和翠湖宾馆，张冲将其献给政府。

1947—1950年，张冲奔赴革命圣地延安，参加革命。后又赴东北。

第二阶段：1950—1978年。

旧居二：翠湖东路6号，省民委宿舍。原是龙云长子龙绳武的公馆。

旧居三：连云巷 8 号，副省级领导别墅。

连云巷 1 至 10 号，当时住有多位副省长，如吴作民、郭超等。后因建连云宾馆而搬迁。

旧居四：五华山正大门旁（华山南路）省级干部宿舍（别墅）。后拆除。

旧居五："文革"期间，张冲副省长主动由省级干部别墅迁居大梅园巷 6 号厅级干部宿舍。

1978 年，张冲当选全国政协副主席，与部分家人迁往北京，离开了大梅园巷。（本资料由张冲子女张迅、张兵提供）

张冲（1901—1980），原名绍禹，又名维新，字云鹏，云南弥勒（原泸西）人，彝族。著名少数民族政治家、军事家。

年轻时，是滇东南闻名的好汉，活跃于平彝（富源）、罗平、师宗、泸西、陆良、丘北、弥勒一带。提出"打倒贪污官吏、土豪劣绅""保护工农商，救济贫穷"的口号，主张爱民、爱国、反帝，受到当地民众拥护。

1923 年左右，接受云南军都督府改编，招收为"省军"，任支队长。尔后，成为滇军著名将领，历任旅长、师长、军长。1931 年后兼任云南盐运使对盐政进行改革，尤其是实施"移卤就煤"工程，解决了云南盐业危机，为民造福。抗日战争中，率 60 军 184 师在台儿庄重创日军，打出了滇军威风，成为抗日名将。后因有人把崇阳失利的责任推给张冲，并向蒋介石密告张冲"通共"，被蒋介石下令"枪决"。但因各方面反应强烈，又经龙云、卢汉等求情，以及周恩来干预，改为"撤职留任"，调回云南软禁。1940 年后，积极投身家乡水利事业和文教事业建设，兴修弥勒等水库，兴办了路南圭山小学（今石林民族中学前身）、泸西师范学校、弥勒西山学校、泸西图书馆等。

解放战争中，张冲坚决反对蒋介石发动内战，支持民主运动，被国民党特务监视。1946 年借参加伪"国大"之机，在中共地下党帮助下，期间奔赴延安，并加入了中国共产党。之后，被党中央派往东北，任东北人民解放军总部高级参议、松江省人民政府副主席等职，策动在东北打内战的滇军起义，建立东北根据地。

新中国成立后，被任命为中央民族事务委员会委员、云南省人民政府副主席兼省民委副主任，后改为副省长兼省民委主任，又兼任西南军政委员会委员、西南民委副主任、凉山临时军政委员会主席等职。1954 年后，当选为一至五届全国人大代表，中共云南省委委员。1978 年 2 月，任全国政协副主席。

1980 年 10 月 30 日病逝于北京，享年 80 岁。

介绍完华山西路的三位名人旧居，下面说说翠湖南路及其南边更远一点的几位名人旧（故）居。

卢汉公馆·云南起义纪念馆

翠湖南路 4 号。

卢汉公馆分为老、新公馆两部分。此外，还有花园（树林、草地、花丛）、水塔、水池和围墙。占地面积 6204 平方米，总建筑面积约 1382 平方米。这既是卢汉早年的居所，也是卢汉主政云南 5 年（1946—1950）的生活和办公之地。

老公馆建于 1933 年。这是一幢法式别墅，两层楼房，外呈黄墙红瓦，配之以灰色边框线条，砖墙、木屋架，部分钢筋混凝土结构，陡坡硬山平瓦屋顶，侧面皆为正三角形；窗体十分讲究几何构图，东西侧为三面体立面凸窗；整体显得和谐美观、大方简洁明快而富有变化。室内装修典雅端庄，起居室设有壁炉，二楼主次卧室、客厅、书房，皆有落地式门窗，并与阳台相通。

新公馆建于 1945 年。这是一幢苏式两层楼建筑。新公馆原大门开在青莲街，内部则与老公馆相通。据说，新公馆是拆毁学士巷的清代著名书画家钱南园的祠堂而建筑的。

1949 年 12 月 9 日晚，卢汉以召开重要军事会议为名，在老公馆内扣押了李弥（第 8 军军长）、余程万（第 26 军军长）、沈醉（军统头子）等人；在新公馆扣留了国民党西南长官公署长官张群。午夜，卢汉至五华山宣布起义，率部脱离国民党阵营，归向人民民主阵营，听候中央人民政府命令。

由于有这层历史渊源，2019 年 7 月 1 日将原卢汉公馆开辟为云南起义纪念馆，正式对外开放。

一楼展厅进门通道顶端，有卢汉半身塑像，两侧有卢汉简介、卢公馆简介。展出了张群、李弥、余程万、沈醉、沈廷世、李楚藩、童岑、石补天等国民党将领的照片，以及被扣留时的塑像场景，还有中共昆明市委书记陈盛年简介等。另一展厅，用照片、电告、命令、布告等原件，展示了卢汉当时率领部将、官员进行惊心动魄的云南昆明起义时的情况。

二楼展厅展出起义时在五华山升起的第一面五星红旗原件。在卢汉卧室内，展出卢汉以病假闭门谢客，由杨文清代省主席职，实际上在家召集部属，暗中安排起义的实况（照片、塑像）。书房内则详细介绍了卢汉生平。

卢汉（1895—1974），原名邦汉，字永衡，云南昭通人，彝族。政治家、军事家，滇军名将，云南省国民政府主席。著名抗日爱国将领，国民革命军二级上将。

云南陆军讲武堂毕业后，历任滇军排、连、营、团、师长，云南省政府财政厅厅长。抗日战争时期，任陆军 60 军军长，第 30 军团长，第一集

卢公馆·云南起义纪念馆

云南起义纪念馆内扣押国民党军政要人的场景（雕塑）

团军副总司令、总司令，第一方面军司令官等职。1938 年 4 月，在台儿庄战役中，指挥 60 军重创日军矶谷师团。武汉保卫战后，1940 年 9 月，奉调回云南任滇南作战军总司令兼第一集团军司令，在滇越铁路以东以西布防，阻止日军进犯云南。1945 年日本投降后，卢汉奉命率部赴越南河内受降。同年 12 月，接替龙云任云南省国民政府主席。1949 年 12 月 9 日，组织领导了昆明起义。

新中国成立后，任云南省军政委员会主任，西南军政委员会委员、副主席，国家体委副主任，全国人大代表大会常务委员会委员（二、三届），全国政协常委（二、三、四届）。

1974 年 5 月病逝于北京，享年 79 岁。

陆崇仁公馆·云南解放纪念馆

翠湖南路 65 号。

建于 1939 至 1940 年，原为时任云南省财政厅厅长陆崇仁的私宅。

陆崇仁公馆由三部分组成：主体建筑——一幢中西合璧的别墅，花园和西南二层副楼。总占地面积为 3800 余平方米。大门开在西边，进门的右边是两层楼的附楼，左边靠翠湖处是主体建筑别墅，两者之间是个大花园，花园中央有一走廊横贯其中。四周有围墙护卫，翠湖南路从其大门前分为

陆公馆·云南解放纪念馆大门

陆公馆·云南解放纪念馆主楼

南、北两道，将此公馆夹在其中，至翠湖宾馆再合二为一。院内古木参天，鲜花处处，宁静典雅，环境十分优美。

其主体建筑是一幢四面围合，中设天井的两层法式楼房（别墅），占地745平方米，建筑面积为1174平方米。砖木结构，平瓦坡顶。南部开门，西侧凸出半圆形客厅，窗户宽大、采光明亮。客厅顶上是个大露台。楼下楼上，装修都十分考究。此建筑自建成以来，曾进行过三次不同程度的修缮，因而保存完整。

南边的二层辅楼，不是原旧居建筑，是1950年昆明军管会入驻时所建的新房。建筑面积约1300平方米。

陆崇仁公馆，不仅与云南民国时期的历史密切相关，而且是云南解放初期中国人民解放军西南军区昆明市军事管制委员会驻地，也是陈赓、宋任穷两位首长的居住地。1957年3月下旬，周恩来总理和缅甸吴努总理在昆明商谈中缅勘界问题期间，周恩来总理与元帅贺龙、薛明夫妇，亦曾在此居住过。

1983年以前，此宅院曾是云南省外事办办公室驻地。1985年以后，为省政府老干部活动中心。

2019年1月17日，被昆明市人民政府公布为市级文物保护单位。经协商，将省政府老干活动中心迁往附近的五华区教育局（原赵公祠），将原陆崇仁公馆开辟为"云南解放纪念馆"，于2019年5月对外开放。

云南解放纪念馆分为主楼展厅和辅楼展厅两部分。

主楼展厅一楼，用文字、照片、实物等形式介绍了云南解放和云南省各级人民政府成立的过程。

二楼保留周恩来的卧室、会议室和宋任穷、陈赓的会议室、卧室原貌。

辅楼展厅分若干展室，介绍了为解决干部缺乏，在上海、南京、江苏、山东、安徽等大中城市招收进步青年学生，组建以革命老区干部为骨干，以大批热血青年、知识分子为主体的"中国人民解放军西南服务团"，行8000里征程到云南，接管政权、稳定民生、开展建设、剿匪等工作的情况。

辅楼展厅还设有"翠湖博物馆群有声地图""五华区图书馆红色书屋"等。

陆崇仁（1887—1951），号子安，云南昭通巧家人，彝族。民国初年，毕业于云南政法学校。龙云时代，任云南省政府财政厅厅长，掌理云南财政14年。

1945年"十月兵变"中，蒋介石逼龙云下台，陆崇仁也被迫下台，并与龙云一道被软禁于重庆。后移居上海、香港。

1951年，在香港病逝，享年64岁。

苏鸿纲旧居

登华街一丘田13号。

这是一个独立的院子，四周有围墙，内有三座建筑物，即正房、小楼和耳房。此外，还有小花园、后花园和庭院。大门开在面向登华街的西方小楼下，入门后正房的走廊叫"游春"。过走廊，进入庭院，庭院里有大水缸、盆花等装饰。庭院的南边是正房，正房南北向，为两层楼房，上下各3间，共6间。庭院的西侧是小楼，小楼东西向，也是两层，上下各2间，共4间，其中1间是大门及过道。两栋主建筑共有10间，两主建筑呈"⌐"形。正房的两侧有耳房，西边的耳房楼下是厨房，楼上是阁楼。东边的耳

苏鸿纲旧居（小楼）　　　　　　　今日一丘田13号

房是洗澡间。正房南边是后花园，后花园的侧面还有独立的卫生间。小楼旁边是小花园。花园里一年四季鲜花盛开，芳草茵茵，三角梅爬满屋角墙头，环境优美，很宜人居。只是年代久远了，房屋显得有些陈旧。

1980年代，在改革开放大潮中，古老的一丘田13号苏氏宅院被开发商收购，拆除后建成了昆明市医药公司6层住宅楼。（丁梅林提供的资料和照片）

苏鸿纲（1878—1956），字维三，昆明晋宁人，祖籍南京。民主爱国人士，教育家，社会活动家。清末秀才，年轻时就读于云南优级师范。毕业后，历任呈贡高等小学教员兼校长和昆明市省、县立部分小学教员。

1917年（一说1919年）邀约徐嘉瑞、李殿臣、李荫村、周仲宜、刘观海、赵荫梧、何作揖、武勉之等社会贤达共同发起筹建私立求实学校。1920年12月24日，正式开学上课。校址在文庙乡贤祠。先办小学、初中，后增办高中。1930年，求实学校迁至双塔寺侧大德山巷。1950年，昆明市人民政府接管求实中学，改名为昆明第10中学，学校由私立改为公办。求实学校存续30余年，苏任校长30余年，为发展昆明市基础教育作出了重大贡献，为国家培养了不少栋梁之才，如中华人民共和国国歌的作者聂耳就是当年求实学校的学生。

1946年，参加中国民主同盟，积极从事爱国民主运动。

新中国成立后，苏鸿纲历任云南省人民委员会委员，政协云南省委员会副主席，民主同盟云南省委员会主任委员。

1956年1月在昆明逝世，享年78岁。

苏鸿纲逝世后，葬于昆明西郊玉案山郊野公园内。其墓被昆明市五华区文物管理所编的《文物五华》列为"名人墓"。

顾品珍故居

原华山西路41号。

这是一座有上百年历史的老四合院。东、西、北三面是两层楼房，南面是照壁，中央是天井。此楼已有 120 多年历史，顾品珍曾长期居住此院。此四合院在建设道路交通中被拆除。

顾品珍（1883—1922），字筱斋，昆明人。近代军事家，政治家，滇军著名将领。

清末举人，1904 年留学日本东京振武学校，并加入同盟会。1908 年，学成回国任云南陆军讲武堂教官，朱德曾是其学生。曾参加云南"重九起义"和"护国首义"，并担任重要领导职务。历任滇军团长、师长、军长，以及云南讲武堂校长和北伐军滇军总司令等职。

1921 年 2 月，发动倒唐斗争，迫使唐继尧下野，逃亡香港。在部分滇军将领支持下，顾品珍出任滇军总司令，并接替周钟岳，出任云南省省长。

1922 年 3 月，唐继尧率部回滇夺权。在宜良天生桥鹅毛寨之战中，顾品珍阵亡。享年 39 岁。

顾品珍死后，葬于昆明市北郊龙泉山黑龙潭公园内。其墓被列为昆明市级文物保护单位。

赵藩旧居

五华山南麓的华山南路楚姚镇巷 27、28 号。

始建于清末，坐北朝南，中式土木结构。现仅存正房 5 间，倒座 3 间，其余早已改建。（资料来源《文物五华》）

赵藩，（生平见本书 42 页）

胡志明旧居

华山南路中段，当今门牌号为华山南路 91、93 号。占地面积 276 平方米，砖木结构三层楼房，面阔三间，顶为两面坡中式屋顶。楼房临街外立面为西式风格，楼上两层每间均为条形窗，第三层窗台底线连贯微凸，装饰简朴。

一楼为店铺。此楼为民国时期建筑物。

胡志明在昆明时期的居所是二楼东边的两间。抗日战争时期，胡志明曾多次来昆从事抗日救亡活动。每次到来，在此居住的时间，多则半年，少则两三个月。这里是胡志明在昆的主要居所。此外，他还在金碧路香油巷、崇善街、三节桥村（今新桥村）、太和街咖啡馆等处住宿过。

2011 年，胡志明旧居被列为市级文物保护单位。2918 年公布为云南省第八批省级文物保护单位。（资料来源：《文物五华》）

胡志明（1890—1969），又名阮爱国。越南劳动党和越南民主共和国领导人、缔造者。越南人民在他的领导下，取得了抗法、抗日、抗美斗争的伟大胜利，实现了国家的独立自由。他为越南人民的解放事业鞠躬尽瘁，深受越南人民爱戴。他也是中国人民的好朋友，与我国老一辈无产阶级革命家感情深厚。

抗法、抗日战争时期，胡志明在昆明工作，公开身份是昆明金碧路"南来盛"餐厅的面包师，化名阮爱国。

1969 年，逝世于越南河内。享年 79 岁。

姚贞白故居

原武成路（今人民中路西段）福寿巷 3 号。

依据余斌教授在《西南联大·昆明记忆③》一书中的表述，姚贞白故居原武成路福寿巷 3 号是一座大宅第，有前后两院，正屋、厢房皆为二层楼。宅院宽敞豁亮，天井里花木葱茏，有个石凿大鱼缸养鱼。是闹市中一座不错的居所。

抗日战争时期，闻一多一家曾居此宅前院。闻一多家人多，住楼上三间正房及一间厢房，弟闻家骆（联大外文系教授）住楼上另一厢房。闻家与姚家相处和睦，关系甚好。抗战末期，田汉夫妇曾居此宅后院。

后来，姚家大院，成了个大杂院。

1998 年改造武成路，姚家大院被拆除。（见该书 64—66 页）

姚贞白（1910—1979），昆明人，姚氏医家第五代传人。著名中医学家，云南四大名医之一。

姚贞白自幼习医，聪颖过人，苦读医经、子史典籍，尽得家学真谛。年轻时，游学大江南北，博采众长，1930年悬壶问世。在实践中，总结形成了"以阴阳气血为整体，以气机变化为辩证线索，因地、因人、因病治宜"为特点的姚氏医学流派，成为姚氏医家之集大成者，成为名医。他医术精湛，医德良好，老昆明人妇孺皆知。曾亲自授徒40余人，并创制了"姚氏资生丸""姚氏生精散""首乌延寿丹"等验方，还著有《巽园医话》《姚贞白医案》等著作传世。

新中国成立后，历任昆明市卫生局副局长、昆明市中医院院长，云南省中医学会副会长。历届省、市人大代表，第三届全国人大代表。

1979年，病逝于昆明。享年69岁。

聂耳故居·聂耳故居纪念馆

昆明市五华区甬道街73、74号。

始建于清光绪十年（1884）。原为穿斗结构两层民居建筑，面阔两间，进深两间。底层铺面为药房。1943年，云南省政府在原云贵总督署旧址修建云瑞公园时，对甬道街进行了改造。甬道街两侧的房屋被拆除，后移4至5米重建。重建后的甬道街两侧的房屋仍是两层，下面是店铺，楼上是居室。聂耳故居亦如此。2010年，之江房地产公司对聂耳故居进行了修复。2012年，将之建成"聂耳故居纪念馆"，对外开放。

聂耳故居的整体结构是三坊一照壁的小院，由正房（两层，楼上楼下各3间）、厢房（一层平房，南、北各一间）、天井和照壁组成。东西向，坐东朝西。大门开向西方，东边是照壁。

聂耳8岁时（1920年），举家迁至威远街菜市场13号，从而离开了甬道街。

开辟为纪念馆后，正房一楼三间中，中央的一间，是大门及过道。进门后，

聂耳故居

正对面是聂耳的半身巨幅照片。室内以图文资料介绍聂耳生平及其创作国歌的情况。

一楼北边的一间是"成春堂"药房。

一楼南边的一间是展室。

正房南、北均有楼梯可上二楼。正房二楼三间中靠北边的一间是聂耳父（聂鸿仪）母（彭寂宽）的卧室，亦是聂耳诞生处；其他的两间是展室。天井南、北侧的两间小厢房闲置，未作他用。

聂耳纪念馆以文字、照片、实物相结合的形式展示了聂耳短暂而伟大的一生。

聂耳（1912—1935），原名守信，字子义（紫艺），昆明人，祖籍玉溪。中共党员，人民音乐家，伟大的"国之歌者"。

1912年2月，生于昆明。在昆明县立师范附小读初小，私立求实小学读高小，云南省第一联合中学读初中，云南省立第一师范学校读高级部外国语组。1928年11月底至1929年4月，短暂参军，报名滇军范石生部16军，在湖南郴州、广东广州服兵役。该部队被遣散后，回昆明省立第一师范插入原班继续学习。1928年，秘密加入中国共产主义青年团，参加对反动派的斗争。

1930年，得悉聂耳有被捕危险信息后，组织上安排聂耳离开昆明，经越南海防、香港，至上海。初在云丰申庄打工，并参加上海中共地下党领导的进步群众组织——反帝大同盟。1931年4月，考进"明月歌剧社"，苦练小提琴。1932年，赴北平发展，未果。返回上海，进入联华影业公司一厂工作。

1933年，经田汉介绍，秘密加入中国共产党。1934年，在"百代唱片公司"工作时，聂耳进入创作的高潮时期，写了很多为大众呐喊的歌曲。1935年初，任联华影片公司二厂音乐部主任时，为田汉《风云儿女》主题歌《义勇军进行曲》作曲。聂耳的革命活动，引起国民党政府的关注及追捕。

为避免敌人追捕，党组织让聂耳离开上海，经日本赴欧洲和苏联考察、学习。1935年7月17日，年仅24岁的聂耳在日本藤泽市游泳时，不幸溺水身亡。好友张天虚等将其骨灰带回国，安葬于昆明西山公园。

由聂耳作曲、田汉作词的《义勇军进行曲》，在1949年中华人民共和国成立时，被中国人民政治协商会议第一届全体会议通过为中华人民共和国代国歌。1982年12月，全国人民代表大会将其正式定为国歌。2004年3月，又将这一决定写入《中华人民共和国宪法》。

《义勇军进行曲》是一首革命的战歌，是一首雄壮的伟大乐章。它激励着一代又一代的中华儿女，在战争年代去打鬼子，杀敌人；在革命胜利后，去排除万难，建设新中国；在改革开放富起来、强起来后，要居安思危，与时俱

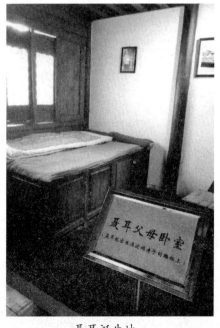

聂耳诞生地

不朽乐章

进，为中华民族的伟大复兴，为祖国的更加繁荣昌盛，去奋斗、奋斗、再奋斗！

　　翠湖周边的名人故（旧）居，不止上面所讲到的这些。据说，仓园巷有清光绪二十四年进士宋嘉俊的住宅；云南政军界人士张天放、龙泽汇、孙渡、金汉鼎、胡若愚、尹继勋、由云龙、白小松、陈国安、杜寒甫、陈价等在翠湖周边也有居所；刘文典、施家炀、刘崇鋐等学界人士，也曾住过一丘田；商界精英、南屏电影院老板刘淑清在翠湖边也有房屋；还有西南联大诸多教授，也散居于翠湖四周……但因目前笔者尚未搜集到相关资料，故未能将他们的故（旧）居写入本书，敬请读者和相关人士见谅。

主要参考书目

《后汉书》（晋）司马彪撰、（梁）刘昭注补，中华书局 1956 年 5 月第一版。

《元史》（明）宋濂等撰，中华书局 1976 年 4 月第一版。

《滇志》（明）刘文征撰，云南教育出版社 1991 年第一版。

《明史》（清）张廷玉等撰，中华书局 1974 年 4 月第一版。

《清史稿》赵尔巽等撰，中华书局 1977 年 8 月第一版。

《康熙 云南府志》（清）张毓碧修，谢俨等纂。王飞虎、年四国校注。昆明市地方志编纂委员会办公室编，云南民族出版社 2016 年 12 月第一版。

《道光 云南通志稿点校本》（清）阮元、王松、李诚等纂修，何新民等点校，云南美术出版社 2021 年 4 月第一版。

《道光昆明县志》（清）戴絅孙纂修。《中国地方志集成·云南府县志辑》，江苏古籍出版社、上海书店、巴蜀书社 1990 年 11 月第一版。

《民国昆明市志》（民国）张维翰修，章振藻纂。《中国地方志集成·云南府县志辑》，江苏古籍出版社、上海书店、巴蜀书社 1990 年 11 月第一版。

《新纂云南通志》（民国）周钟岳、秦光玉主持编纂。李春龙、牛鸿斌点校。云南人民出版社 2007 年 3 月第一版。

《昆明市志校注》（民国）云南昆明市政公所总务课编写。昆明市地方志编纂委员会办公室编，字应军校注。云南民族出版社 2011 年 7 月第一版。

《昆明市志》昆明市地方志编纂委员会办公室编。人民出版社 2003 年 10 月第一版。

《昆明市地名志》昆明市人民政府编，1986 年 12 月印，内部资料。

《昆明读本》昆明市政协编。云南人民出版社 2019 年 2 月第一版。

《昆明园林志》昆明市园林绿化局编纂，云南人民出版社 2002 年第一版。

《纪我所知集·云南掌故全本》，罗养儒撰，李春龙整理。云南人民出版社 2015 年 3 月第一版。

《西南联大》中共云南省委宣传部编，云南人民出版社 2018 年 12 月第一版。

《西南联大二十五讲》吴宝璋著，云南人民出版社 2016 年 8 月第一版。

《西南联大·昆明记忆》余斌著，云南民族出版社 2003 年 12 月第一版。

《五华区志》昆明市五华区地方志编纂委员会编，四川辞书出版社 1995 年 5 月第一版。

《文化昆明·五华》李劲、徐静主编，云南人民出版社 2020 年 3 月第一版。

《文物五华》昆明市五华区文物管理局编，云南民族出版社 2016 年 6 月第一版。

《昆明翠湖》昆明翠湖公园、都市时报编，云南人民出版社 2021 年 3 月第一版。

《重返老昆明》林泉编著，云南美术出版社 2002 年 10 月第一版。

《昆明古城旧话》刘亚朝著，云南大学出版社 2004 年 2 月第一版。

《我家昆明》龙东林主编，王继锋著文，云南人民出版社 2001 年 9 月第一版。

《昆明掌故》万揆一著，云南教育出版社 1966 年 3 月第一版。

《翠湖鸥翔——翠湖公园诗文楹联选》昆明市园林绿化局、昆明翠湖公园、《翠湖春晓》诗刊编印；2002 年 10 月。内部学习资料。